U0913489

1911 ～ 2011

谨以此书纪念

刘火子诞辰 100 周年

奋起者之歌

——刘火子诗文选

刘丽北 主编

中国出版集团
東方出版中心

图书在版编目(CIP)数据

奋起者之歌：刘火子诗文选/刘丽北主编. —上海：东方出版中心，2011.11

ISBN 978-7-5473-0422-8

Ⅰ. ①奋… Ⅱ. ①刘… Ⅲ. ①诗集—中国—当代②散文集—中国—当代③回忆录—作品集—中国—当代 Ⅳ. ①I217.2

中国版本图书馆CIP数据核字(2011)第212692号

责任编辑 思 达
装帧设计 董 伟
技术编辑 周 勇

奋起者之歌——刘火子诗文选

出版发行：东方出版中心
地　　址：上海市仙霞路345号
电　　话：021-62417400
邮政编码：200336
经　　销：全国新华书店
印　　刷：昆山市亭林印刷有限责任公司
开　　本：890×1240毫米 1/32
字　　数：266千
印　　张：10.25
版　　次：2011年11月第1版第1次印刷
ISBN 978-7-5473-0422-8
定　　价：30.00元

版权所有，侵权必究

目 录

诗 歌

散文、通讯、报告文学

战地报道、特稿

回忆录、书信

友侪题赠及缅怀

附 录

诗　歌

最后列车

轮声惊破了归巢小鸟的娴梦
浓烟染黑了漫漫的长空
　从 MONTE CARLO①开来的
　那最后的列车哪
　负驮着一伙疲倦的旅人
　　（它也是疲倦的）
　慢慢地　慢慢地
　跑呵　从罪恶的跑到
　　　　更罪恶的一角

华美的车厢里
　塞满了　人哪
　淡黄的灯光影在他们面上
桃红　苍白
　轻快　愁苦
一张　一张
　　　都是疲倦的脸相

① MONTE CARLO：蒙特卡洛，摩纳哥城市，世界著名赌城。

胜利者展开笑颜
骄矜着刚才的幸运
那飞转着的轮盘
那轮盘上面的针尖
天帝给他以侥幸
停在他希冀的一角
于是累累的钞票
落到他的衣袋
看他的眸子凝定了
幻想着今晚的约会
OPIUM① BRANDY②的芬芳
歌伶妓妇的柔情
将成了他的夜之礼祭
可是一夜豪华
又是拍手空空了
失败者低下脑袋沉思
惦念着失去的银圆
咒骂着刚才的倒霉
怀着希望而来
结果空赢得失望而归去
便企图用香烟而弥补缺憾
但香烟却刺戟他灵魂而苦痛
凝望婀娜烟丝的升腾
计算着明朝早班车开的时间

---

① OPIUM：鸦片。
② BRANDY：白兰地。

冀把死去的幻梦回生
  倾家作孤注一掷
  讨厌夜之悠长
而夜之悠长却可帮他榨取的策划

负驮着一伙疲倦的旅人
    （它也是疲倦的）
    慢慢地　慢慢地
  轮子转动着
    轨道是那么地长呵
浮力的弹簧座子
  活像孩提时代的摇篮
  而淡黄灯光却是一曲催眠之歌
    瞧那华美的车厢里的人们吧
          已是瞌睡欲睡了
独是那面对洪炉的伙伴
  把青春之力消磨
  “睁开你的眼睛吧
    谁给你以畅快的睡眠”
  且看炉火照在他的面上
      红色的　那么地鲜艳可爱
      一铲　两铲
      石炭送进洪炉
  烧　眼前迸出了火花
  于是美丽的憧憬开展了
没有疲倦　没有叹息

而车子的速率增加
是找寻安息的所在吗

写于 1934 年 8 月 香港
刊于 1934 年 9 月 1 日 香港《今日诗歌》创刊号

1934 年《南华日报》社长陈克文发起香港第一次文艺茶话会，地点在告罗士打酒店天台餐厅。会后十四名与会者集体留影。前左一为刘火子。

都市的午景

长短钟针交指着正午的太阳，
说这是最平等的一瞬吧；
而地狱与天堂间的距离呢，远着呵！

金属的钟音回荡于都市之空间，
一下，一下，紧敲着人们之颗心。
于是标金局里的人散了，
堂皇的写字间也空着肚子
看那意大利批档的门阶，
流注着白色的人流，
而雪铁龙车子又把这人流带走，
一队，一队，水中的游鱼哪！

白色的人流把 Café[①]的肚子充实了，
丰满的 Tiffin[②]，奇味的饮品，
雷电机播散着爵士歌音，
一口茶，一口烟，
笑语消磨这短促的一瞬。

---

① Café：咖啡店。
② Tiffin：一种饮品。

金属的钟音回荡于都市之空间，
一下，一下，紧敲着人们之颗心。
于是烦杂的机声戛然停止了，
黑洞洞的机房放走了人，
揩着汗珠，喘息！
低矮的门阶，
流注着黑色的人流，
凉风拂去心之郁抑，
才知道阳光那么令人可爱！
肚子空了，走吧，
行人道上游着疲惫的人鱼。

街头，渠边，蹲满了人，
两碗茶，一件腐饼，
耳间还留存着权威者吆喝的厉声，
一阵愁，一阵怨，
悲愤消磨这短促的一瞬。

长短钟针交指着正午的太阳，
说这是最平等的一瞬吧；
而地狱与天堂间的距离呢，远着呵！

写于 1934 年 8 月 香港
刊于 1934 年 11 月 23 日香港《南华日报·劲草》

热情的祖国

天空挂起一道颜色壮烈的彩虹，
　跨过岭北岭南，
　跨过黄河珠江扬子，
这用血与火的光点染而成的
　亘古稀有的奇迹哟，
祖国，这是你翻身的表征啊！

在幽暗的死场里，
　渡着悲怆愁苦的日子。
记得否？毒蛇啮着你的心，过了四十多年；
　野狼咬着你的脚，过了六个秋天。
　人们耻笑你，说你是黄帝的败家浪子，
但今天，浪子回头，你要翻身了！
　凭着祖先讨伐蚩尤给你强烈的感应，
你霍然地挺起痛楚的身躯，
　飞越过了狭隘的狱门，叫着
叫着："起来呀！起来呀！起来呀！
　还打击者以打击！"
于是从腰间摸出一柄宝刀，
对准仇人猛刺，（刺他贪婪的心，

　　刺他为非作恶的手！）
一阵光明透过阴霾的天空，
　　天空挂起一道颜色壮烈的彩虹，
瞧那圆拱下的人们，
　　翘望你的英姿欢笑，
　　血与火的光罩上他们的面孔：
祖国啊，人们同情你，赞羡你，祝福你呀，
可爱的热情的祖国！

写于 1937 年 9 月 香港
刊于 1938 年 5 月 11 日广州《烽火》旬刊第 14 期
收入 1940 年香港微光出版社版 刘火子诗集《不死的荣誉》

文學社·譯文社·中流社·文季社·聯合旬刊

烽火

第十四期

（五月十一日廣州初版）

編輯人 巴金　發行人 茅盾

熱情的祖國（詩）……劉火子
暴（速寫）……黃鼎
從台兒莊來……孫陵
孤島的印象（二）……靳以
潼關之夜……楊朔
蘇嘉路上（再續）……李盾
打回老家去……黃源
中國在射擊着（詩）……田間
我在俘虜中（報告）……李偉濤
南風來了（詩）……鄒荻帆
東北兵（獨白）……朱信學
一個西班牙戰士的死（續完）……巴金譯
「戰士杜袞底」……巴金

烽火社發行

每逢一日十一日廿一日出版

文化生活出版社總經售

1938 年 5 月 11 日《烽火》旬刊第 14 期目录，刘火子诗歌《热情的祖国》排在第一篇。

笔

“拿破仑的刀剑做不到的事情，我们用笔去做到它！”

——巴尔扎克

一

十月风寒，
长城外的广原播起连天混浊的沙灰，
当入寇的胡马的蹄身刻印着守土者的心魂，
蒙恬咽下慷慨的仇恨的泪水，
用最坚韧的羊毫，创造了
民族第一根劲秀的笔，
教永远世代的人们，划清楚
这东方古国的延袤的版图的界线；

从此二千多年，
像一尾翻江的游龙，
自葱岭横至泰山
自北漠越到南海，
在东亚陆上那块富饶的幅员，
明确地划下
　这轩辕族系世居了无数年代的

秋海棠叶般蜿蜒奇丽的形态[①]，
而又多质朴的形态呀！

二

也曾在诗人手中，
写下了不少山川的赞词，
歌咏过兴安岭头的风雪，
歌咏过江南二月天！

也曾在史学家的手中，
记录了先民兴国的经营，
每一寸土地都掩埋了祖宗的韶华，
每一寸土地都滴满了祖宗的血汗！
也曾在地舆学家的手中，
统计过民族丰富的宝藏，
我们有遍山漫野的禾麦高粱，
我们有采不完的矿产！
也曾在王者的手中，
草订了礼遇友邦的条文，
厚待过朝贡的藩属，
厚待过自东海来的臣服的倭寇！

也曾在革命党人的手中，
也曾在四万万五千万人的手中，

① 指当时中国的版图犹如秋海棠叶子的形状。

　用它，那一根民族的劲秀的笔啊，
疾写着“联合世界上以平等
　待我之民族，共同奋斗”的金言，
疾写着“和平，博爱”的标语！

三

可是，
另有一根用劣等羊毫造成的劣等的笔，
自暗渠里流到东方的海岸，
　　　　流到低级文化的邦家，
从此那劣等的国人，培育起劣等的心肠，
用它，写着无数强盗的字眼。

也曾在军人政客财阀们手中，
　拟订了不少征服“支那”的计划，
　写过田中的奏折，写过天羽的声明，
　写过松室的情报，写过广田的原则，
　写过非法的无理要求，
　写过不平等的协定。
更像一尾暴戾的蛇，
　蘸着毒涎，在死亡册上登记了我兄弟姊妹们的名字，
　蘸着毒涎，在我们版图的东北西南染下灰暗的颜色！

四

血债呀，血债呀，

排列在民族账簿里的血债呀！
　谁在我们版图上写下取消的符记？
　谁在我们额前写下奴隶的名字？
　用岳飞痛挥“还我河山”的壮志，
　（血债必须以血去讨还！）
我们得擎起鲁迅的冷酷的笔，
　蘸着血，描出敌人鬼畜的原形，
　蘸着血，列举敌人暴行的劣迹，
　蘸着血，勾消民族羞耻的债项，
　蘸着血，在光荣新史册的扉页题上“自由解放”的扉语！
我们也得擎起像高尔基般尖锐的笔，
　对准侵略者的胸膛穿过去穿过去，
　送它进火葬的死场！
明朝，晨风飘起田畴里的麦浪，
国旗扬在都市的上空，
兴安岭重新溢起欢笑的声音，
二月江南的梅花也开得灿烂，
让今后战斗的民族的画人，
在他们雄迈的笔触下写着新中国的英姿，
光芒四射的新中国的英姿啊！

写于 1938 年夏 香港
刊于 1938 年 10 月 1 日广州《烽火》旬刊第 19 期
收入 1940 年香港微光出版社版 刘火子诗集《不死的荣誉》

烽火抒情

一瓣枯黄的竹叶凋落我的帽檐，
举头怅望着莽莽的蓝天，
再不敢想起千里外受难的家园了。
（那里也有一片粗厚的翠竹林，
林下，我摇奏过祖父自南美洲带回的手风琴，
低唱着古民歌！）

无意中摘下路旁一根野蔓，
唇边吹起未成谱的口哨，
细看地上蚂蚁抬着痉挛的腐叶远行，
我体味着它们的忙迫与艰辛。

忽然飘来一阵音乐风，
是谁个把话匣子打开呀？
像银鸽系着铜铃流过长空，
自小窗传来“O Solo Mio”①，
我想：小窗内定有年轻的女主人，
像古希腊的女神，

① O solo Mio：意大利歌名。

透过叶子网丛，
凝望着初升的太阳！

“你真不曾受到什么恶声打扰吗，姑娘？
祝福你
在这多难的日子里永得安宁！
明天，请借用它去
给那辛劳的战士们歌唱啊！”

写于 1939 年 4 月韶关
刊于 1939 年 8 月 24 日香港《星岛日报·星座》
收入 1940 年香港微光出版社版 刘火子诗集《不死的荣誉》

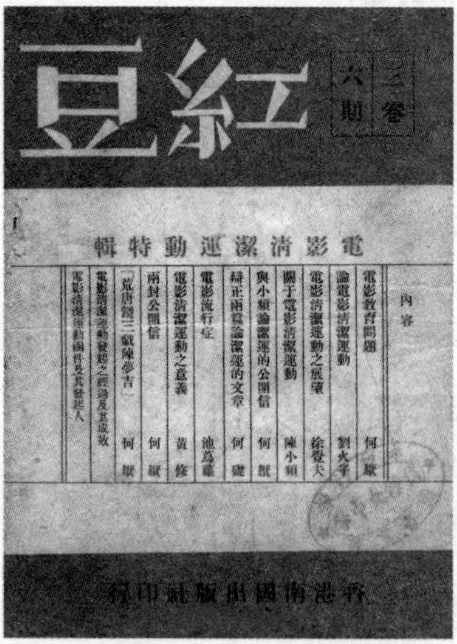
紅豆
三卷 六期
電影清潔運動特輯
內容
電影教育問題 何厭
論電影清潔運動 劉火子
電影清潔運動之展望 徐覺夫
關于電影清潔運動 陳小頻
與小頻論潔運的公開信 何厭
糾正兩篇論潔運的文章 何健
電影流行症 池為靈
電影清潔運動之意義 黃修
兩封公開信 何厭
〔荒唐鏡三戲陳夢吉〕 何厭
電影清潔運動發起之經過及其成敗
電影清潔運動函件及其發起人
香港南國出版社印行

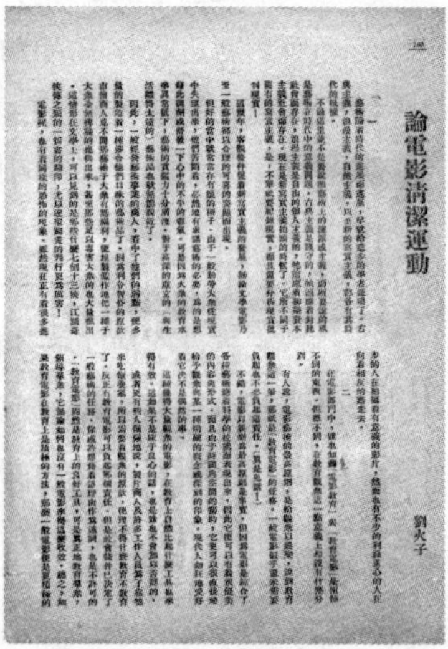
論電影清潔運動
劉火子

1935 年《红豆》月刊第 3 卷第 6 期“电影清洁运动”特辑，刊有刘火子的评论《论电影清洁运动》。此为刊物封面和内页。

公路

一

在这有若镣链般修长而连扣着的
遍生吃人草与荆棘的山群，
自那些热心人
在地图上
以工程师的笔画下一丝血红的线，
之后，巨万壮年的男女
便把生命宝贵的精力
灌注在鹤嘴锄的锋尖，
白日连着白日，无休止地翻开了
那经受过古代风暴的固执的泥层和石块，
像一匹蜗牛的迈步，
从一分一寸地锄着
伸展到一尺一丈！
周年呼吸着各个不同角度的季候风；
寒雨天用裂纹的手呵着温暖，
暑晴天以臂膀揩着额上的汗流。
多少人在劳作中停止了心脉的跳动，
让旁人也用那锋利的鹤嘴锄

在山头为他们排下安息的洞穴！
他们只叹息着，啜泣着……
他们阔大而粗笨的脚板
不曾踏过他日完成了的康庄的路面呀！
但第二批壮年
跟着拾起他们遗下的锄头
吃着风霜和冻结的饭菜
填补上去了！
而几许壮年人的妻子呢
又在路旁洒下她们祭祀的眼泪。

终于，
以壮年人的血汗
和他们妻子的泪水
融和着黏性的土壤
从一分一寸地铺筑开去，
铺筑到一千丈一万丈！
如今流在这大动脉里那巨量的
疾驰而逝的汽车
轮声里卷起灰黄的尘土
掩盖着路旁那无数长满青草的
早归人的墓地了！

二

清晨日暮，
看牡牛拽着车子

满载农具与嘉禾
流过路面，带一支原始的怡人的歌；
遗下两条平滑的轮影，
早上一回，晚上又一回，
连接着农民们悠闲的命运。
曦光里爷爷在路边扬一下手，
孙儿目送着祖父
跳上那部会嘶鸣的甲虫的肚子
到城里去，
挨晚又从城里回来
分给孙儿们一具望远镜
和一个咚咚的战鼓。
而在年节里，寡妇们也抱着遗腹子
穿起彩花的绫罗衣，
约定邻人：乘车到城里，
到城里看热闹去！

三

城里传来烽火的音讯。
午夜路面移行着，
那些提起脚踵疾走的兵队
和喧腾着如山洪崩裂的兵车
驰驱着驰驱着……
早上起来检视，
那辙影与蹄痕，
又知道我有盈万的战士开赴沙场。

一天
自海外卷来灼手的热潮，
还卷来了狂暴的歹徒，
沿这伟大的脉流，
这以先行者的血汗铺筑而成的道路呀，
走着狂暴的兵车！走着狂暴的马匹！最后
它还到处撒下火物，烧毁了
我们的庐里屋舍！烧死了
我们的父母兄弟！
在那凌乱的辙影上头
横陈着姊妹们被残害的裸尸，
在那辙影深处
盈着我们屈辱者的血泪呀！

但是，
潮终被压退了！
（望它永远地干涸下去）
村人揩去颊上的泪珠，
以亲切而热望的眼神
接受了自家弟兄们的昭告：
“把锄头朝下翻吧，
把这路基从底翻去！”

四

“为什么我们要把好好的大道破坏？
为什么我们要把一条流过

我们不少血汗铺筑而成的大道
今日又要流着不少血汗毁去？”
“那是为了灼人肌肤的热潮呀！
谁愿意那滴有我们崇高血汗的路面
留下歹徒的骑迹和坦克的齿印？”

从此又白日连着白日，
巨万的老弱的男女
（壮年的都当兵去了！）
他们把生命的残余的精力
伴着风暴般的仇恨；
多少人流着殒命的血
多少人流着哭丧的眼泪
一下一下地把鹤嘴锄往下翻
翻下比此前更深的更坚硬的地层，
无休止地挑着一切沉重的泥土和石块！
白天曝着太阳或洒着阴雨，
夜间却喝着寒露，冒着尖风；
吃的更是粗劣的饭肴，
这年头比往昔更加苦难！
看旁人一个一个在劳动的颤抖中
送去了晚年，送去了
羸弱的身子！
自家儿只抵着无言的痛楚，
把路面从山腰挖掉！
他们凝望着往日车马盈千
驰驱而过的康庄大道；

而且印有无数挑着农产品的村民
那阔大而粗笨的脚迹的大道
流下深沉的吁叹!

但问他们谁觉得难过吗?
答道只为不让歹徒踏进呀!

写于1939年6月 桂林
刊于1939年7月2日香港《星岛日报·星座》
收入1940年香港微光出版社版 刘火子诗集《不死的荣誉》

1939年曲江(今属韶关)黄田坝。刘火子(中)任战地记者时,采访国际反侵略协会广东分会的陈原(右)。左为陈原太太。

海

——赠艾青兄

我是海
无数水族寄生于我的碧苍的海啊!

太阳在我的胸中
月亮在我的胸中
星星在我的胸中
那浮游于太空的无轨的白云列车
——在我的胸中!
我是热爱明朗的
我以甜笑迎迓明朗呀!

我讥笑那永远呆立着的山
心脏不会跳跃的山;
我讥笑那永远躺卧着的湖
鼻子不会呼吸的湖;
他们都是愚蠢而可悯的!
因为没有律动的生命是寂寞的生命
而没有律动的生命的人是悲惨的人。
不幸的山不幸的湖啊!

我爱一条小溪
他英勇地越过一切顽固的岩石
探访我，亲抚着我的手；
我爱一头斑鹰
他矫捷地睁着金色的眼飞翔
而且常把翅膀的羽毛轻拂着我的脸！
因此我挽着他们跳啊，欢笑啊，
我们都是战斗的呀！

祖先遗给我一个伟大的家！
我的粗豪的双臂
我的高音阶的呼啸
捍卫我的家！
对于仇敌我是永不低头的
谁敢入寇我的家呀！
譬如那鼠窃般的礁石
卑鄙地立在我的门限
我必先以白手帕挥挞他的前额
然后以怒拳或者坚硬的手指
敲打他，
或者抓穿他的肚皮
一直看着他的倒下。
于是我胜利地歌唱了！

我是海，
无数水族寄生于我的碧苍的海啊！

写于 1939 年 7 月 香港
刊于 1939 年 8 月 10 日《星岛日报·星座》
收入 1940 年香港微光出版社版 刘火子诗集《不死的荣誉》

黎明叢書·甲輯之二
不死的榮譽
劉火子
微光出版社出版
桂林掛號郵箱一六八號
香港大道中洛興行二樓

1940 年 12 月香港微光出版社版“黎明丛书”甲辑之二：刘火子诗集《不死的荣誉》扉页。

海灯

长年无间息的
她哭泣着的红肿的眼睛
沉痛而疲乏地
一眨一眨地望着周围
那些在她视野里驰去又驰返的大洋船
倨傲得有如一个年老的富孀
带着满船钻石般的灯火
而且戴着有如中世纪侠士帽上的羽毛——
那一朵袅娜着的青烟
向浩瀚的碧海来去！
她悲怆地
泣不成声地数算：
送去了一艘，
又迎来一艘；
送去了一艘，
又迎来一艘……
她太感喟于自己的孤独了！

是的，她太孤独了啊！

“我不能这样的！
我不能这样的！
熟识的人
为什么你们老见着我就要躲开呢？
当你们经过的时候
我不是曾投给你们以红色的彩缤吗？
你们要晓得
我是为你们而存在的呀！”

于是她又红着眼睛泣诉了：
“即使是一只渺小的帆船
即使舟子是跣足的粗汉
即使他不能玩得一手好 Banjo[①]
当他们给我以访晤的时候
我亦必迎他们以盛情
让他们坦然地晒着太阳呀
洗刷着船板呀！”

但她是孤独的
她的家
只能给海鸥作停居的驿站啊
虽然每每遗下一堆臭味的鱼骨鱼肠
也柔然地让它们曳下长鸣
飞来，一会又飞去！

---

① Banjo：一种拨弦乐器，长颈圆身。

她的眼睛

是历史上永远红肿着的眼睛呀！

写于1939年8月 香港

收入1940年香港微光出版社版 刘火子诗集《不死的荣誉》

火子：絕望（十八）

阿寶倚在門前，望着父親的背影，她的心完全用在思索父親的說話，

——他太樂觀了！其實世間的事情那有這樣的單簡呢！

——————

中午。太陽猛烈地晒在地上，反射着一片白色。王老三氣喘喘的從田間歸來，張老頭已經坐在家裏了。

——哦，等得累了！

——不，我剛才來的。今天沒有什麼事兒要用我的吧！

本來是沒有什麼事兒的。不過阿寶的親事還得要勞煩幫忙一下。

——可是到南翔去麼？

——正是。

——唔，時候已經不早了，還是早點起程吧！可不是？到南翔的路不短的啊！

——那麼，我該起程哪！

說着，張老頭走了。爲着鄭重其事，王老三還加上這麼一句，

——喂，靠你，所以去幹吧。幹得成功，我是感謝你的。

——是的。你放心！

張老頭原是真茹鎮的一個專和人家幹喜事和凶事的人。論他的才幹，唯一就是具備着一張很會說話的咀，說出來的話會比油更滑。因此，鎮人們都很信任他，經過着什麼喜凶二事，總是喜歡叫他去幹。而且他幹得很賣力，要求的代價也不苛。這一次，阿寶的婚事自始至終都是由他獨個兒經理的。他很了解阿寶的身世，同時也很可憐着阿寶的遭遇。就如這一個阿寶失身的事兒，他也曾流過老淚切齒地咒罵戰爭，咒罵造成這次戰爭的東洋人，如同王老三一樣地。

把握着張老頭的眼光回轉過來望着阿寶，王老三很驕矜地說，

——也許你可以放心了吧？張老頭這人很可靠的哇！

——也許是。但——

——阿寶，你太聰明了。他愛你，中意你，他忍心使你失望麼？

拍着阿寶的肩膊，輕輕地，她沒作聲。

——唔，現在我還得到田間工作啦！你靜點兒在家好吧？反正張老頭快要回了！

（未完）

1933年9月25日起《天南日报》连载的刘火子小说《绝望》。

扫帚

他是一根扫帚，
永远呼吸着低层的气体，
生活在一切人脚下，
肚子像扫帚的柄，
头发像芦花。
匍匐于冰冷的街头
或者投靠于黑暗的角落。

他有一对近视的
却没有配上玻璃的眼睛。
常独个儿地捡着
地面的烟蒂
果皮与菜渣，
或者蹲在垃圾堆旁
追寻一个单纯的欲望。
没有时间的观念：
不晓得自己的正确年龄，
不晓得今天是什么日子。
只记得两个时辰：
几点钟人们应该吃早饭，

几点钟人们应该吃晚餐。
永远没有人亲切地招呼他，
自己也忘记了自己的名字。
人类的语言是如此的贫乏，
当走向人家跟前，
马上就飞来一句
千万次不变的声音——
滚开！滚开！滚开……

于是他就不能不滚开了，
他重又失望地回到黑暗的街头，
看人们在模糊的视界里滑过，
看人们一个一个在规避他！

写于 1939 年 香港
刊于 1941 年 4 月 2 日香港《星岛日报・星座》

井

那口井，幽深而寂静，
在这没有太阳的街
记不清有多少日子了。
她伴着街上几十户
　人家的生长而生长，
虽然抬头望去
永远是那么圆圆的一个小天窗，
窗外高空永远是流动着白云的蓝天，
有时阴雨，又从天窗飘下水点。
她却明白，
比她年长的人都已丢下
　水桶与麻绳撒手远去，
再没看见
他们投下一刹间的脸影了。
如今在井边汲水浣衣或嬉笑的人，
即使脱落了牙齿的，
也比她年青！

她是那样慷慨，
同世上任何伟大的母亲一样慷慨！

为着儿女们的繁衍，
永远摊开襟怀
　任儿女们吸啜
　那无比甘美、取之不竭的乳汁！
她太世故了。
每天，朝、午、晚，
人们用水桶敲打着她宁静的心情，
又用麻绳带走了她的青春，
而且，在她的额上划下几道
　深刻的劳役的皱纹！
她就这样过着、过着，
过得比世间任何伟大的母亲更其苦，
而苦的日子也实在太长了啊！

但她并不觉得太长，
因为她永远是那样慈爱，
爱她的儿女，
爱她的新生代！
她常以欢愉的心情倾听——
那些在湿漉漉的石板道上
挑水人们的吆喝，
那些在长着青苔的井边
洗刷衣裳和小孩子尿布的人们，
时而嬉戏
以水花互相泼溅着，
时而又交谈着
谁家娶了新娘，

谁家添了孩子，
谁家大姑娘长得漂亮尚未成亲。

也是在湿漉漉的石板道上，
每天小贩们摇着“拨浪鼓”的叫卖声
流进她的耳朵，
都是听熟了的声音啊。
而在夏日，
粗壮的汉子在井边冲凉，
浴后吃着在井心浸了一个晚上的西瓜。

她是如此高龄，
如此慈祥，如此恬静。
有人在她的门楣上
竖立起“饮水思源”的石匾，
表示对她的感激和尊敬；
更有人为她立下“禁条”，
即使淘气的小童，
也不许他们给井里丢下一块小瓦片。

但今天，她是哀伤而悲愤的。
她有一个以她所有的井水
也洗不完的耻辱，
一个永生难忘的故事——

一天，街上响起紧急的锣声，
透过圆圆的小天窗

她看见
一队一队掠空而过的
是贴着红膏药令人憎恨的东西！
——飞机呀！飞机呀！
不久地上就爆发了巨响，
不久就听到人们痛苦的呼喊和死亡的惨叫。
从这一天起，
再听不到洗衣人的嬉笑，
再听不到小贩们手里的“拨浪鼓”，
犹如冷月照荒山
周遭一片凄凉。

厄运连接着厄运，
那个不祥的夜晚
悲惨的夜晚啊。
街上响起了枪声，
异国人的军靴
踏着鹅步，敲打着石板道
发出洪咚洪咚的声音。
野蛮的吆喝，
奸淫的狞笑，
畜生的语言，
直冲着每户饱经劫难的人家。
带给他们血与火的煎熬，
带给他们死亡的磨难。
她多么害怕，静静地躲在墙角边。

火，升起来了
圆窗外，一片红的天！
鳞次栉比的楼房
——那住着新娘，
　　住着孕妇，住着孩子，
　　住着粗壮的汉子，
　　住着和蔼老爷爷的楼房啊，
如今统统倒下！
她，那口井，何其焦急啊！
（她想，只有她才可以抢救
　　那些不幸的人们出火海呀！）

然而没有人理睬她！
她呆呆地坐在街边，
听着火海的呼啸
杀人凶器的轰鸣，
她的心都碎了！
忽然传来一阵熟悉的声音，
是女人哭泣的声音呀：
“你不能这样残忍！
你不能这样残忍！
你污辱了我，
还要杀害我的孩子！
把孩子还给我！
两个，都还给我！
……啊！啊！你不能这样，
狠毒的豺狼！”

这以熟稔的音色叫嚷着的
女人和孩子的悲鸣，
她不忍再听下去了，
她是何其的激动，何其的心酸呵！

害世的恶魔
却把两个小生命高高举起，
嗷叫着走向那口井，
毫不理会做母亲的哀求，
踢开她的双手，
把两个小生命投向井里。
惊听着孩子在井里的挣扎
女人气绝在井边。

漆黑的半夜，
不幸的母亲披着散发，
被扯破的衣衫没有扣起，
眼睛深得像两口干涸的井，
带着鳞伤与受侮的身体，
带着满腔的仇恨，
带着未伸的冤屈，
带着对儿子的忆念和绝望，
“孩子呀，孩子呀！
妈也来了，妈也来了！”
也投向她——浮着两个小生命的
那口善良的井里，
静静地

以最后的温存而又寒湿的双手，
抚摸着儿子失却温暖的尸骸
悲苦地逝去！
从此，那口井永远蒙上愁惨的面幕，
两个孩子一个母亲
他们悲郁的灵魂和哀号
常萦回在她心底！

街上没有了楼房
没有了小贩
没有了挑水与洗衣
没有了嬉戏与交谈
只有乌鸦在破瓦上头凄凄地叫，
她——
那口井多么寂伶
而又多么悲愤呀！

井是不会干涸的，
她是仇恨的井，
泪的井！

写于1940年2月 桂林
收入1940年香港微光出版社版 刘火子诗集《不死的荣誉》

不死的荣誉

——喂，同志，你是哪个部队的？
——我？荣誉第 × 师！

他退下来了，
又想起那斜襟的灰布衣裳，
那血红的十字幌在眼前，
向他招呼：
哦，又相遇了，老朋友？
未来的日子
（多长？多短？
由命运去安排！）
那给以感觉都一样寂寞的白天和黑夜，
长躺于稻草垫子上，
让红汞、凡士林亲吻着肌肤，
让绷带、棉花长时间地搂抱，
呼吸于呻吟与呻吟之间！

前天他还走过二百里的长途，
那太熟悉于中国土地的双腿啊：
卢沟桥它走过，

台儿庄它走过，
南浔线它走过，
（而且曾经倒在那里！）
如今，这老练的腿
却烙上一个战争的浮雕！
四周是一片迷蒙，
没谁给他担架，
他游泳在不像火烟那么温暖的
寒潮的雾霭里。
两只长满胼胝
只会“开枪”和“敬礼”的手
闲下来了！没有武装的生命
撑着一根松木棍，蹒跚着。
他讥笑着自己：
没有武装的兵是多么可怜，
像个什么样子！
他偷偷地以冰冷的指尖
摸着怀里的那个疤痕，
又望着腿上的这个创伤，
把生命的观感流诸吁叹。
但他理解：
有人说过
这是“荣誉”，
你应该感到骄傲！

——站住，有伤票吗？
——伤票没有。

——怎样伤的？

——自己炸伤的！

是的，他感到骄傲。
昨夜敌人在高地上设了枪巢，
两根机枪把山前罗入火网。
异国来的仇敌得意地射出弹丸，
——那卑鄙的吐液，
沾着弟兄们的身驱。
一批倒下了补上另一批，
那里还是一串一串火珠！
他，从战争的那一边缘
走到这一边缘，
一个皮肉上曾镂刻“战争艺术”的战士，
当有人“传令”：
那顽强的枪巢，
谁敢去把它消灭！
他去了！没有长官给他握手，
没有女人给他热情，
只有弟兄们沉默的眼睛。
他去了！像一只兔子
抢进了死角，
又像一条蚯蚓
钻进禾田的沼地，爬过
坟茔和弟兄们仍在淌血的尸体。
“好家伙，你还叫？”
他跃到枪巢之前，

一手把敌人的机枪扯了出来！
于是两个不同民族的生命
展开了生死的角斗。
他抱着他！
他抱着他！
（仇恨摩擦着仇恨呀！）
当一把短刀从敌人怀里摸出时，
当那短刀加在他颈项时，
当生命行走于那刀锋时，
他把仇恨的人——
卑鄙的生命对手
压在那铺满松果、
积满弹壳与弹丸、
血渍凝着砂土的地上，
一只手掏出手榴弹，
（刀尖已划破他的皮肤了）
用牙齿咬开保险盖和药引，
塞进仇人下边，
等着七秒钟时间的过去，
“见鬼去吧！”
一、二、三、四、五、六、七！
一声使他昏迷的巨响！
好像刚刚做了一场恶梦，
在世间最短暂的一瞬间，
他经历了生死两重天！

他退下来了，

一无所有地退下来了！
没有武装的生命
撑着一根松木棍。
对于他，一切都成了空白。
而他却牢记着：
一件浮雕艺术的来由，
一个崇高的感召
这是“荣誉”！
是以生命和仇恨堆砌起来的
可骄傲的“荣誉”呵！

他晓得自己的生命
比很多人的生命有艺术、有美，
也比很多人的生命更值钱，
那是“不死的荣誉”！

——喂，同志，你是哪个部队的？
——我？荣誉第 × 师！

写于 1940 年农历除夕 桂林
收入 1940 年香港微光出版社版 刘火子诗集《不死的荣誉》
1940 年 2 月 11 日下午 3 点，中华全国文艺界抗敌协会桂林分会假青年会举行诗歌座谈会，刘火子朗诵诗歌《不死的荣誉》(据《救亡日报》1940 年 2 月 12 日战新社报道)。

乔木

有日，我曾看见一个失了
生命感觉的妇人
以那双有过多样表情的眼睛
失神地凝望着一垛破毁的墙，
去追寻失落了的记忆；
她唯一的财产
也只剩下这点破碎了的记忆啊！

今天我放步于苍蝇也绝迹的废墟，
在只是火炭与砖石的街旁，
那棵乔木，
也像那个失了生命感觉的妇人
弯着佝偻的背
愁默默地站着；
失光的瞳子望着前边。
它唯一的财产
也只是散落的记忆啊！
是的，当对面一幢一列的楼房
遭受凌辱的灾劫时，
它那绿油油的衣裳

也就被强暴的手扯破!
如今，它那养满虱子的
稀疏的头发蒙盖着灰尘，
一根一根像荆棘般的散乱;
那双没有了脂肪和肌肉
仅剩下指甲和骨骼的手，痉挛着，
不时指着天，指着周围，
或者捧着额头
叹息、呻吟、啜泣和痛哭!
可是雷电与风暴常给它以生命的力量，
它破啼詈骂了!
它记得的，它记得的:
谁羞辱它，谁使它裸着身子!

没有生命的感觉，
却有骄傲的永恒的生机!
小鸟又飞来啼唱——
它知道快春天了!
它知道快春天了!

写于 1940 年 3 月桂林
刊于 1940 年 7 月 1 日香港《大公报·文艺》
收入 1940 年香港微光出版社版刘火子诗集《不死的荣誉》

纹身的墙

没有哪几个国家的墙
比起中国的墙更壮丽了！
战争的颜色
涂上他宽坦的胸膛，
有如一个久历风波的水手
刺满他心爱的
愿与其生死相共的字眼，
女人或者龙虎，
或者希望的“图腾”。
他从不看轻了自己，
永远矗立在街旁
看着所有屋脊房梁
都坍倒在他脚下的城市。
他以最大的声音
和最大的眼睛，
叫望着戎装的过路人
和赤手空拳的老百姓。
让人们从他那里
得到一点半点昭示！
他是从最丰富的战斗中

站起来的，
他身上找不出半寸的空白。
当行人仰望着他，
他便诉说着许多
有关纹身的故事。
“人类的祖先曾以纹身的智慧
克服了凶残的野兽，
以及击退其他入侵的群团。
今日中国的墙也以同一意义
站稳着自己的哨岗！”
最后他又指着胸膛说道，
哪一个图画有怎样的悲惨内容；
哪一行字句教人们怎样与仇人斗争到底！
看啊，他的胸膛在呼吸着；
宏大的声音旋转于原野！

没有哪几个国家的墙
比起中国的墙更壮丽了！

写于 1940 年 4 月 桂林
刊于 1940 年 7 月 31 日香港《大公报・文艺》
收入 1940 年香港微光出版社版 刘火子诗集《不死的荣誉》
收入 1942 年英国出版的《中国诗选》（由萧乾译成英文）

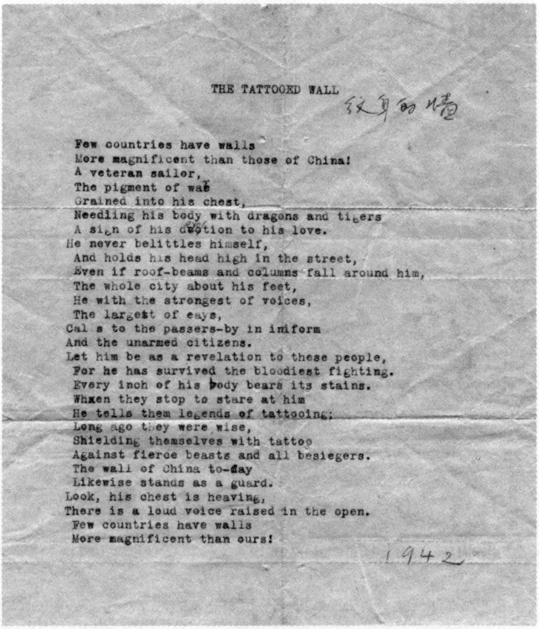
THE TATTOOED WALL

纹身的墙

Few countries have walls
More magnificent than those of China!
A veteran sailor,
The pigment of war
Grained into his chest,
Needling his body with dragons and tigers
A sign of his devotion to his love.
He never belittles himself,
And holds his head high in the street,
Even if roof-beams and columns fall around him,
The whole city about his feet,
He with the strongest of voices,
The largest of eays,
Cal s to the passers-by in iniform
And the unarmed citizens.
Let him be as a revelation to these people,
For he has survived the bloodiest fighting.
Every inch of his body bears its stains.
Whxen they stop to stare at him
He tells them legends of tattooing;
Long ago they were wise,
Shielding themselves with tattoo
Against fierce beasts and all besiegers.
The wall of China to-day
Likewise stands as a guard.
Look, his chest is heaving,
There is a loud voice raised in the open.
Few countries have walls
More magnificent than ours!

1942

1942年萧乾把刘火子的诗歌《纹身的墙》译成英文，发表在英国出版的《中国诗选》上。此为原稿。

和平與詩

巴勃羅·聶魯達一席談

約翰馬桑納克作　劉火子譯

《和平与诗——巴勃罗·聂鲁达一席谈》，约翰·马桑纳克作，刘火子译自1951年5月《群众与主流》。

战时色（外一章）

战时色

当今
披在古国上头的
是那明丽而坚实的色调呀！
——我不应再是忧伤的色盲者了！
让我锵然地歌唱呵
像自由了的百灵
唱在早上的晴天！

一个时期
我呼吸在沉闷的氛围里
喜悦一切忧郁的，
清淡的，恬静的色调
爱紫，爱黄，爱粉青……
我是孤独而悲哀的
一个精神戴上桎梏的囚徒呵！

但终于解放了
幻灭的小布谷鸟

长年的奔波
看见火，有了热情，
看见钢铁，有了健康；
看见兄弟姊妹们的磨难，
有了正义的共鸣！
我喜悦那披在古国上头的
明丽而坚实的色调呀！

我爱战士面颜的栗色，
我爱“加农”炮管的黑色，
我爱爬在都市建筑物上头的灰色，
我爱殉难者的血的红色，
我爱战衣的草青，
我爱那花斑的“迷彩”，
因为那都是
光辉的
勇武的
沉实的
热烈的
绚烂者的色彩呀！

我更爱
那涂在兄弟姊妹心脏里的
发自兄弟姊妹们眼睛里的
那愤恨的火色呀！
如今让我告诉哥姊弟妹
祈诸远家

——我解放了

有如祖国

因为我心脏里也涂有

愤恨的火色呀！

小号手

脚下是雨后潮涨的急流

不知疲倦的水鸟追着驰逝的白沫

追向无止的下游

望着远方

望着太阳归处的犬牙山

望着手中金光灿然的步号

和那挂在号嘴的一帕红绫

小号手的梦油然而生了

梦是庄严而广阔的

看犬牙山下的硝烟

冒了一回又一回

弟兄们的胸脯留着碧血

弟兄们的枪膛擦着火光

映红了天边的浮霞

耳畔响着流水淙淙

隐约还有万民的呼叫

——冲锋呀冲锋呀

小号手的脸红似木棉

迸出河底也可以闻见的号声

于是在伟大的草坪
踏着他修长的影子而奔去的
是那些挽起衫袖或赤膊的壮男
是那些穿起战衣的妇女
负驮着愚鲁的火器
——向冒着硝烟的地方去呵
抢救那里的田土
小号手的梦又淡然而去了

刊于1940年9月5日香港《大风》半月刊第74期

1946年6月15日《周报》第41期论坛“十五天后能和平吗？”，刘火子撰文参与讨论。

马

它——
有人叫畜牲，
有人叫神驹，
如今又有人叫它作 Vitamin M[①]
一个它所不了解的荒诞的名字。

它年纪还轻，
当痛苦地从母胎诞生下来，
长城内外正扬着烽烟。
在连天的大戈壁里
消失了短暂的童年。
它的大兄驮着一个配着火枪的壮士
　跨上战场，
而它自己，如今却流落在没有火药味的
　南方海边。
再听不到大漠里同类的嘶鸣，
再看不到大漠里迷人的景色，
也再嗅不到

① Vitamin Money：即把金钱（Money）当作维生素 M。在英国殖民地，每年举行赛马多次，参加人数很广，胜者得奖金甚巨，故称。

沾附着它的鬃毛、它的眉睫、
　它的尾巴、它的鼻子，
永远蒙着灰尘的
　戈壁的大风沙。
吃着南方的草秣，
　或者比草秣更营养的东西，
那个披着又红又绿的
　丝服的骑士，
把它策进青色的草坪！

Derby！ Derby！[①]
四周迸发出喝彩声。
它高兴而又惶恐，
骄傲而又怯惊，
（它可不理解人群
　寄希望于它的理由）
不管自己优美的身躯流淌着汗水，
鼻子呼吸着多雨的南方潮湿的气息，
它的四蹄轻巧而敏捷，
为了让那些把它与希望联结的人群欢喜
以所有生命的积蓄
拼命与同类争驰。
于是人们欢腾了，
从这里奔过去，
绕了一个圈子回来，

① Derby：英国人对赛马盛会的称呼。

从这一匹越过那一匹，
人群叫喊着：
“赶上去！赶上去！
Vitamin M！
Vitamin M！”
一个它所不了解的名字。

突然，
它摔倒了！
也许由于过分的高兴与惶恐，
由于过分的骄傲与怯惊，
它——
这来自蒙古草原的良种，
如今，庞大的身躯、
灰色的鬃毛、雪白的蹄脚，
沾满多雨南方的泥泞。
它耳边嗡嗡地响着，
听不到人们为它惋惜吁叹，
也听不到人们因希望落空
或者骂它无理性的疯癫！
它的嘴巴，
从两排雪白而整齐的牙齿缝间
吐出白色的涎沫，
无力的眼睛张着又闭着，
南方阴郁的天空
死水样的暗云映在它的瞳孔里，
它淌着眼泪。

这是它所不料的，
生在北方的大漠，
倒在南方的海滨，
一部蓝十字车把它送到一个地方。
又是它所不料的，
它的生命竟由一颗子弹而结束。
在无言的痛楚中，
它想起它的大兄
也许在同一个时间里
驮负着英勇的战士冲进战场，
嘶鸣着、仇恨着、奔跳着，
与它的骑者同时也被一颗子弹击中，
悲壮地死去。
它淌着眼泪。
似乎再没有什么人带着喝彩的情绪
再叫它一句：Vitamin M
—— 一个它所不了解的名字，
也没有穿着丝服的骑者轻拍着它的肩背，
也没有人给它吃一枚灿红的苹果。

它的生命由一颗子弹结束了，
在无边痛苦的时候，
在它自觉生命过于空虚的时候。

写于 1941 年 4 月 香港
刊于 1941 年 5 月 31 日香港《大公报·文艺》

阴郁的书简（六首）

给盲者

一天
你的眼角凝着悲哀的露水，
我说："又觉得痛苦了么？"

你感激地沿着我的声音
伸出颤栗的手
捉住我的肩臂：
"不！如其我的眼睛张开了，
我将看到更多的黑暗，
我将受到更深的痛苦呵！"

"但为什么你又流泪了呢？"

"因为我仿佛听到了
理想的光明的翼子
拍着飞来，
所以我兴奋地流下更多的眼泪！"

给聋者

人说，自你听过一次最尖锐的
激变的声音后，
你便再也听不见人间的哭笑了。
我说你的耳朵比谁都更灵敏，
懂得更多更深沉：
懂得小羔的悲鸣，
懂得蜘蛛的傲笑，
懂得铁索的抑郁的短歌，
懂得失笑者的心声……！

我最害怕而又欣喜：
你亲切地凝视着我的嘴唇，
你懂得我一切说了又扯回
没有出口的话语！

给哑者

你曾经反对我，
用一张纸写着：
“沉默的人是最悲痛的！”
因为我对你说过：
沉默的人聪明，
而你更是聪明的聪明！

如今我已后悔：

不该触着你心中的创伤。
但我始终没有对你详言
会讲话的人也要装成哑子，
他的沉默是聪明
他的聪明也即是悲痛！

你是一座给堵塞着口的火山，
当你脸色红了又惨白的时候，
用手势、叹息和眼泪去表示你的心，
我发誓不再向你提及不快意的事情了，
让我在你的面前
也做一个哑子。

给死者

你张开着眼睛，
却咬紧牙关死去。
胡子没有剃，
穿着一如你脑子那么多皱纹的白衣；
没有遗言，只有两滴清泪。
一反平时的愤慨，
你是饮恨而终生的！
愿你骑鹤而去，
但最好是东行，
因为西方永远是黄昏的境地！

给肢体残废者

你躺着又躺着，
在卑湿的地域里。
那一幅标贴在墙上的图景，
由鲜明而暗淡，
由残破而委地，
时间在你身旁
像泥河的流去。
你说你看见的人都强大得可怕，
但，我告诉你，
有一天你的骨节忽然悉索作响，
你又可凭窗远望朝阳，
你将会觉得，
你实在也不怎样渺小！

给先知者

你是人间智睿、勇武和不幸的代表！
你既晓得一个暴政的盛衰，
也该晓得自己的悲惨的命运；
那个约旦河畔的施洗者约翰，
他悲惨的生涯便是你的生涯。
但你智睿而勇武，
要给迷津的人们一点启示！

你看到的东西就是暴君们看不到的东西，

你听到的东西就是暴君们听不到的东西，
时间是你的证人，
你懂得它；
你看透了它的路途，
听到了它的步履！

而你的说话是暴君们所不喜爱的说话，
所以不幸永远追逐着你的生涯
虽然这是你所先知的了！

写于 1941 年 5 月香港
刊于 1941 年香港《时代文学》第 1 卷第 3 期，第 5、6 期合刊

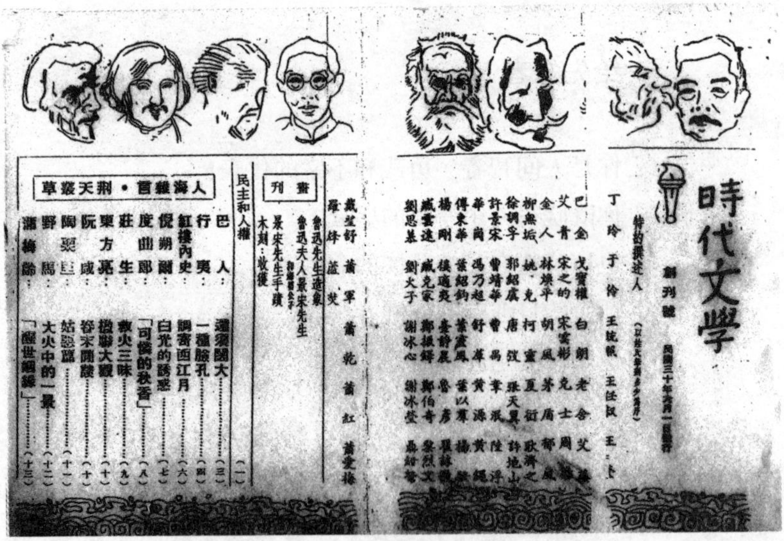

1941 年 6 月 1 日《时代文学》创刊号刊有特约撰述人名单，刘火子名列其中。

火的拱卫者

——高加索，Hercules 回来了

（希腊神话）Prometheus[1]为了偷给人间以火种，被宙司[2]锁在高加索之巅，长时期的抵受着旷古的酷刑，一头无理性凶残的鹰鹫执行着宙司的命令，天天啄着他的心，可是，Hercules[3]，一个盖世的英雄终于来了，他晓得人间应该有火，应该有光明与温暖，遂英勇地步上悬崖，杀死那头鹰鹫，把Prometheus解救下来……

高加索，
Hercules 回来了！
不要忧伤，
他还是以前一样的壮健呵！
高加索，
你是人间幸福与磨难的证人。
你曾洞听着一个先驱者受刑的痛苦呻吟，
那呻吟刻铸在你峥嵘的峭壁；
你知道人类怎样有了光明和温暖，
狰狞的鹰鹫
怎样张开充血的眼睛，
向着善良的人落刑，
你又曾目击着一个为了完成

---

① Prometheus：普罗米修斯。
② 宙司：今通译“宙斯”。
③ Hercules：赫拉克勒斯。

二十件英雄事迹而出生的大勇士——

Hercules

带着人间初生的热情

走向你——

高加索的悬崖，

解下偷给人间以火的“罪犯”。

高加索，

你不是一座无比高耸的山峦，

但人类历史的光华

披罩着你的岭巅。

你看着人间火的诞生的苦痛，

你看着在你脚麓下的人们

燃点起熊熊的火取暖，

看着火光照耀着人们的眼泪

那欢笑着的眼泪呵！

可是，

高加索，

今天火的毁灭者

比那鹰鹫更凶残，

席卷到你的面前了，

Prometheus 给予人间光明

那魔鬼却要给人间黑暗呵！

但高加索，

你不要忧伤

Hercules 回来了！
他喝着 Vodka 酒，
弹着三角琴来了！
为了这是他最后的一件最艰巨的工作，
他必须比解救
Prometheus 时更英勇，
他是火的拱卫者呵！

写于 1942 年 8 月 10 日桂林

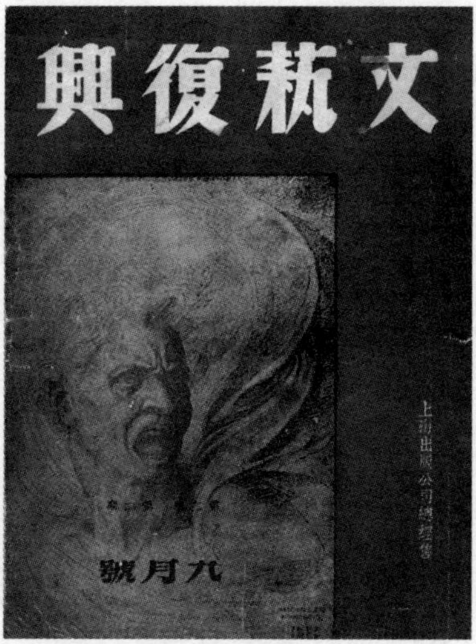

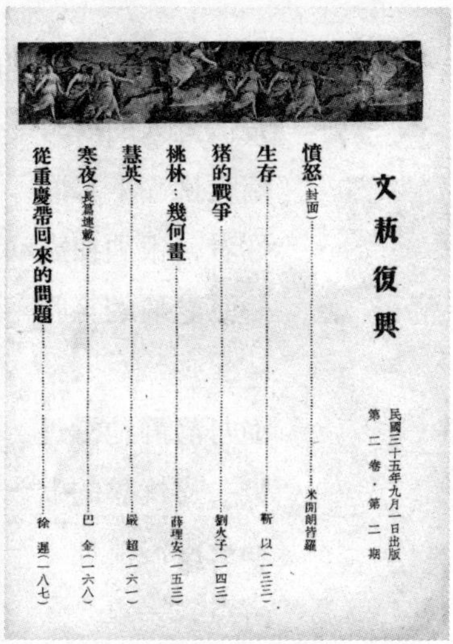
文藝復興

民國三十五年九月一日出版
第二卷·第二期

1946 年 9 月 1 日《文艺复兴》第 2 卷第 2 期刊有刘火子的小说《猪的战争》。该小说描写了战时的军队生活和战士心态。此为刊物封面和目录。

水影

秋日里的小河澄澈
一个聪明少女的眼睛
水之湄有无尽的柳树飞丝
晨风过处
瞳子里有欢乐的仙人
婆娑的舞姿

晌午，天上凝着皑皑的白云
看似老人的雪髯
蜻蜓拂一下水面
你看，银须在震动
一张老翁的笑脸

渔舟静静地滑过
带一支忧愁的歌
渔火漫漫流徙
一点，一点
可是渔人哀怨的眼泪？

写于 1945 年 12 月 20 日 重庆
刊于 1946 年《书报精华》第 23 期

战争、和平及其他[1]

一、战争

我们的战争
是介于光荣与可耻之间的战争。

有些人的家园沦为废墟，
有些人要在废墟之上建筑起监牢；

有些人要在战争中求取自由与理性的复活，
有些人要把他们粗壮的手臂加上锁镣；

有些人慷慨地支付了生命与财产，
有些人贪婪地去榨取战争的利润；

有些人要在战争中追寻永久的和平，
有些人要用战争作战争的延续。

① 为抗日战争胜利而作——原注

二、和平

战争是镜子，
和平是考验。

和平不是战争的结束，
战争还要从和平中开步，
让一切在战火中觉醒的人们
更果敢更热情，
参与这属于人民自己的
开明与黑暗的战争吧！

这是自由与专制的搏斗，
平安与恐惧的角力，
这是神人战胜了魔鬼，
生征服了死，
接生妇克制了刽子手的战争。

祝福所有胜利的战士们平安。
科学家、革命家、
医师、工程师、
工人、农民、
文化工作者、人民代表 ……
一切的荣誉属于你们！

三、狂欢

狂欢吧！
今天我们用血与泪酿成的苦酒
庆祝这无言的忧郁的凯旋。
明天我们跟随那
带着一串一串歌声的少女
走进广阔的葡萄园
摘下透明的果实，
用鲜红的旨酒庆祝人民世纪的胜利！

太阳在微笑，
大地在欢腾。
工厂的汽笛在奏鸣，
议会的塔尖在闪亮。
产科医院的明窗、
牧场的乳牛、
农场的稻麦
在洋溢着生命的气息。

四、希望

我希望有一间小楼房，
茑萝爬上屋外的墙边，
阶前满植向日葵，
母鸡和小雏躲在槐荫下憩息。

初升的太阳照耀着我，
我在窗前写着一部新世纪的历史。
行人打从窗外经过，
警察向孩子们扮鬼脸，
他们走过来和我搭讪，
告诉我附近图书馆里
又到了一本死去年代的禁书。

五、幸福

一切的人们都学会了劳动、
欢笑和歌唱，
学会了用最美丽的词汇
感激创造新社会的英雄。

农夫们把花串挂在猪牛的脖子上，
唱着山歌到赛会去；
工人们群集于体育场，
看足球；
孩子们像听一个荒诞的童话，
听着老婆婆们追述
古旧日子的恐怖的故事；
年青诗人在写着，
赞美人类新生的史诗。

战争在继续着，
为了幸福，

人们集中火力向大自然
向贫穷、疾病与死亡无情地进攻！

写于 1945 年 9 月 重庆
刊于 1946 年 上海《大公报》
收入 1982 年四川人民出版社版《黎明的呼唤》

知識份子的道路

茅盾

目錄

·4·

1948 年 5 月 4 日，中华全国文艺协会香港分会出版“庆祝第四届五四文艺节纪念特刊”《智识份子的道路》。32 开本，众著名作家参与撰稿，刘火子文章为《迎第四年》。此为丁聪设计的封面、茅盾撰写的序言和文章目录。

大街，你是一切苦难的证人！

一、早晨

我撑着破雨伞，
背起破包裹，
从一个战争的废墟，
来到这一个腐烂的城市。

我来得那么早，
第一个踏进了
这横贯城市心脏的大街。
大街还在沉睡，
如一股小溪流，
澄澈得可以看见沙底；
我是一条失群的小鱼，
徘徊在岗警与街树之间。
人在沉睡着，
乌鸦在沉睡着，
街树在沉睡着，
车子在沉睡着，
家家门户都扣得紧紧。

只有岗警和卫兵，
盒子炮和刺刀还睁大眼睛，
斜视着我，仿佛在说：
——唔，要注意这个可疑的人！

浓雾四面八方散布着，
我在浓雾底下走过，
肩膀上感到有痛苦的负担。
但太阳终于出来了，
来得那么艰难，
浓雾中现出一片迷蒙的白光，
我听见乌鸦在空中聒聒地叫。

行人渐渐的增多，
（是太阳把他们召唤出来，
还是乌鸦把他们吵醒？）
岗警与卫兵开始换班了，
盒子炮和刺刀更其凌厉。
卖油条豆浆的小贩，
敲着木梆子匆匆上市；
伺偻的公务员，
从陋巷出来，走进小面馆；
穿着破衣服的工人，
在小茶馆里啃着大饼，
不停地看“标准钟”；
黄包车夫拖着空车子走；
客店门前跳出几个丑陋的女人，

脸上还残留着昨夜的脂粉。
卖报的孩子沿途叫嚷……
都市的体温渐渐高亢！
学生出来了，擦鞋童出来了！
商店开门了，抽税机关开门了！
武装巡查队出现了，囚犯车出现了！
卖“平价东西”的地方挤满了人，
等公共汽车的地方站满了人，
挑水的地方站满了人，
车子在人流中捶击着铁板，
穿过来又穿过去。
警察开始把手掌摊开在小贩面前，
或者挥挞着小贩的脸庞；
打手们开始集议一天的课程，
在准备着石子与铁条；
穿军服的人开始扭打报童；
“不法的带枪人”凭着“派司”，
开始制造人间悲剧，
都市的乐章开始转到快板！

我停在街头贴报的地方，
那显眼的标题在向我召唤，
弱小者的惨剧映现在我的眼前，
我愤怒地读到史纪彦和田凯的血腥的名字[①]！

---

① 史纪彦和田凯都是国民党特务。史诨号“活阎罗”，曾恃势强奸有夫之妇，为妇之十二龄幼女所目睹，遂杀之并灭迹。田凯为渝市“四大天王”之一，以残暴著名。因被电力工人发觉偷电而恼羞成怒，竟将电力工人枪杀。

二、晌午

我在“精神堡垒”[1]前徘徊，
不知向哪一方走去。
浓雾消散了，
太阳可还没有真正出来，
暗云低得压着屋顶，
人在发愁，不相信这是中午。

宪警沿人行道排列着，
比街树站得更紧密，
他们为要保护一个头人的汽车经过，
忠诚而又愚鲁的眼睛窥伺着行人，
好像随处都有“凶手”发射子弹。
我沿着行人道走去，
小贩的呼叫应和着商店拍卖的鼓声，
我低下头沉思又举头张望——
到哪儿去呢，到哪儿去吃我的中饭？
伤兵们撑着拐杖，
一摇一摆地走向饭馆门前，
用羡慕的眼睛注视着窗内的食品……

一群人围在电灯杆脚下，
看一个因饥饿倒在沟渠边的人
垂死前挣扎的神色，

---

① “精神堡垒”位于重庆中心的十字街。

人们只知道摇头叹息，
却忘记了他嘴巴还张着，
需要一碗热的果腹的东西；
叫化子在不远的路旁低头无语，
面前摊开一张涂满黑字的白纸，
怀里抱着一个婴孩，
苍蝇扑在他肮脏的脸上；
马路上有人抬着死尸，
静悄悄地经过，
没有棺材，只有粗劣的白布裹着尸体，
没有送殡的人，
只有呆立在尸身的雄鸡；
摩登少女穿着上海飞来的绫罗，
吐一口涎沫，
“咦！”把丝手绢捂着鼻子。

忽而传来一连串的喇叭声音，
吹得那样单调而又低劣，
一个兵队踏着轻快的步武向前，
一个脸色惨白的年青人，
沉重地走在中央，
颈上插着一根黄色的标签，
写着他的籍贯年龄与名字，
路人跟在兵队后面，
去看一个接受被污辱的死！

我沿着行人道走去，

路中央有汽车疯狂似地驰过，
轮子还染着新鲜的血迹，
车厢里的人坐得那样安闲，
他的鞋子不沾一点尘污。

我沿着行人道走去，
前面有军警在拉丁。
我急遽地转了回头，
我曾在民族自卫战争中捐献了一切，
我不能在内战中再经受一次痛苦。

我沿着行人道走去，
小贩的叫声震得我耳朵发聋；
我沿着行人道走去，
墙壁上的标语还高唱着“民主”；
我沿着行人道走去，
迎面而来的是从一个群众大会出来的
一批一批捧着血脸的受难者[①]；
我沿着行人道走去，
有人用枪柄敲打平民；
我沿着行人道走去，
有人在捣毁报馆；
我沿着行人道走去，
看见学生们受了欺骗的饮泣。

---

① 捧血脸者指在重庆“较场口事件”中被特务殴伤的郭沫若、李公朴等进步人士。

三、黄昏

黄昏是美丽的，
彩色的灯照耀着发光的路面；
黄昏是旖旎的，
像臭虫一样胴体的人
赶着车子到“胜利大厦”参加温馨的夜会；
黄昏是情欲的，
吉普车东奔西窜，
撒下一片假装亲切的笑声和软语；
黄昏是愁苦的，
街头人在彷徨着寄宿的地点；
黄昏是危险的，
在电灯如香火一样的暗淡的角落，
有被害者的呼救声；
黄昏是恐怖的，
那些戴着黑色眼镜的人，
怀着武器和镣铐，
在嗅着人民事业工作者的足迹。

四、子夜

大街是我的家，
我是大街的熟客，
当世界都把大门关闭时，
唯有大街把我容纳。
但大街是悲惨的！

包容着一切罪恶，
也包容着一切苦难！
我双手插进裤袋里，
把衣领翻起
斜靠着一棵枯萎了的街树，
勉力撑持着疲惫的躯体。
四周没有了小贩的叫唤、
车子的号角，
一切都归于沉寂，
但我耳朵却听到了一阵阵凄厉的呼嚎，
自远方来了无数的鬼魂，
痛苦的、披血的脸颊在黑暗中摇晃！
我认识他们——
谁死于“特殊人物”的枪下，
谁死于沟渠旁边，
谁死于污辱的子弹，
谁死于汽车轮底，
谁死于贫穷与瘟疠。
他们在愤怒地说什么话语！
我忙把眼睛闭起：
大街啊，
你是用血泪铺成的，
你的空间永远回荡着不幸者的哭泣和仇恨，
你是一切苦难的证人！

写于 1946 年 5 月 上海
刊于 1946 年 上海《清明》第 3 期
收入 1982 年四川人民出版社版《黎明的呼唤》

风暴

风暴，
从气压最低的地方来。

没有太阳，
暗云压在头上，
鱼在水面急跳，
海水漫到岩岸，
人撕开了领子呼吸，
热流在低空回荡。

于是第七号风球挂起来了！
人们用坚固的堤坝
企图遏止它的呼啸，
用浮筒把船扣紧，
用绳子把窗户扎牢。

可是风暴说来就来，
来得那么威严又那么堂皇。
它走进这窒息的世界，
兜一个圈又一个圈

把闷热驱走，把凉气带来。
拔掉一切空心的大树，
扯裂霉烂的旗帜，
吹坍腐朽的殿堂，
把那破烂的小舟
和那无能的舵手，
吹到羽毛也下沉的海洋！

风暴从哪里来？
风暴从窒息的空气中来。
风暴什么时候来？
风暴在压力最大的时候来。
它要来就来，
谁也阻挡不住它来！

写于 1948 年 7 月 香港
刊于 1948 年 8 月 8 日香港《华侨日报·文艺》

交语

——念陈子涛[①]

有一天他被捕了，
因为在人群面前
宣读一篇正义的宣言，
触犯了一个没落王朝的尊严。
暴君把他上了镣铐
囚在石室里，
暴君说："如今你就在里边叫嚷吧，
你可以面对着墙壁煽动愤怒的火焰。"
他倔强地冷笑
对暴君投以轻蔑的一眼，
在牢狱中开始度着亘长的岁月。
他对暴君说：
"你别笑一个囚徒的寂寞，
顽固的石墙也会和他交语。
每天将有太阳一线光明，
带来新生的气象，

① 陈子涛（1920~1948）：广西玉林人。先后任《广西日报》记者、采访部主任、总编，成都《华西晚报》编辑，上海《文萃》周刊编辑。1947 年加入中国共产党，同年被捕。1948 年底被国民党反动派活埋于南京雨花台，年仅二十八岁。

广场上终有一天扬起呼笑
透过晴空传来人民胜利的歌声。"

写于 1949 年 7 月 香港

1943 年桂林。刘火子（左，时任《广西日报》编辑部主任）与陈子涛（时任《广西日报》采访部主任，《文萃》三烈士之一）。

一切都过去了！

在那梦魇般的日子里，有人曾幽幽地告诉我："记住所罗门指环上的箴言——一切都会过去的！"

最是难堪啊，
那灾难性的岁月！
人被投进铁桶里，
"全封闭"，天日暗无。
九亿人口，
千家万户！
该怎么说呢——
这空前的大劫数？
世界在前进，
中国在返祖！

没有风，
没有青草，
没有流水淙淙，
遍地尽是雾，
当然也没有彩霞，
更无鸟儿唱布谷。
野蛮替代了理性，
智慧让位于愚鲁。
漫天符咒，

满目图腾，
层层路障，
处处 TABU[①]，
连唤一声“太阳有黑子”，
也被当作异端邪说，
对神明的亵渎。

生活像一块锈铁，
刻板而冰冷，
腐臭而顽固。
无须懂得氢二氧一，
无须懂得加减乘除，
试管砸烂，
化学流程堵住，
书本成了廉价的燃料，
蜘蛛成了学宫的宿主。
科学受嘲笑，
勤奋感到孤独。
“老”字同反动划等号，
“经验”变作犯罪之元素。
看不见一寸干净的墙，
听不到一句温存的话，
遇不见一张和颜悦色的脸，
寻不到一间安宁的家屋……
该怎么说呢 ——

① TABU：禁制。

这空前的大劫数?
神经痉挛,
肌肉抽搐,
竟成一代人流行性病毒!
文盲!科盲!
音盲!色盲!
五千年文明古国,
何来如此多的单细胞毒物?

是的,一切都过去了!
十月的晴空艳丽得出奇,
寒凝大地再复苏。
过去的就由它过去吧,
账迟早总得清算,
可如今实在没工夫 ——
破了的房子等待着修补,
被玷污了的旗子得重头竖。
看远方无限锦绣,
兄弟们哟,加快步伐,
猛烈冲刺这二十世纪最后一段路。

写于 1977 年 5 月 23 日 上海

1977年刘火子夫妇在家中接待从北京来访的廖梦醒（前左），共同回忆40年代在重庆从事革命活动的经历。后左为蔡北华。

廖梦醒母女（前右二、右一）与刘火子夫人（左一）和孩子们亲切合影。

早安

曾经咽下多少忧愁多少恨，
默默然漫步在十里长街，
无意同他人搭讪。
如今啊，我可兴冲冲兴冲冲，
跨上矫捷的“凤凰”，
沿着街树行列飞趱。
有谁能猜透我心中为啥这般乐？
交通警同志，早安！早安！
快把绿灯打开吧，
“岗位责任制”轮到我值班！

车轮咬着车轮，
一站越过一站。
我敞开胸怀喝个够啊，
这十月的晨风，
胜似蜜糖那样甜，
比牛奶还要甘。
该感谢谁呢？——
昨夜浇下这场倾盆雨，
荡涤了大气层的污染！

啊，世界变了，变了，
变在一夜间！

透明的曙色，
美好的街道，
人人真诚相见。
祖国啊，我知道是谁的妙手把你装点！
让我从心底里喊出——
早安！早安！

第一支歌唱起来了，
那样雄伟庄严！
第一面旗子升起来了，
那样鲜红耀眼！
老年人都想甩掉拐杖，
年青人个个眉宇舒展。
曾经踏破雪山草地
喝过延河水的老一代哟，
抹去脸上的愁云，
扔掉病假条，挤着公共汽车去上班！
曾经闲坐在公园里聊天的科学家们哟，
今天你们在哪里？我为何寻不见？
啊，在实验室里——
　　进行着第一千次试验！
请告诉我，请告诉我：
是不是又对侏罗纪土层
　　有了新的发现？

是不是又在考虑从太空中
　　获得新的能源？
是不是又在设计新的回旋加速器？
是不是又在探索新的裂变和聚变？
啊！在你们深邃的眼睛里，
银河并不远，
基本粒子能看清，
盘古和未来——
就像昨天和明天。
尊敬的科学家们，辛苦了！
我不愿打乱你们的沉思，
轻轻地呼叫：早安！早安！

从四面八方汇拢来，
走向四方八面。
这十里长街啊，
今天没有一寸土地空闲，
没有一个灵魂懒散。
街树特别苍翠，
天特别蓝。
看火炬在燃烧，
小朋友的领巾像火焰。
从他们水灵灵的眼睛，
可以看见二十一世纪的山花多么烂漫。
一、二、三——四！
听长跑者的脚步声，
震得地球在颤抖，

新时代的马拉松英雄们，
早安！早安！
预祝你们高速度地跑完这光辉的里程，
把胜利的接力棒传给二零零零年元旦！

写于 1978 年 2 月 上海
刊于 1978 年 2 月 19 日 上海《文汇报》

1975 年底刘火子（右）与诗人臧克家相聚北京。

二十一世纪畅想

人说二十一世纪是个新高度，
难攀啊，中国，
底子薄，没基础！
你说呢，小老虎？
不！不！不！
一千座珠穆朗玛
　也挡不住咱们的路！
好样的！
我就是高兴与你们为伍！
走，用不着搀扶，
步，还是当年的虎步，
一跨三尺五！

路啊，别说迢迢，
时间啊，别说短促。
嘿，八千多个工作日，
够用啦，每天走它个一千里，
咱们的计时表永远是超音速！
当旧世界的时钟走到最后一秒，
第一支报晓的钟声，

肯定从天安门播出。
这钟声啊——
通告全世界，
通告太阳系，
通告全宇宙：
新世纪已由中国征服。
光彩啊，荣耀啊！
看，银河里的天鹅在振翅飞翔，
欢呼一个个“猜想”被中国揭破，
一个个“必然王国”由中国做主！

什么年代都没有这样美好：
花是这样芬芳，
生活是这样幸福，
工作是这样庄严，
思想是这样丰富。
想起那——
一个伟岸的身影，
走遍四海五湖，
要劈开昆仑三截，
“环球同此凉热”；
要截断巫峡堵长江，
世界殊！
想起那——
人民大会堂一巨手，
要给四分之一世纪排日程，
为新的四重奏写总谱！

想起那——
十月的行动，
明快！果断！艺术！
是善良的都归队，
是废渣就排除。
冰镇了十年的心没有冷却，
空闲了十年的手还是那样娴熟！
九亿人啊，
心里重新有了强大的磁场，
磁场的中心就是——
中南海的首脑部！
每一双眼睛都注视着一点，
那就是未来，
那就是高处！

啊，当这一天真的来到，
报晓的钟声催醒了地球，
金色的栅栏翘起来了，
二十一世纪的列车进入站台，
红地毯为咱们铺路。
美极了！
地球的近邻为咱们张灯结彩。
欢乐极了！
地球的骄子——
七十年代的第三世界，
老战友重逢，载歌载舞。
谁都没工夫理会那一小撮

跛行的霸权主义者（想当初，这又何苦！）
靠着墙脚根幽幽地哭。

嘿，什么都变了，
变得如此迅速！
黄河之水还是东流入海，
海，还是那样湛蓝，那样咸度，
中国还是那样的经纬，
那样九百六十万平方公里版图，
人还是黄种，
可是成就却如此令人注目！
寿命在延长，
癌症被制服！
早上，从南海之滨出发，
午饭吃在天山之麓，
暮宿在内蒙古草原，
夜观星斗，
要同冥王星挂个“长途”。
我闯进黄土高原的果树林，
采下成串成串晶莹的紫葡萄，
随手舀起黄河水，
胜比漓江水更绿。
我徜徉在克拉玛依的林荫道，
深入戈壁滩看足球——
书生对工人，和局五比五。
啊，地球忽而膨胀，
上下三层有人住，

白云深处是人家，
海底深处有通途！

上升呀，扩展呀，
一切善良的因素！
二十世纪播下的种子，
二十一世纪出土。
看啊，二十一世纪的小主人，
划着上弦月，当航船来了，
向早到的中国人欢呼。
二十一世纪第一道阳光，
照射着小老虎额前的汗水，
照射着人们笑脸上的泪珠。
我，一个老汉紧紧跟上，
没有落伍，
步，还是当年的虎步！

写于 1979 年 6 月 上海，为上海作家协会和上海人民广播电台庆祝建国三十周年举办的诗歌朗诵会面作。

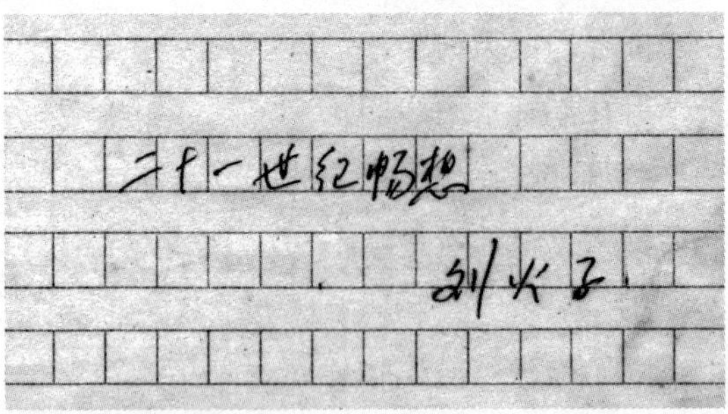
二十一世纪畅想
刘火子

刘火子诗稿手迹。

八月的申江

——和浪英兄《五月的代代木》

八月的申江，莫说春去远
桃花虽已隐迹，榴花开得正妍
像霓虹蜿蜒绿丛叶杪
更像一团烈火映红欢笑的脸
久别又重逢——诗意正绵绵

八月的神州，更是春无限
远山近山如黛，江水湖水如蓝
花香鸟语浑成旋律
自然天籁歌咏我们一对
一对啊！少年知已
　　　　豪兴依然

写于 1979 年 9 月 19 日 上海

1981 年上海。20 世纪 30 年代香港文坛旧友重逢。左起：刘火子夫妇、谭浪英（伦冠）、戴英浪（隐郎）。

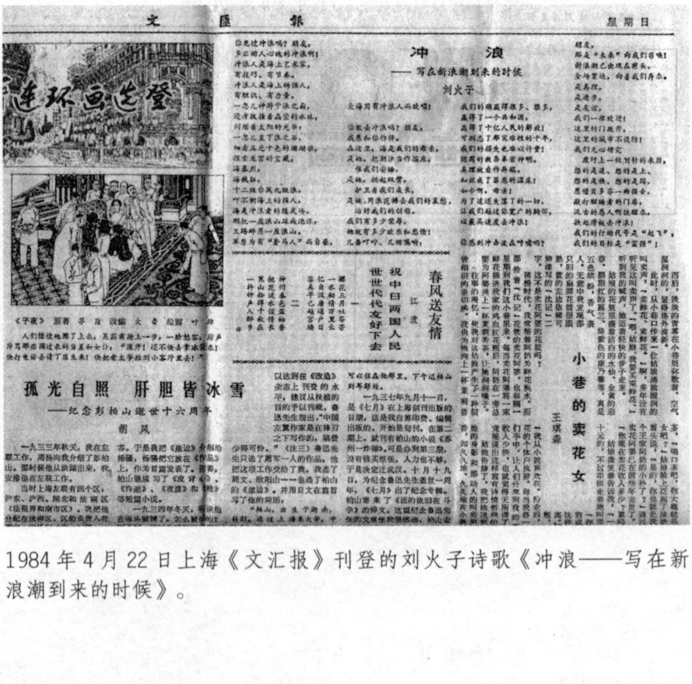

文匯報 星期日

冲浪

——写在新浪潮到来的时候

刘火子

连环画选登

春风送友情

江波

祝中日两国人民世世代代友好下去

孤光自照 肝胆皆冰雪

——纪念彭柏山逝世十六周年

胡风

小巷的卖花女

王琪森

1984 年 4 月 22 日上海《文汇报》刊登的刘火子诗歌《冲浪——写在新浪潮到来的时候》。

冲浪

——写在新浪潮到来的时候

你见过冲浪吗，朋友？
多么动人心魄啊！
冲浪人是海上艺术家，
有技巧，有节奏。
冲浪人是海上强者，
有胆识，有力量。
一忽而神游于浪之巅，
满身披挂晶莹的水珠，
闪烁着太阳的光华；
一忽而直下浪之谷，
细看五光十色的珊瑚礁，
探索龙宫的宝藏。
海暴烈，
海疯狂，
十二级台风九级浪，
吓不倒海上的强者，
海是冲浪者的练武场。
刚把一座浪山踩成泡沫，
又踢碎另一座浪山。
草原为有套马人而自豪，

大海因有冲浪人而欢唱！

你敢去冲浪吗？朋友，
我愿和你作伴。
在这里，海是我们的母亲，
是她，把潮汐当作摇床，
催我们安睡；
是她，用浪花拂去我们的哀愁，
治好我们的创伤。
我们有多少荣辱，
她就有多少欢乐和悲怆！
几番叮咛，几回嘱咐：
我们的确赢得很多、很多，
赢得了一个共和国，
赢得了十亿人民的解放！
可别忘了那灾难性的十年，
我们的损失也难以计量！
陈腐的教条奉若神明，
真理被看作异端，
知识成了罪恶的温床！
如今啊，母亲，
为了追还失落的一切，
让我们越过你宽广的胸怀，
以最高速度去冲浪！

你感到冲击波在呼啸吗？
朋友，

那是“未来”在向我们召唤!
新浪潮已出现在前头,
全场紧迫,向着我们奔来。
是真理,
是进步,
是友谊,
我们一律欢迎!
这里的门敞开,
这里的城市不设防!
我们无心研究
废墟上一枚别针的来历,
想的是追,想的是上,
想的是快,想的是闯。
愿借贝多芬一根指挥棒,
鞭挞酣睡者的门扉,
泥古的愚人啊,快醒来,
挟起滑板去冲浪!
我们的行动代号是“起飞”,
我们的目标是“富强”!

写于1984年4月上海
刊于1984年4月22日上海《文汇报》

奋起者之歌[①]

一

黑色的！
黑色的！
这里那里
全是黑色的！
年代是黑色的！
自从伸来了欧罗巴岛国的黑手，
漫长的一百零九年[②]是黑色的！
烟枪是黑色的！
烟雾是黑色的！
人脸是黑色的！
骨髓也是黑色的！

太阳失去了妩媚，
人失去了笑脸，

---

① 1984年8月于哈尔滨渡夏，时值建国35周年前夕，写此志盛。翌年8月15日，全国人民集会欢庆战胜日本帝国主义侵华40周年，爰寄香港《文汇报》文艺副刊发表。——原注

② 一百零九年：指1840年鸦片战争开始至1949年新中国成立。其时，中国处于半殖民地半封建社会。

世界是黑色的！
半明不灭的烟灯，
恰似灵堂里的残烛，
掩映着新寡的眼泪；
又似地狱门前恶狗的眼睛，
在找寻枯瘪的灵魂，
带他们走向死亡的深渊！

太阳被蒙上黑头布，
公理被锁进全封闭的铁罐。
欧罗巴的团伙，
从四面八方呼啸而来，
罪恶的黑手伸得老长老长，
以百倍于章鱼的贪婪，
张开凶狠的吸盘
对着我们——
吸走国家主权，
吸走稀世财宝，
吸走做人的尊严。
然后又在我们的土地上
排泄腐臭的渣滓——
巡捕和浪人，
镣铐和皮鞭，
康伯度[1]和冒险家，
洋枪队和炮弹……

---

① 康伯度：德语“买办”一词的音译。

东交民巷凌驾于天坛，
恐惧潜入每户人家，
孩子们不敢夜啼，
人不能为自己命运做主，
对生活无所爱，
生存缺少空间，
欢乐啊，从不与他们结缘。

概念被扭曲，
“华人与狗”划上等号，
丑恶和善良成了同义语，
“亲善”的背后是诡计与凶残。
一纸通牒，
一项条款，
一声狞笑，
一次恫吓，
都能掠去我们国土一大片。

二

国之不国，
人亦非人。
圆明园空余断柱颓垣，
面对苍天浩叹。
然而地下火在蔓延，
仇恨的种子，
终要冲破板结的心田，

化成火柱，

化成烈焰！

父兄们从头收拾旧家园，

采撷倔强的野花编成花环，

献给革命先贤。

那面破旗，由金黄而苍白，

那条金龙，由张牙舞爪而耷拉着脑袋，

任人在身上烙满：

“Damn Fool！”[①]

“Baka！”[②]

一连串辱骂的字眼！

它再不是国家的标志，

而是一块打满补丁的包袱布，

包着白花花银子，

包着国家版图，

包着神圣主权，

奉向给异邦，拱手、打千！

然而这都无足以挽救垂死的命运！

它终于倒下了，

倒在炮舰的硝烟里，

倒在万民的怒吼声中！

三

“卿云烂兮”，

---

① Damn Fool：英语骂人的词语。

② Baka：日语骂人的音译。

“旦复旦兮”。
一支古旧的歌，
给人以刹那间的欢愉，
漫天彩云，
五色缤纷。
“五族共和”，
人仿佛在梦游中进入天堂，
重新点燃希望的篝火。
虎门、太平天国、
义和团、黄花岗……
烈士们应感到无憾！

可是不！
五色旗冉冉而升，
掌握旗绳的人依然是欧罗巴的团伙！
一双双毛茸茸的黑手，
一大堆苍蝇、跳蚤、蚊子、臭虫，
一大群草莽、流寇、青红帮、政客、屠夫，
一大帮窃国盗、军阀、东霸天、西霸天，
在旗杆下你揪我打，
扭作一团，
为操纵旗绳各不相让。
霎时间，
偌大一个国家，
竟成了一只破木桶，
盛满酸臭的泔脚水
贴着红黄蓝白黑的标签。

人们刚甩掉脑勺后的辫子，
颈上却又给套上
一根沉重的绞链！
于是一场烛天烈火
燃烧在天安门广场，
赵家楼成了火炭！

四

一面新的旗子又告出现，
以革命的名义，
如轰雷，
如闪电，
发轫南方，
直抵北端，
一路新歌高唱。
人们不再陶醉于虚无飘渺，
无暇寄希望于“卿云”，
更不乞灵于神仙天主，
只借助于波罗的海舰队的炮声！
两股正义势力相汇合，
两个革命巨人捶鼓击节，
引出亿万人的共鸣，
孙中山！毛泽东！
“打倒列强，除军阀！”
何等威武啊，这战歌
沉雄！辉煌！灿烂！

亿万个音符，
亿万把利剑，
拦腰砍断万重山！
在黄埔，在汀泗桥，
在上海，在省港，
军人、纠察队高唱着它，
人人心如火燎，
恨不得把旧世界立刻打翻！
它是正义的宣判，
帝国主义、走狗、贩毒者、军火商、
叛徒、暗探、地主武装、商团……
个个闻之丧胆！

然而可悲啊可悲！
太阳出现了黑子，
天空堆满乌云。
革命长曲被差点儿掐断了主弦，
大地冒起法西斯的狂言。
军统皮靴的呼啸，
中统的无声手枪，
集中营的镣铐和毒打，
叛徒告密的耳语。
造谣、诽谤、
暗查、诬谄、
杀头、坐牢、
失业、贫困、
瘟疫、死亡，

人人匍匐在死亡的边缘。
但是定音鼓还在，
如暴风骤雨，
如原子分裂，
响彻千山万水之间。

万里长江吹响进军号，
紫金山下起狂澜。
“总统府”屋顶那面旗子，
委身于泥泞，
踩在解放军的脚下。
光秃秃的旗杆
成了耻辱柱，
记录着最后一个反动王朝
彻底灭亡！

五

一八四零至一九四九
梦魇般的一百零九年啊，
已到了尽头，
如今天破晓！
曙色红熳熳，
金光闪灿灿。
火凤凰振翅飞腾，
赢得万邦赞叹。
千首万首感恩歌，

唱“舵手”，
唱“明朗的天”。
到处泛起红宝石般的光华，
映得人心如痴似醉，
收不拢欢笑的脸，
东方涌起新的星座，
色如琥珀，普照人间，
启示着幸福的金帆，
正在地平线上冒尖。

衰竭的心房再起搏，
停摆的时钟又开足了发条，
冷却的锅炉重新喷射火焰，
沉寂的竞技场枪声再起，
被抛在时间后面的健儿
向着终点冲刺，
把失去的时间追还！

从坎坷小路走来，
从血泊中崛起，
我们的旗帜啊，
为什么红得如此鲜明？
它的色素与先烈的血同缘。
塑造了英雄，
孕育了胜利，
真理赖以传播，
良心赖以发扬，

花儿从没有如此娇妍，
艺术从没有如此完整，
生活从没有像今天
受到这样众多的赞美！

中国来了！
走向世界讲坛，
心胸坦荡，
仪态万千。
几代人的夙愿——
蜕掉被强加在身上的半殖民地的皮，
把金色的大字“富强”
与祖国的名字相联。
在万隆，
在联合国，
在第三世界，
在珠江口的扯旗山上，
我们的旗帜是那样神采飞扬！
在长津湖、上甘岭，
在法卡山、扣林山，
我们的旗帜是那样吐气扬眉！
在珠穆朗玛，
在奥林匹克，
在海洋深处，
在外层空间，
在硅谷，
我们的旗帜在攻关！

中国来了！
带着盛开的君子兰，
带着诚挚的知心话，
走遍全世界口岸，
进入善良人们的心坎。
中国是“发光体”，
照亮所有黑暗的角落，
驱走愚昧，拔掉种族隔离的栅栏，
砸碎一切枷锁。
中国是“样板”，
从落后跃进发展的行列，
中国永远同敢于拼搏的人在一条壕壑！
听啊，征人的战鼓是没有休止符号的，
直到二零零零年，
敲个没有完！

写于 1984 年 8 月哈尔滨
刊于 1985 年 8 月 15 日香港《文汇报》

散文、通讯、报告文学

岛上的妇女们怎样过这夏天

——替她们算一算账

今年女子的夏装实在新奇得可以了。假如我们打从皇后大道走过的时候，我们便可以目不暇接地看见很多穿着各款各样服装的女子从你身边擦过。她们操着各种方言，面上涂得红斑斑，睫毛一根一根地插在眼皮的边缘，或者两块黑黑的玻璃镶着白边的眼镜分挂在鼻梁的两边，旗袍是短短的，露出两支半截的腿，高跟的皮鞋也怪有趣地露出涂了红的脚趾，一个大得莫名其妙的白手袋挂在腕上，施施然地在人行路上走着。有时一阵浓香送到你的鼻尖，使你觉到今年女子的夏装实在太艳冶了。

是的，今年比去年显然是艳冶得多了。这原因正像“文化南移”似的，有一帮把一切穷极奢华的生活方式搬到岛上来的小姐太太们，她们一向在大上海或其他大都市生活，对于衣食住是讲究的，来到这永远没有飞机轰炸的香港来，也继续地讲究下去。这么一来就成了风气了，连一向住在香港的富有妇女，也争相效尤了。你看，她们天天在打扮，上酒馆、上舞场、上戏院、上百货公司，生活享受得非常美满，不过，如果你问她们“今天广州给炸得怎样了？”却是她们感到扫兴的。因为她们每天花在化妆上的时间已很不少，譬如到理发店去梳一个头，涂一回粉，染一回手指甲和脚趾甲……这样起码就要花去三个钟头，其余还有很多化妆上的琐事，是我们不及知的，这样便使得她们忙到连报纸都没时间看了。

现在且让我们来计算一下，一个女子在夏天要花多少的钱？今年做旗袍最流行的布料据说是“尼仁”，价钱相当贵，每码约值三块钱，即使今年的旗袍比往年短了五六寸光景，但每一件也需三码，连手工各项合计每件至少需十多块钱，如果做一件丝绸的，那布价与人工都成正比例增加，自然更可观了。固然，便宜一点的未尝没有，但是不少来自东南亚岛国，一些冒牌富有的妇女们正是这类货品的主顾。不过值得奇怪的，就是国货布匹，在香港一般妇女竟视同可怕的“仇货”，永远不会把它披在身上。

其次，一双白皮的高跟鞋，五六块钱是一般的市价；一个大得莫名其妙的白手袋，四五块钱是适中的价格；一对薄得像玻璃似的丝袜，约需三块钱；手袋里的化妆品——口红、脂粉、指甲水，不管甚么牌子，总在六七元的数目。而一个镶白边的黑晶眼镜，也值得两块钱。其余像内衣以及各种零星小物，价钱也很可观。至于天天到理发店梳头啦，把睫毛弄得粗硬啦……这些手续费自然也不会很少的啊！

总之，根据上边各项数目合计，每个女子花在夏天的费用大约至少是四五十块钱，这还是按一件计算，如果每样多添置一件的话，其数目当然照比例增加。

把这么多的钱花在争奇斗胜的化妆上，实在有点太奢侈了。留守祖国的妇女们已经一批一批地穿起救护队或服务团的工作服，跑上前线去，她们觉得唯一的美丽就是工作。这些且不必说，就算在祖国后方的妇女们，也穿着蓝色的布衣，即使她们的外表有人觉得不美，但是她们素朴的观念和献身的精神却是比都市这种徒会卖弄风姿的妇女美得多哩！

刊于1938年6月9日 香港《大众日报》

“娱乐”门前一瞥

娱乐戏院附近的水门汀上，常常站着很多人，他们为的什么，这是很难说的，也许是等着看戏，也许是等着朋友，也许是无聊的时候看过路人消磨一下日子。当然别于这三种的人未尝没有，但却是很少很少。其实，这里如果再严格一点说，虽然上面举出的有三种，而最后的一种却是最多。

但是那里有什么看头呢？一天下午，记者特别做了一次无聊人，在那里站过一个钟头。突然——

“你瞧，密丝王跑来了！”

“哪儿呀？”

“在华人行门口跑着，你看，比昨天穿得更要薄啦！”

在我身旁站着的两个青年这样的对谈着。这，使得我马上悟出：这里最有看头的还是女人。于是，我也细心地看女人了。

首先，我们得要知道这是香港最繁华的一个地方，那里有着一切女人消耗金钱的所在，什么时服店、化妆品商店、理发店、饮冰室、戏场……都齐集其间。

女人，有着各种姿态，而最常见的却是两种，第一种是中国味浓厚一点的，挽着一个白手袋，花花绿绿的短旗袍，白色的高跟鞋，施施然地走着。第二种则是比较洋化的，手里挟着一本 Vogue 或 Photo YA，穿着时款的洋服，走起路来也很有劲。然而不管姿态如何不同，却都是流连在这附近的场所。她们会在每一座橱窗面前消磨着很多的时光，哪一双鞋子款式好，哪一种布料时髦，哪一套服装出色，尽在那儿讲究。因此，光是一个钟头的短时间里，同一个女人在你面前像蛇一样地爬去又回来，平均至少有三四次。我想，假使我们多做几天无聊人，那些女人都将成为面善的熟稔的路人了。因为她们每月要在那里走足三十一天的时间呀。

如果说她们除了看橱窗里边的货色便完事也不很对，她们也看影院门前的剧照，说哪一个男明星生得漂亮，演得够劲，或者对着墙壁上的镜，前后端详自己的影子，也是常见的事。

戏院票房前有一架机器磅，好些女人把角子塞进去，秤秤自己的轻重，而后娇嗔地露出懊悔或沾喜的神色，这种情形并不稀奇；更有好些女人睨着眼睛跟无聊的男子交望着，才使你觉得她们委实勇敢。

东亚药房里面也有一架不收费用的磅，把身子放上去揩油的女人更多，自然不在话下了。

这几天“皇后”开映国片《貂蝉》，看的人很不少，水门汀上更是热闹了，因而像这样的对话是你所常听见的：

“貂蝉阿好看？”“差不多！”或者，

“哪儿去呀？”“去看那套 Sable Cicada。”

头两句是出自上海人的口音，大家一听就知道了，而后两句呢，大家千万不要误会是西人的口音，那是正牌的我们的同胞，只是“貂蝉”两个字在她们说起来没有英文来得容易而已。

现在，也许读者们要问，她们天天在那里混，究竟是怎样的人呢？告诉你，她们是太太、小姐、舞女、洋务机关的女职员……

至于拿着公文包，穿着朴素的衣裳，忙着救亡的事业，东奔西跑，像这样的女人，在那里不特少见，而且是罕见的。

刊于 1938 年 6 月 19 日 香港《大众日报》

岛上人的“仲夏夜之梦”

天气一热，都市的夜生活又紧张起来了，不管富有或是贫穷的人，挤在那白天曾受太阳蒸炙过的屋子里，都觉得难耐，因此到外边乘凉去，是一般市民普遍的要求。虽然坐着汽车驰骋于马路与拖着屐板倘徉于水门汀，是绝对的两件不同味儿的事。

今年，几个避暑有名的地方，青岛、阳山、北戴河，我们暂时都不能去了，除非带有“暧昧”的任务。香港虽然在“避暑”这意义下并不是有名的地方，却是因为直至如今还没有闹过侵略者屠杀的惨剧，炮火的硝烟还不曾冒起过，而且环境相当美好，四周围绕着一个大海，山上的树木也异常繁茂，消磨一个夏天还马马虎虎可以过得去。假使袋中富有的话，度夏的法子更多，譬如说，最近举行的夏夜游河会，只消五块钱的入场费，一只华丽的汽船便会把你带到港海外快乐地过一宵。

不过上边说的都是特殊富有的人才可以做到，一般市民都不容易有这幸福享受，他们度夏的方法与场所，都仅限于市区之内。

连日天气大热，晚上还到处流着日光的暖流，在屋子里根本不能过的，尤其是人口繁密到这般程度。所以夜市的生活一方面是紧张了，同时活动的时间也延长了，虽是夜深两点钟，街上还疏落地散着人影。

一般市民在夏夜里纳凉的主要方法就是行街。但街是有各种不同的，因而也容纳着各种不同的游客。大抵一般劳苦群众是喜欢到繁盛的地方去的，这所谓繁盛并不是指皇后道等地，这些地方他们并不感兴趣，他们的智力和财力还没有这么高深，他们要到的是大笪地、荷里活道、春园街和对海的榕树头，那里有着高唱无线电机的凉茶店，卖白榄兼唱戏曲的小贩，口若悬河的星相家、说书者和卖药的人，以及一切卖小食的档子，他们拖一对屐板，东张西望地在那里停留一个晚上，吃几个铜子的零食，听一下各种奇怪的乐曲，自然是写意的事。

另一种比较喜欢静一点的劳苦群众，则大多数停留在各种空旷的场所，比如各区游乐场。每个晚上，无论栏杆或石椅都坐满了人，而一些没有车子往来的石阶或斜路的地方，十数个人一堆，闲谈着各种大小事故，也不在少数。

东西区的海傍，是一般小有产者喜欢行游的地方。皇家码头，最前的几行坐位虽然要收坐价，可是不吝惜这两个铜子的人却很多。

有爱的人，这几条路是他们常走到的：半山的宝云道和坚尼地道，东区的跑马地和对海的漆咸道，那里，不消说是静穆的，尤其是对海的漆咸道，一张一张的椅子排列在路旁，迷人的音乐可不时从人家里送出来，特别增加罗曼的气氛。

茶楼，晚上唱着的女伶，咿呀咿呀地哼着淫腔荡调，引得一般找寻刺激的公子哥儿聚在那里，很是不少，他们一面欣赏着唱者的面孔，一面随着唱者的腔调击拍和着，看来倒也愉快。

此外，倘使是12时过后，我们从一些中下级的住宅区走过，在路旁东一条西一条地躺着很多人，那是我们所常见的。他们也许是无家可归的难民，也许是有家也嫌酷热的劳动者哩。

刊于1938年6月21日 香港《大众日报》

信号

到了黄昏，我的心情便感到异样的烦躁。十日来所哄传的灯火管制就在今晚开始了。我不能用理智去纠正自己可怕的多边的想象，我害怕在那伸手不见五指的黑暗的周围，会出现一个穿着全身黑色衣服的死神向这里每个男女老少抛下微笑，那没有真挚情感的微笑！于是我感到战栗了。对着案头那盏等会儿便要熄灭的灯火，生发无限的热爱，也无限的感喟。

“灯”，是我夜里孤独生涯的唯一恋人。白天在纷扰的闹市中，像一尾活在浊水里的鱼一样，我常感到自己是暴躁的、莽撞的。到夜来，回到家里，捻着案头的灯，伏在桌上看自己心爱的书，写自己要写的文章；或者，整理一下架上的书籍，捡拾一下抽斗里的东西。这时，我是回复到自己的天地，我是安详的、舒适的，特别是那和蔼的灯光，给我无限的温暖。我爱灯，尤其敬佩灯的创造者的伟大；无数次，我对着灯光发呆，眼睛几十分钟不会转动。我想，灯的存在应该是人类最值得光荣的事，它给予人类无穷的幸福：凭着它，医生疗治好了不少的病人；凭着它，艺人创造了无数不朽的杰作；凭着它，全人类把从紧迫的劳动中所剩余的时间从事快乐的玩艺，滋养着人类疲惫的精神。所以我说：“灯是人类最亲切的益友！”

但没有比这更奇怪了。自从爱迪生创造成功第一个灯泡，给予人类莫大的喜悦之后，从此六十年来，人们天天享用它，用它点缀着世界的升平，用它发挥着都市的美感。不是么，市街上或半山上一串串一点点的灯火，不是曾支付过诗人们多少天才的诗句么？这里，我们可以想象，中世纪或原始时代人们夜里生活的样子，是怎么阴沉可怕！但是想不到创造了才六十年的今日，却因为一个战争的信号，竟使得人们不敢跟它亲近起来。它仿佛成了人类的凶物，谁还要亲近它，谁就会招致杀身的祸害！而那些借灯行凶的人的卑鄙可耻行为，却在这里表现无遗了！

记得去年冬天，在东方法西斯强盗不停轰炸下的广州，有一个晚上，正是谣言最盛的一个晚上，市面的风声很紧，说 × 人的飞机要在当夜把广州炸得寸草不留。朋友 Y 君还证实了这谣言的真实性。我是一个异地的来客，但对这谣言都并不感到恐慌，最后而且用冯玉祥“乌鸦撒屎”的道理安慰朋友和坚定着自己。从他家里出来，已是午夜时分，街上除了宪兵而外没有一个人。黄包车夫带着我走。在将要回到 H 公寓不远的地方，蓦然的所有的街灯都熄灭了。“灯火管制哩！丢那妈，日本的飞机晚晚来，累得我们晚晚走黑路。”黄包车夫这么狠狠地自语着。而我却在担心着他会绊着石头跌倒。幸而，路是他走惯了的，经过相当的时间，总算挨到公寓的门前。公寓里的灯也全黑了，我像盲公一样地摸到升降机的进口处，升降机也因为没有电力的供给停开了。我住的是六楼，卒之我只有或断或续地擦了四十多根火柴，才走尽了那有十多个拐曲的楼梯。那一夜 × 机果然到来，机关枪曾嗖嗖地在头上飞过，但至今还留在脑子里的却是爬楼梯这一件事，我得咒骂那些燃点起战争火焰的好乱成性的法西斯强盗，我们得打击他们的恶行，把人类安宁的文明的社会弄成紊乱的丑恶的世界！

是的，还成世界么？战争的空气正在窒压着我们的鼻孔了。绝无武装的民航机成了残暴射击下的牺牲者；安分守己的渔民不在风浪之中丧生而在炮火的焚杀下死亡！

终竟，可怕的信号在空中响起来了。我掩着耳朵急速地把案头的灯光熄灭了。可爱的书籍、原稿和几副精巧的“小摆设”，立刻消失在我的眼前。为了自己的安全，为了他人的安全，我必须这样做，我必须饮下这一个愤恨，接受这一个烦恼。

我走到街上去，但我却疑心自己在走着坟茔。没有 Neon-light①，没有一切灯饰，到处都充满阴森的鬼气。

天上有一盏残月，我在几处涂着灰黑色的大建筑物脚下站着，从南侧的月光投下的庞大的影子压在我的头上，我马上害怕起来。我想：也许有这么一天，法西斯强盗的飞机在这里丢下几个重磅的炸弹，这些曾支付了多少工程师脑汁和劳动者血汗的大楼坍倒了，而自己也给压在砖瓦之下，满脸都是血！而各个 Office 里的精致的家具、贵重的文件和巨幅的壁画也变成灰烬伴着黑烟飞舞。想到这里，我不禁抖一个寒噤了。

“为什么人类的幸福，人类的文明，可以任那侵略主义者法西斯军阀们随意地摧毁呢？”

我们要保卫光明，要保卫人类文化最大成果的光明，我们必须及早打击那些置人类于“黑暗”中的公敌，让我们安详地在“灯光”下过舒适的生活啊！

写于 1938 年 9 月 8 日晚，灯火管制后的香港
刊于 1938 年 9 月 13 日香港《星岛日报·星座》

① Neon-light：霓虹灯。

广州的怀缅

×人[①]在大亚湾登陆的第二天，便到达了淡水惠阳。这急速的进展，使我遭受了一些不生性的外省朋友以嬉笑态度的质问：广东精神哪里去了？对于这，我——也许是全体广东人都如此，不能有半点埋怨，因为我曾的确对广东精神有过无数次的强调与夸大。因此，当这些朋友质问我时，我只好感到脸红，挂一丝苦笑了。

等到 20 号那天黄昏，我又遇见这类的外省朋友。我心里已有所防备，立定一个主意，不管他怎样，我都装着毫无感觉的样子。可是他头一句话就把我这番准备完全瓦解了。他说：广州失陷了，你知道么？广东精神哪里去了？这话有如一颗铅球丢向我的脑袋；如今我脸上并不感到红，也不苦笑；感到的只是脸色青白，全身发抖而已！

“真的么？……”连讲完一句话的能力我都没有了。

“吓唬你的么？ Fi...al...[②]载的！”

我更无言可说了。

晚上，回到报馆，对于这突如其来的不幸消息，我并不相信它的真确。然而消息却是像电流一样地很快就传遍岛上，紧紧地粘着每一个离乡背井的人。我耐心地在等候通讯社和驻穗特约记者的稿送来。但是显然的港岛电讯交通都断绝了，而外国通讯社的电稿则一如前言证实广州的失陷，如今我感到的是悲痛了，加以整夜外间以电话垂询

① ×：指代日本侵略者。下同。

② 原稿不清，似为外文报刊名称。

次数的频繁，更加重我一层苦楚。

夜深，回到家里，把这消息告诉母亲，告诉妹妹，告诉同住的人家。大家都醒来了。起初他们是惊恐，接着是嗟叹失落得太不值，最后便想到当地老友和故居的安危。而隔房的一个老妇人更在担心着故居里的一座祖先的灵牌，现在连孩子都醒着，他们，即使闲常最喜欢号啕大哭的婴孩，也静然地睁着眼睛望着每一个人的愁苦的脸，望着老妇眼眶里的泪水。

第二天，在P.T.女校寄宿的我一个十二龄外甥女，告了半天假回来。我告诉她关于广州的消息，她说，早上晨报才上市，这消息便传遍校舍上下，教员、学生、女仆都一齐地抱头痛哭。因为广州跟他们的生活关系实在太深远了。他们所念念不忘的市郊的巨阔的母校，想在短期内迁回去，这希望是比较困难了，而想保持校内外一切设置的完整，不为×兵浪人所污损、盗窃，这希望更是困难了。外甥女说着，一层悲哀的暗影罩上她的脸庞，而对于该校并不感到十分陌生的我，自然是不能无动于衷的啊。

* * * * *

是的，对于广州我还有什么陌生呢？我的悠长的童年是在那里度过的。我爱她，爱她在南国各地中她是最有朝气，文化水准最高；同样，我爱她在南国各同等城市中她是最朴素，生活水准最低下的一个。而这也就可说我所以贴在广州的地皮过了差不多十多个寒暑的理由。

我在广州曾过过学生的生活，曾过过职员的生活，也曾过过无业游民的生活。因此，对于广州，有如对于自己的房间，哪一本书放在哪个架子，哪个抽斗里有哪样东西一样熟识；哪一条街有书店，有公厕，甚至昨晚哪一档面最好，我都知道得非常清楚。夜里，跟家人一起坐在门前，夜卖的担子一档一档地在狭窄的石铺的街上流走，有敲着小铜锣卖豆腐花的，有击柝卖汤团的，有连叫数十种以上食品的卤味档，这情景已够我回味了。

我爱她素朴，然而我更爱她火样的热情。她，在一个时期里，不，今后将更厉害，充满着斗争的血液。我曾见过几次反革命者的叛乱，见过刽子手在光天化日底下屠杀手无寸铁的民众；然而我也曾见过革命势力扫荡反动者的雄威，也曾见过中国革命历史上最有名的浪潮。

离开她快十年了，但我并不感到隔阂。我还疏落地回去过不少次。而每次给带回来的印象都很好。尽管统治的人有若干次的变动，民众的粗豪、率直、朴素、热诚的作风仍是一样的保存。从事于革命事业的人，仍是一样的众多。所以"看民众的力量得回到内地去"，这话当时我是常说的。而所谓内地也即是指广州。

去年有一个时期我又回去了。那正是农历年的新春时节。当时，关于李福林将军的恐怖的谣言传得非常厉害。当局天天在警告着，而空袭的信号也自早至晚的没有解除。然而民众却一样的安闲镇静，同马德里的情况相仿佛，戏馆、茶楼、商贩，依旧的营业，马路上依旧的车水马龙。但另方面，战时色彩却又非常浓厚，街上走路的人碰面都是正做着救亡工作的青年、壮年，男的、女的都穿起军服，雄赳赳的令人起敬。除外，四周的墙壁都是标语、图画、时事导报，甚至每一个人家门首的春联都写着非常刺戟的字眼。一切都严肃！活泼！生机！使我这久留异地的人该发生如何的感佩呀！

但如今，这可爱的南方第一大城是沦受了一回空前浩劫了。我想象得出那些凶残的士兵趾高气扬的情形。我更想象得出：一定还有不少譬如不肯离去他们生活根据地的同胞，因为门前反 × 的春联，因为不愿家中财物的被劫，因为对国家民族的尽忠而拒绝合作，以致被杀戮、被受苦刑、被焚毁了住所。

烈焰是当真的被升起了。无数大建筑物坍倒了下来，剩下的是一堆瓦砾，昔日最热闹繁荣的花街，今日变成了洪水倾荡后一样的荒凉。文化、生机、快乐、闲静，一切都毁灭了。没有商业，没有教育，没有娱乐，甚至连一声小买卖的呼叫都没有了。有的是野蛮、刁狡、穷凶极恶和一些无耻的狗的呼叫！

我更想象得出的，那越秀山的纪念堂和纪念塔，东郊的黄花岗，一定有不少嬉皮笑脸的人高举着枪杆，在堂前在塔畔在石阶形的坟头，装腔作势地拍照，像侮辱孙总理铜像一样地把这照片寄到各国去。而那些先代交下来的胜迹，那六榕寺，那镇海楼，那光塔，那五羊石的安危我更为她担心了。我们被侮辱而被损害，我怅望着这曾诞生过中国最伟大革命的城市的上空，心中像呷下一盅火酒，烧得面上通红，心里发滚！

* * * * *

有死亡才有新生，有毁灭才有再造，正如一朵鲜艳的红棉（广州以红棉为市花）委地，将有另一棵红棉的发芽，对于这一场酷劫除却愤慨而外，并不感到忧伤。也许，明春当白云山畔草青，罗岗洞梅花开过的时候，我们的旗帜又将招展于广州了。这不是空想，七十二个人的头颅可以奠下民国基础，今日，我想，像这七十二人的英勇慷慨，一定很不少，七百二？七千二？七万二？……这数目都不成问题。三元里的壮烈的故事，今日是绝对有可能重演的！

据传说白鹅潭底有一个书生酣睡，当他醒来的时候，必定将有惊人的事业做出来，现在正是外寇凭陵，他一定会蓦然醒来的吧？

白鹅潭，该怒吼了！

写于 1938 年 11 月 香港
刊于 1938 年 11 月 9 日香港《星岛日报·星座》

世界语与抗战宣传

中国的世界语者服务于抗战，几乎是以一种先驱者的姿态而出现的。首先，远在“七七”以前，——不，远在“九一八”事件发生之后，中国世界语者便唱出了一个作为今后工作鹄的的口号：“为中国的自由平等而用世界语！”六七年来，中国世界语者就在这口号的号召之下，利用着这新兴而合理的国际语言，从事于反侵略宣传，宣传抗战，争取国际友人的同情，都曾有过相当的功劳。《中国怒吼了》就是当时一种在国际上受到广大读者爱戴的刊物。抗战发生以后，中国世界语者的活跃更不必说了。而在国际宣传的效果来说，也并不见得比其他的文字来得逊色。单说我们所制造的一种“中国人民之友”的徽章，有人甚至从老远的欧洲：例如立陶宛、丹麦等国，花几个月邮递时间，也为的想买一个佩戴在襟头！世界语的本质，是一种沟通全人类的国际语言；我们利用国际语言去作国际宣传，这是最合逻辑的事情，无论如何比利用异国语言会收到更大的实际效果。其次，世界语的语“格”，是正义、和平与热情，我们的抗战恰好也具备了这三个条件，所以世界语对于抗战的宣传，也必然会争取到全世界的世界语者站在我们这边！

中国的世界语刊物，在抗战发生以后，随着几个重要的据点而出版的很不少数！它们主要的读者对象都是国际友人。据我所知：在广州有《正义》、《新阶段》，在汉口有《中国怒吼了》、《东方呼声》，在重庆有《中国导报》，在香港有《远东使者》。现在继续出版的有《东方呼声》和《中国导报》。虽然在这个世界正展开着大战的今日，邮寄如此的困难，但是这两个刊物，每期的销数仍然保持在二千份以上！

我们不要蔑视这“二千”两个字！这两个字是无可知的庞大数目的基础。每一个世界语者都必然怀有正义、和平、热情的美德，对于我们这个也是为了正义和平而抗战的热情的民族，他们必然是我们的友人，我们的很好的义务宣传员！

以下举出一些事实来（就近以《东方呼声》作例子）：

一、杂志的发行网非常广大，有三十二个国家的订户。

二、从而，在这三十二个国家的无数读者里边，有五十四个自愿投效作为杂志的工作者。

三、出现在六个为中国而开的展览会里。特别成功的是在澳洲、荷兰所举行的。

四、有二十一种不同语言的报纸七十八种在利用我们杂志的内容作文章的材料，或全文翻译登载。

五、有九个无线电播音台利用我们的杂志材料广播。特别在澳洲“3SA 电台”对于我们的材料一点一滴也充分地利用。

六、曾经出版了《田中奏折》，暴露了日人的侵华阴谋的传统和基准，出版了《鲁迅选集》，印行了“抗战明信片”，制造了“中国之友”会长。这些销路都很好，反响很大！

七、向世界各国呼吁，发动组织“中国工业合作社”。现在，“中澳工业合作社”的组织，就是澳洲世界语者看到了《东方呼声》杂志的文章而发起的。

这些只是随手举出来的比较显著的事实。这些事实几乎是人们不敢相信的，假如这里不列举出来，也许人们永远也不会想到它竟也会发生这么伟大的作用来。

我们的工作是不能一刻停顿的。不少不同国籍的世界语者来信问过：三民主义是怎样的内容？也有不少人建议我们写中国近代革命史……很多很多！这些我们打算归在未来的工作项目以内。

总之，我们的工作目标，就是尽可能地把全世界的世界语者拉到我们这方面来，让他们深刻地理解我们的文化、文明，我们是怎样的一个国家！

写于 1940 年 12 月 12 日
刊于 1940 年 12 月 15 日香港《大公报·文艺综合》

原刊编者按：1859 年的今天（12 月 15 日），世界语的天才创造者柴门霍夫在波兰一个杂居着四五种不同语言的居民的城里生下来。此后，自他的世界语方案公布，而得到全世界大多数人的公认或赞同之后，五十余年以来，每到今天，全世界各地的世界语同志或尊崇柴氏的人们都必举行隆重的纪念仪式，而且公定今天为世界语日（Esperanto tago）。

大公報
國二十九年十二月十五日
世界語與抗戰宣傳
劉火子
柴門霍夫手跡

1940 年 12 月 15 日香港《大公报》刊登的刘火子文《世界语与抗战宣传》。

1949 年刘火子（右）与韩国世界语者安偶生（Elpin）摄于香港。

马票

有这样的故事：一个小商人在梦中得了一张马票的号码，他认为这是主宰人间幸福的神灵给他的启示；于是为了去追寻这在他一生仅有的机会，而这机会又已决定投奔到他的头上来，他不能让它在知觉中逃去，它是属于他的，因此，他丢下了乡间的小买卖，把一些货物换了盘川，到那至少离他家乡有一千里遥远的城市去，为的就是要向马会购买那一张与他梦中相同号码的马票。可是他并没有买到，那一张马票早就已经卖到别一个城市！而又由那一个城市转到另一个城市，不过他仍然没有失望，带着一颗发财的信心，从这一个城市到那一个城市去追寻，结果他总算是从人家手中得来了；虽然他的盘川已用了不少。现在他最丰富的财产就惟有那神灵给他的"希望"而已！即使穷困在异乡，他也是满足的。但是，不幸在开彩的那一天，神灵的启示并没有应验！他没有在知觉中放走那个机会，而那个机会却在知觉中放逐了他。后来他的命运更加悲惨，他流落异乡，而又死在异乡了！可是神灵的启示并没有错，他的遗体由当地的慈善机构收殓，那一副简薄得可怜的棺木，正写着他梦中得来的号码！

这故事显然是莫须有的，那虚构这故事的人实在也太残忍了！当我听到这故事的时候，我只是泛起一丝苦笑。我所以说它是太残忍了的，就是它不应该在这千千万万人正为发财而做"白日之梦"的时候给他们这样可怕的阴影。虽然它绝对是传奇的，决不会打击人们期盼中头彩的热狂。我不晓得如何解释这时代人们心理的症结，人们热衷于发财的原因。我只晓得人们对于生命的观念与以前不同，人们的生命力跟以前的比起来，是显得脆弱得多了（自然有很多很多的人却比以前更加坚强起来）。人们饥渴着安乐，甚至饥渴着豪华的享受。自然，其中也有不少人只是希望着生活的起码的转换，在这社会物质日形短少当中，冀求自己的生活从困苦的更变到安定的，以适应生存的条件而已。在这一观点下，我是不敢反对人们热狂地去购买那“希望”的，而且几乎鼓励人们去购买了。

而且我自己也购买起来了。起初，不，一直到现在，我还坚信那“希望”几乎是无可实现的。同时，我还有一种在赌徒们看来是简直毫无“战斗性”的我自己的“哲学”——假如我的那个希望实现了，那就是他人一百几十万个“希望”的幻灭。我所得到的那个“希望”，原是无数的叹息作基础的，我一定要追到我的“希望”，简直是一回罪过！但我这个“哲学”到底没有征服我，终归有一次无法统治自己的脚步，跑到票房，以一块钱换得我的一个“希望”。往后照例是有很多人邀我合买，我也答应了下来。

现在我总算有很多“希望”了（我不敢想象它们成了泡影的时候）。自然比起传闻中的某夫人买了十几万张的数目，我的显然少到不成样子。但我对于我的“希望”却曾兴起了很多狂想。有时，我还几乎自信头彩必然是由我们这类人获得的。有一次，我曾经以确定的口吻对一个朋友说：“马票不给我们中彩，还要给谁呢！难道要给那些有能力购买十几万张的阔人太太么！不会的！假如钱是有思想和有知觉的话，它们甘愿自己束手待毙，投身到富人们的钱箱里，几乎永不见天日的把自己关闭起来吗？我们才是钱的解放者啊！”

那朋友似乎同意我的话，但接着来了一句“是的。可是财归财路呢！”却又把我的话否定了。

今夜，那狂想又到我们的“希望”来了！在一个朋友家里，我们的话题又很快地转到这上面。“怎么办呢，假如我们真的中了头彩？”

这确乎是一个难题!

“这真的是麻烦的事啊!”W说,“你想我们每人分得十多万块钱,假如战事一下子来临。这十多万块钱还不是一样毫无用处么?……”照他的口气,再往下说就一定宁愿不中了。

“那么你宁愿不中了?”B说。

“可不是!”但W却有补充,“把它用来建一个防空地下室也很有意思的!”

大家惨然地笑了一笑。之后,大家还是集中在这个问题上边。这期间,有人主张买古董,保存在地下里,等战后再拿出来卖;也有人主张到南美洲去,可是十多万块钱却不能用得多少时间。

谈得起劲起来,最大的“乌托邦”的狂想也来了:

“我们在一个小得连地图上也不容易找到的小岛上,把它所有地皮都买下。”有人这样的主张着,“要有像鲁滨逊的那种精神,把岛上的处女地都开垦起来,然后在那里建房子,耕田,养牲畜,日出而作,日入而息!”

“不,还要召一些同志来,建立一个共和国!”

“那些国民必须是那些曾经买过马票而失望的人。”

“在那个国土上还可以让赛马、中彩这一类东西存在吗?”

“自然不可以,钱也不大用得着了!”

我们这种有点像遁世者流的狂想,归根就只有博得大家一阵的欢笑。我觉得我们花了一块钱买的一张花花绿绿的所谓代表一个“希望”的纸页,这样的谈话,这样的去娱乐自己,它的价值对于我们已经很够了。我们应该很满足,因为我们已经享受了它!

但正因为如此,我想,那“希望”几乎是永远不会实现在我们这一类怪诞狂妄的人手中的!

刊于1941年2月26日香港《星岛日报·星座》

中将排长

风度楼的钟声忽然敲响了，这是这几个月来的第一次。人客们在这些听来并不十分紧张而且有点舒徐柔扬之感的钟音回荡下，神色陡然地变得仓皇，把刚碰到唇边的杯子漫无规则地丢在桌上，站起来便跑出了粤北楼，随着马路上的人流逐到黄田坝去。我走得慢一点，并不是由于勇敢，而是因为我一向习惯吃茶的时候，把足下的布底鞋脱掉，站起身来需要一些时间，我走出大门，怕是最后的一个了。但是跟在我后边的还有另外一个人，鞋底的铁甲打着地下的清脆的声音，使我不能不回头望过去：这是一个年轻的军官，穿得那么整洁，衣服料子的上乘，使我不假思索地认定：这一个年轻的中将，他比我走得更迟！

紧急警报响了，这一回的钟声就如骤雨般疾泻下来，完全没有刚才的那些舒徐柔扬。防空员拿着放声筒不停地喊着："飞机十八架大坑口闻机声！"我就只好加速了步伐，走过浮桥，踏上黄田坝的小山。可是这一批飞机并没有来，就在大坑口方向打了转，向别的地方去了。警报解除的时候，我懒懒散散地走回到城里。这一个年轻的中将又出现在我的面前。我在他后面，他的仪表太使我赏识了。衣服的缝工很好，穿起来非常服帖；马裤底下是一双亮得照人的皮鞋。马刺没有半点的锈痕。腰间是一条子弹带。一根三号左轮套上很好的枪套挂在左边；手上搭着一件舶来的干湿两用的雨衣。他身段本来就很不错，当我再看到他的脸庞时，又感觉他有一撮很优美的小髭贴在唇上，和他略带修长的脸颊配置得毫不牵强。可以说得上是美男子，像这样的一个年轻的军人，在战时中国实在太难找到第二个了，所有的战斗员都正在专心致志地去进行对日抗战，没有半点闲情去整饰衣装的时候，我几乎怀疑这一个青年军官不是中国人，而是好莱坞罗拔泰来之流扮演的美国军官。

当天晚上，我又看见他了，同样在白天的那一间馆子，也许他喝了一点本地著名的“珍珠红”，脸上薄薄有点酒气，在灯光下越显得更美了。他跟我一个同座的朋友打起招呼来，随即便跑下了扶梯。我就对我的朋友说：“这家伙模样很不错哩！”

“是的。此地有名漂亮的哪！”

但我并没有向我的朋友问起他的阶衔和职位，因为我们还有一个没有了结的问题需要继续商谈，而且也不必要，我主观上一直就认定他的身份纵然不是中将，至少也该是上校了。

以后，我就常常碰到他，在马路上或是在某一种场合里，他的风度一直是那么可人。有一次又走进我的视线里了，驾着一部三轮电单车，身上穿着一件衫裤连在一起的飞机师的衣服，领部露出一块很柔软的兽皮，更加英俊了。他就停在路旁，使我有机会看见那两块躲在兽皮里边的，从来我所不曾看见他露过的领章。红色的底子，一根金色的线，三颗金色的星，这是上尉阶衔的标准！

才是上尉！我几乎不相信自己的眼睛，但以后的日子给我证明了，我的眼睛并没有错误。正因为这缘故，我对于他的好印象便渐渐地变坏：越觉得他所穿的与战时环境或本来身份都不相称。最后而且鄙薄起他来了。

但我还是常常地想起他，在好些地方旅行的时候，把他作为谈话的资料也不知有多少次了：照例是描写一番他的仪容，最后才说到他的身份。在第二年的春天，我又回到这小城来了。朋友之间的谈笑中，我又无意地提起他来。一位姓林的朋友告诉我，这一位英俊的上尉，就在不久以前的一次 × 城告紧的时候死了！

“怎么，他死了？不是吧！是养着小唇髭的那一位吗？”我急急地问道。

“就是那一位。在公路上，给电油烧死的啊！……”

“这应该说，上帝太妒忌他了！”

“可不是吗？他精于汽车的驾驶，又怎料他竟死于汽车的失事呢？……”

往后，我就知道这个身份仅及上尉而打扮却像中将的漂亮青年的死及其生前行为了。我对他景仰起来：不仅原谅他这种几乎不自量的迹近嚣张的装扮，而且还有点后悔，一直讲过他不少并非恭维的话。

我首先晓得他的职位就是汽车排长。他非常善于驾驶汽车，但是他之被任用为汽车排长却是一个偶然的机缘；而又是拿生命做赌赛的丰功伟绩所博取来的。他的上司就是本地最高的军事长官。这长官有一副很怪的脾气，是大家都晓得的。他一生——自然是做了长官以后，最爱的有三种东西：任何人不能在他面前讲及这三种东西半句坏话，而且不能借，不能动。这三种东西就是政工队、汽车和马。比方说，政工队是经常受到某些人的恶意攻击的：不说思想危险便说行为浪漫。但这些话在这位长官听来都加以否定了。他爱他们，并不是故意为他们辩护，而是他深信政工队员们是纯洁、坦白、热情、肯牺牲的啊。有很多事情是感动过他的。

这中尉排长，起初就是一位政工队员，保卫大上海的时候才参加进来的。本来是华侨富商之子，永定河的炮火把他从海外几万里之遥吸引着了，他热情地参加了一个回国服务团，投奔到苦难的祖国里来，其时上海已经在酣战中了。他就凭着他一点童子军的知识，从事于服务的工作：救护、宣传、谍报、递步哨等等……他们服务的地带在浦东，是隶属于当地的守将，也是他后来至死追随的那位长官所指挥的。

几个月的保卫战终于结束了，那是由于一个地方被敌人成功登陆了。浦东跟着也要撤退了。军事上的撤退多少总有点狼狈的，除非很有计划的主动。浦东的撤退是有计划的，但不是绝对的主动，所以到头来也不免有点张皇。跟别个部队的电讯联络也断绝了。

现在有一个很重要的意念爬到那位长官的头上来，他要下一个命令，限定担任防守另外一线的部队在两个小时以内必须出动，向某一方面推进，作为掩护这方面的退却。不这样做，这方面就必然吃亏太大了。但是……

“电讯不通怎么办呢？”长官的确有点苦恼了。

是的，电讯不通怎么办呢？不过也并非全无补救的办法。从这里到那一线部队驻扎的地方恰巧有一条公路，全长一百几十公里。不过路面非常险峻，尤其难以把握的就是公路一带的情况不明，也许敌人已当中截断了。

但这个命令必定要送去的，最后就想到使用汽车了。指挥部那里有很不少的三轮电单车，可以差人驾一辆送过去，不过必须在两小时以内到达，因为估计敌人在两小时以内或许未能控制这一条公路的。但是谁有本领驾驶得那么快呢？汽车营的兵士们是没有一个可以胜任的，长官是这样地相信着。

最后我们这一位服务团员的富家子弟就自我推荐了，他说，他自少就开惯快车的，对汽车的驾驶，比打乒乓球还要熟练，也许可以在两小时以内赶完这一百五六十公里的长途。

他终于得到允许去了！带着那么大的一个任务，那么大的一个冒险去了！他记着长官的吩咐“遇着敌人就把这一张命令毁掉”，便驾着一辆三轮电单车卷起了尘土以简直使人不能相信的速度飞驶而去，长官目送着他的背影。

之后，长官就依着计划下令撤退。但谁能担保那富家子弟一定到达呢？有几个原因可以使他不能到达的：第一，碰到敌人；第二，驾驶失事；第三，半路“抛锚”——机件损坏；第四，车子根本跑不快；第五，……是的，谁能担保呢？而且根据得来的情报，那条公路的确在两小时以后就被截断了。

第二天，这方面撤到 ×× 来，跟敌人有了一个小小的接触，敌人就掉头后退。敌人这一举动，表示了已受到我们另一方面的抄袭。现在，大家都认定那一个命令无疑是被送到了！但从此以后，那一个冒险送去的青年却很久很久不见回来，没有了一切消息！

过了相当长远的日子，这位长官也有了新的任命，负责主持一个新的战场。司令部成立不久，这青年突然回来报到了。头上剃得光光的，没有了以前的那一朵有波纹美发，唇髭也刮掉了。原来，这勇敢的青年人，他走完这一段人家非要两小时以上走不完的路程，他只用了一小时又二十分钟，他把命令妥交以后，并不逗留在那里，跟着那方面的部队走，而是凭着一股冒险的精神驾着原车，循着原路打算回到浦东去。但是，就在半路中途，他碰到敌人了。他只得把车子弃掉，逃到一个农人家里，把头发和唇髭一起刮掉，扮成乡巴佬的样子，以后才辗转地逃出敌人的封锁线回来。

现在他又得到一个新的任务。他不必再做一个服务性质的政工人员，而被委任为中尉阶衔的汽车排长，管理着长官所心爱的汽车！从身份来讲，这并不能算是很好的职位，但他却满不在乎。

他的头发养回来了，他的唇髭也重新长出来了；而且他穿起很漂亮的军服、马靴……尽量地打扮起来了！尽管有人批评他，眼红他，妒忌他。但是因为他是一个富子，他是有这种个性的，他就始终没有改变过。

他的态度仪容那么的洋派十足，但是从职守上说，他却丝毫不怠忽。他训练着司机的驾驶术，检验着汽车的机件，从来都是那么的认真！

接任的第二年，这一个战场有了一次空前剧烈的会战。× 城紧急了，司令部准备撤到较安全的地带去。因此我们的漂亮排长便奉命押解一批重要的军用品离开 × 城。

这一次开出的共有十几辆卡车，经过的路途都是高山大岭，非常险峻。在平时，他是坐在旁边看着司机驾驶就算了事的，而这一次他却亲自驾驶，领着一辆走前。因为要限时赶到，就不能不开足马力！

就因这个缘故，他的那一辆车翻了。车头的电油箱的电油倾翻在他半个身上，燃烧起来！人们把他抢救过来，他还咬着牙根叫人们赶快把其余的车子开到目的地去。但他的伤情显然是很严重的。

一个星期以后，× 城的形势转危为安了。他被送回到 × 城的较有规模的医院去调治。看来病势是可以转好的，但奇怪的是：他一天总是睁着眼睛流泪，什么药物、什么止饥的东西都不肯吃，永远不肯吃！因此，不到几天也就的的确确永远不用吃了！

“这该用什么来解释呢？”我的姓林的朋友最后说了这么一句。“有人说，大概因为他太愤恨自己了，精于驾驶，为何又偏偏失事于驾驶呢？……”

“也许是的……”我没有说下去，眼前又浮现出他的漂亮的影子。是的！上帝太嫉妒他了！

刊于 1941 年 10 月 25 日香港《星岛日报·星座》

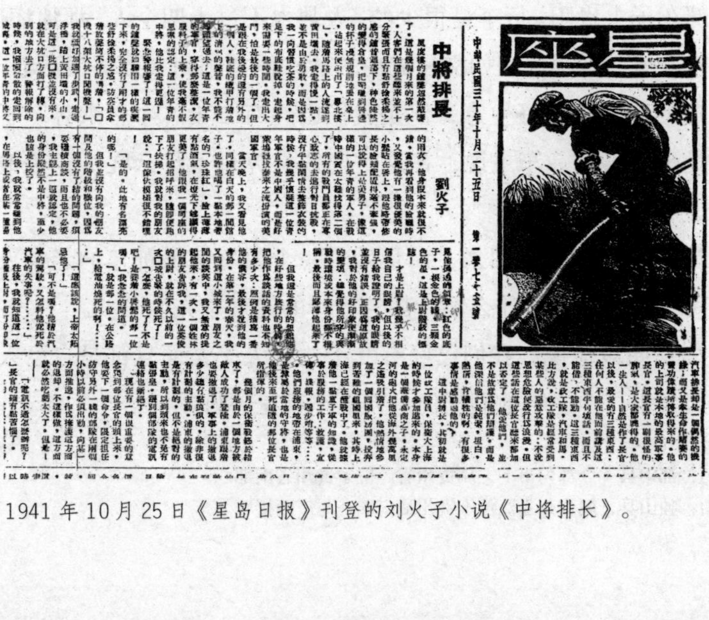
星座

中華民國三十年十月二十五日

中將排長

劉火子

1941 年 10 月 25 日《星岛日报》刊登的刘火子小说《中将排长》。

骆驼怎能穿过针眼呢？

我们的车子到达都匀[①]的时候，都匀已成死市了。街上没有行人也没有军队。我们在那里恐怖地住了一个晚上，第二天早上4点钟，飘着雪，司机和助手等便冒着寒冷起来，烧起炭炉准备开走了。我们的车子一共载着二十八个人，其中一半是车主和司机的朋友，一半是朋友带来的朋友。车主和司机都是广西的农民，具有一副善心肠。由于在独山[②]非常吃紧的时候开出来，为了行驶的方便，本应是空着车子走的，但是车主却始终不忍心把这批直接或间接的朋友丢下来。

当我们快要把发动机弄响了的时候，突然有一个地痞跑来问我们车主愿不愿做一宗好生意，他说有一个银行的经理愿出八十万元高价包一部车子去贵阳。行李是很少的，人数也不过十四个人。那地痞还说，经理为人慷慨得很，假如交易成功的话，他会领到十万块钱赏金。

这的确是一宗好生意，但是我们已经有二十八个“乘客”了，虽然都是不付钱的。车主说，在这时期钱又算得了什么呢！于是他决定推掉这宗好生意。

地痞走了不久又回来，而且带着一个露着惊慌神色的老年人，据他自我介绍，他就是什么银行都匀分行的经理李先生。

车主便对他说：我们已经有二十八个人了，而且都是自己人，局势那么紧张，中途叫他们任何一人下车都是不好的。

---

① 都匀：都匀县（今都匀市），属贵州省。位于贵州省南部。

② 独山：独山县，属贵州省。位于贵州最南端，与广西接壤。

李先生仁慈得可以，他说这没有多大关系，大家挤挤好了。逃难时还说什么舒服呢？何况他们大小算来才十四个人，行李也只有几个皮箱罢了。

“但是恐怕汽油不够用，开到半途抛锚，怎对得起李先生呢？”车主说。这倒也是实情，我们从独山开出来，机器几天不曾休息过，汽油差不多都用光了。

“汽油么……”银行家不仅仁慈而且慷慨，他说，“我们多得很！送你四十加仑够用吗？”

车主一时找不出第三个推卸的理由，就征求我们的意见。我们想，这既然是一宗好生意，做做也是好的。我们实在也替车主的损失惋惜，他本来是有两部车子的，一向在广西内地做运盐的生意，生活安静异常。这一次战争把他们赶出来了，独山最紧张的时候，却有一部车子抛锚在路边，来不及修好，眼巴巴牺牲掉了。这部车子呢，沿途花的钱也委实不少，汽油用去了七十多个加仑，而且车主不只载我们走，还得沿途供给我们伙食。在将来到贵阳去的这一段长途上估计花销会更庞大。因此，为了补偿这次所受的损失，我们主张把生意接过来，但是有一个条件，我们必须一起走。

好生意就这样确定了。银行家立刻交下十万块钱定金，就坐在司机旁边催促着开车。他连声说：局势太紧了，太紧了，敌人说不定今天下午就可以冲到这里哩。

车子驶到某某银行门前。银行家的太太，银行家的舅舅，银行家的子女、媳妇、侄儿、外甥等一起十四个人用喜悦的神色迎着车子来临。行李的确不多，连那两大木箱钞票算来也不到十件。

但是，骆驼怎能穿过针眼呢？银行家的本质渐渐地表露出来了。现在车子已到了银行家门前了，那里有着四名荷着毛瑟的宪兵。有钱人一有了武装势炎就不再那么寻常，他开始命令我们把车里所有的东西都搬出来，即使是必须准备的轮胎、汽油罐等，也不准放在车厢里面。

我们跟他说，车厢里的东西多点好，因为行车的时候，重点在下面比较安全。但是他却说，下面是属于他的，到贵阳的路途并不短，他们睡觉怎么办呢？他一直坚持着他的权利，并且叫宪兵“帮忙”我们搬东西。我们想，行李搬出来放到什么地方呢，丢掉么，那损失就太大了。我们便提出一个折衷的办法，就是棉被之类的东西仍然放在车厢里，因为棉被是轻而软的东西，可以临时权充沙发，让他们尊贵的屁股坐在上面。但是这要求也得不到他的答应，连一个十一寸长的小皮箱都不许放在里面。

那么人又如何呢？跟行李一样的遭遇，一个也不许坐到车厢里去。我们这二十八个人之中有三个女人、两个老太婆和三个小孩子。我为了这八个妇孺向他们一家人请命，请他们允许他们坐到里面。

“他们挤在车尾一个小小角落就够了，决不会占去你们好多地方的。”我说，“我们年富力强的男人攀在车顶是没关系的，她们妇孺就太危险了。”

“我们人数也不少了呀！”

“那么三个小孩子和两个老太婆坐进去行不行呢？”我把最初的要求打了一个折扣。

“不行的！不行的！”他摇摇手，“不要啰嗦了。”

我于是警告他：这一辆车子从独山出来的时候，曾给巨人似的拽炮车碰过三次，创痕是随处都可以指得出来的。支持着整个车厢的几根柱子已经断了，车子开得快一点或者拐弯的时候就可以听见木头撕裂的声音。为了以后的安全，车厢里多载几个人是必要的。而且我再三地向他声明，我们二十多个人都是车主的朋友，没有半个是“黄鱼”。

无奈这一番说话都等于零。我想不出他何以这样顽固的理由，是不是因为嫌我们脏，还是怀疑我们偷东西呢？

我们感到受了很大的侮辱。我们怂恿车主把这宗“好生意”拉倒。

但是车主鼓不起这种勇气，只是嘴里嘟哝着“真受气”这句话就算了。

结果我们自然屈服了。除了车主忍痛丢掉三个轮胎（每个价值十几万元）和我们老太婆等含泪丢掉了十几件行李以外，其他就通通都搬到车顶去。行李平放在车顶上大概有两尺厚度。然后，二十几个人，不论老少男女都坐在行李上面。我们的头顶高过一切的屋顶。而车厢里面呢？银行家非常讲究，他把行李适当地陈设起来，有点像一个会客厅，他家十四个人疏疏落落地坐在当中闲谈，银行家太太闲情逸致地斜靠着身子抽着水烟袋。

在车顶就呈现着一幅绝对不同的景象。车子在不平坦的内街上驶向城外的时候，我们遭遇着不少惊险的场面。车子在内街每一次转弯，车顶常常和屋檐相碰，因此有几个人被瓦片撕破棉大衣，我的妹妹弄伤了肋骨，而且内街到处都是栽着树木和横挂着电线的，我的一个小外甥因为要躲避树枝的打击，几乎跌到车下，我的一个朋友因为看护小孩被弄破了眼镜，另外一个人被电线划破了额头……特别是车子从横跨马路中央的牌楼底下驶过或者上坡下坡的时候，大家尤其胆战心惊！

由于情势的紧急，银行家几乎每一分钟都催促司机把车子尽量开快。我们二十八个人每个人的眼睛都不能有一秒钟疏忽：无时无刻不在注意着公路上绵密的电话线和树枝。车子是处于上重下轻的绝对危险状里，已经支离破碎的车厢在左右摇摆着，不时发出木柱和铁钉分离的尖锐的声音，我们二十几个人彼此用绳子缚着身体，用手紧扣着旁人的肩膊。我们每一个人都预感着下一分钟死亡。在途中，我跟我的朋友说："我们在表演着一幕不熟练的马戏……我现在更加明白了，一种憎恨的感情所以发生的理由！"

我的内心在燃烧着愤怒之火。

一个飘雪的晚上，车子在山地上行驶着，因为路面积着雪，迫不得已在一个渺无人烟的山腰过夜。银行家自然又是一阵咆哮。司机一向是不理会他的，这一次也几乎跟他打起架来了。

我们整天不曾吃过一点东西，便马上生起火堆烧饭吃了。车主是带有大量的米和少许猪肉的，我也带有七八尾小咸鱼。善良的车主打发伙计烧了五次稀饭给同车的人分批进餐。那少许的猪肉自然是给司机们吃的，他们太劳苦了，是应该分得这享受。我被安排到最后一批，不幸跟那银行家一起。我把那咸鱼投在火堆里烤，有点像苏联那本小说《第四十一》[①]里面描写的情形差不多，只是我的咸鱼却瘦得可怜，连一点脂肪都没有，发不出"吱吱"的声音。而且当我放到嘴里的时候，我发觉那咸鱼不知在什么时候浸渍了汽油，有一股非常怪异的气味，刺激得鼻子喉头十分难过。我和朋友们勉强吃了三四尾，其余就剩下了。

那个银行家和他的家人们也下来吃稀饭了。我是痛恨他的，不过说也奇怪，我愈是痛恨他，我就愈喜欢看到他。每一次他的影子闪过我的眼前，我都仔细地端详他一下，我要从他的一举一动中证实我们所以痛恨他的理由。你不要以为一个阔人的个性是永远顽强的，到了必要时他会比任何人都更其卑屈。这就是当他有所求于他人的时候。银行家一口气吃了大半碗稀饭之后，就发现我们锅上的几尾小咸鱼了，他们家庭之间马上就用江南乡音谈起这些咸鱼来。我不完全听得懂他们谈的是什么，但一定是谈论我的咸鱼的种类、价格和名字。三分钟以后，那老家伙终于问起我了：

"刘先生，这是谁的咸鱼呢？"他态度的谦卑使我感到惊讶。

"是我的！"我冷漠地答他。

"我们可以吃吗？在内地吃咸鱼真不容易啊，咸鱼也是贵重的东西哩！"他笑着说，态度不很自然。

我凝视他好一会。我心里彷徨于两个不同的答语之间。结果：

"你们吃吧！"我的仁慈战胜了我的憎恨，我允许了他。不过我

---

①《第四十一》：苏联作家鲍里斯·拉甫涅夫 1924 年出版的中篇小说。内容描写红军女战士玛柳特卡在孤岛上打死第四十一个白党分子的故事。

心里同时又涌现了另一个感觉：咸鱼是有汽油味的，他们阔人怎能吃得下呢？但是我的想法错了。他们一家人吃得津津有味，他说："刘先生烤的咸鱼我从来没有吃过，味道很不错呢！味道很不错呢！"他居然说好，我好像很满足了。

第二天，我们到了马场坪，但是车子坏了。毛病在于马达失去了效能。司机们修了一个晚上还是修不好。银行家又咆哮怒吼起来了。而且当地有他所认识的军队和宪兵，他的气概更是非凡。他大骂车主没有信用，限期他即日中午修好。车主就说，一切都只有尽人事而已，此时此地有什么办法呢？银行家便说："车子既然有毛病，为什么在都匀又答应把我们带到贵阳呢？总之，限期今天中午修好，不然我就叫宪兵把你们押起来，把你们车子封掉，交给军用。"

中午的时候，车子还未修好。但是银行家却没有封，也没有押人。他只是说不再坐我们的车子了。从他嘴巴漏出来的消息，又是"紧得很"，敌人已到达麻江，距离不过二十五公里了。他托宪兵队的朋友找到了另外一部车子，中午就马上开走。我们听到了这消息非常高兴，好像放下了一个重担子。从都匀到贵阳，马场坪恰巧是全程的一半。既然生意拉倒了，照理银行家是应该缴交全部车费的半数的，但是他却左克右扣，只肯给予全部费用的五分之一。他说，在都匀的时候曾送给我们四十加仑汽油，该抵若干万元了。

我们的车子终于修好了。我们正在得意地准备把车顶的东西全部搬回车厢里，却不料当地的宪兵队派了三十多名兄弟和家眷来，硬要坐我们的车子到贵阳。

我们无法拒绝，便只好一起挤在车厢里，简直无法透过气来。车子在山岭颠颠簸簸地前进，从宪兵队长口中我知道了这又是银行家玩弄的诡计。那宪兵队长说："我们的上峰得到李先生的通告，他有一部开往贵阳的车子，没有带什么东西。如果宪兵队需要的话，可以附搭一部分弟兄到贵阳……"这真是一个很好的礼物！我们听了这一番话，大家都发出一阵冷笑。而我记起那天晚上给他吃咸鱼的情景，我一直在想：我是不是做错了呢？

是的，我是不是做错了呢？

刊于 1945 年春 重庆《真报》

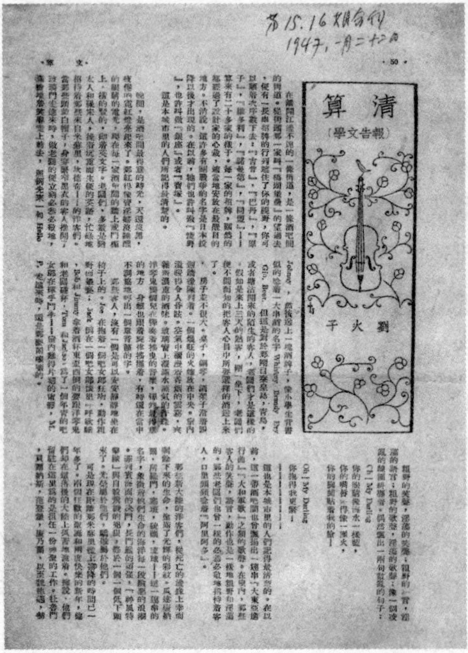

·50·

清算

（報告文學）

劉火子

1947 年 1 月 25 日《文萃》第 15、16 期合刊刊登的刘火子长篇报告文学《清算》。

清算

在离开江边不远的一条街道，是一条酒吧间的街道。从街头那一家叫“桥头堡垒”的望过去，便有一长串招牌的行列遮住了你的视野，你可以顺着次序数下去：“吉普”、“巴丹”、“原子”、“维多利”、“诺曼第”、“同盟”……算来有二十多家的样子。每一家的招牌，显然的都经过了设计家的心裁，适当地安放在最醒目的地方。不消说，这许多有关战争的名字是日本投降以后才出现的。在以前，它们也许叫做“浅野”，也许叫做“银座”或者“宝塚”。

这是本城市里的人们所记得最清楚的。

晚间，是酒吧间最得意的时光，天还没黑，疲倦的霓虹灯亮起来了。那红得像卖淫妇没睡醒的眼睛的电光，爬在每一家酒吧间的墙上或门楣上，横的竖的，砌着英文字。老板们，多数是犹太人和罗宋人[①]，操着沉重而生硬的英语，忙碌地招待着那些来自米苏里[②]、坎德奇[③]……的洋客们。当那些头戴白帽子、身穿紧窄黑衣的客人推开了玻璃门走进来时，做老板的便立刻毕恭毕敬地、满脸堆着笑容走上前去，照例先来一句 Hello Johnny，然后送上一块酒牌子，像小学生背书似的念着一大串酒的名字 Whiskey、Brandy、Dry Gin、Beer。但这是对于那刚自秦皇岛、青岛，或者塘沽开来的陌生的客人，老板们才是这样的。

---

① 罗宋人：Russian 的音译，指俄罗斯人。

② 米苏里：Missouri 的音译，美国州名。

③ 坎德奇：Kentucky 的音译，美国州名。

假如是来上三天的熟客，刚一坐下，老板们便不问而知地把客人心目中所要选择的酒送上来了。

房子并不很大。桌子、钢琴、酒架子沿着四周墙边陈列着。一个炽旺的火炉放在中央。室内温暖得令人昏眩。空气中弥漫着香烟的云雾，夹杂着浓重的酒味。玻璃窗上凝满水蒸气的汗珠。洋琴鬼独个儿在弹奏着摇曳的音乐，弹到最得意的地方，身体也跟着旋律摇摆着，有时还在当中不协调地哼出一个单音节的字。

那些客人，没有一个是可以安安静静地坐在椅子上的。Joe 在抱着一个吧女郎狂吻，动作粗野而猥亵；Jack 倒在一个吧女郎怀里呼呼欲睡；Bob 和 Jimmy 拿着酒杯东歪西倒地要跟洋琴鬼和老板碰杯；Tom 和 Jackson 为了一个年青的吧女郎在挥手斗拳……室内难得片刻的宁静，M.P.[①]走进来时，还是那么闹嚷嚷的。

粗野的笑声，淫荡的笑声；粗野的语言，淫荡的语言；粗野的歌声，淫荡的歌声，像一个凌乱的线团纠缠着。偶然飘出一两句散乱的句子：

Oh！ My Darling
你的眼睛像海水一样蓝，
你的嘴唇红得像一团火，
你的胸脯贴着我的脸！
Oh！ My Darling
你抱得我更紧
…………

这也是本城市里的人们记得最清楚的。在以前，这一带酒吧间也会飘扬出一连串“大东亚进行曲”、“大和军歌”之类的歌声。在室内，那些客人的笑声、语言、动作也是一样地粗野和淫荡的。那些老板们也会一样的毕恭毕敬地招待着客人，口里频频念着“阿里阿多”。

① M.P.： military policeman 的缩写，意为宪兵、军警。

那些新大陆的洋客们，从死亡的边缘上幸而剩余下来的生命，涂满了光辉的彩纹。瓜达康纳尔、所罗门、塞班、琉球……这一连串的名字，象征着他们生命的海洋每一段险恶的浪潮。菲律宾海面的决斗、长门舰的顽强、“神风特击队”与自杀飞机的凶狠，终于一个一个低下头来了。光荣属于他们，骄傲属于他们。

可是现在距离那米苏里舰上签降的时间已一年多了。两个狂欢的圣诞和两度快乐的新年，他们却在这落后的大陆上孤苦地渡着。据说，他们留驻在这里为的是担任一份神圣的工作。杜鲁门、贝尔纳斯、范登堡、康乃尔，以至魏德迈、赫尔利之流曾说出一大篇漂亮的理由，什么协助中国复元呀，实现“和平”、“民主”呀，巩固美国的“安全”呀，保障“世界和平”呀……仿佛他们便是救苦救难的观世音。可是事实上，大陆的烽火却正因为他们的“留驻”而燃烧得日益炙旺。他们用他们的船只，忙着去运输军队，用他们的汤姆枪、巴佐卡[1]去守卫煤区，去保护铁路，甚至把炸弹扔在中国人民的头上。杜鲁门之流说，这也是为了中国的“和平”与“民主”！

那些兵士们，比在德国和日本得到更多的权势、方便和优待，也遭受了人民更多的憎恨。他们，也同在德国和日本的国土上一样，有的是战胜者的尊严和优越感。并且，更重要的常以“恩人”自居。一切的生活、行为、态度，不能用这被留驻的国家的法律去维系。是那样的放肆、蛮横、无理和倨傲！在他们的意识里，这样的一个国家，非他们的剩余物资、破烂衣服和皮鞋……便无法生存下去的。

酒吧间前和酒吧间里面是一样地混乱的。那些兵士们从里边呼啸出来，又从外边呼啸进去。老实说，这些人足迹所到的土地，那土地就没有了安宁。在这里，你可以看到一些醉到像一团稀烂面粉的人，无法自持地站立起来，一只手撑着墙壁，两只脚橡皮糖似的向着外面

[1] 巴佐卡：一种火箭炮。

歪出去。有些人就在地上呕吐，有些人就在当街撒尿。

今天所发生的事情和昨天或明天所发生的并没有什么分别。当那些士兵们在一切都玩腻了的时候，也会带着欣赏非洲土人玩艺或印度人弄蛇一样的心情，对于我们的黄包车夫三轮车夫找寻他们的开心的玩艺。Jack 拖着一部黄包车，Jimmy 骑着一部三轮车，叫车夫们坐在车上，团团转地在马路上兜着圈子，好叫其他的同僚们报一个笑声（那是带着嘲弄的笑声呵！）可怜其他的车夫们也无知地陪着发笑，跷起了大拇指叫着“顶好”“顶好”！

但另一方面，屈辱的声音也起来了。三四个半醉的士兵们，从酒吧间踉踉跄跄走出来，身上已剩下很少很少的钱了，他们只好像叠罗汉那么样的三四个人叠在一部三轮车上，大叫 Hurry up！ Hurry up！吆喝车夫们支出超过生命可能负担的最大的力量。这时，假如有哪一个贫苦的卖花或二胡、小木匣之类的女孩子跟在车后去兜卖生意的话，准会遭到一阵毒打，有时用拳头捶击她们的小手，有时抢去了她们的二胡朝着她们的头部猛击，有时甚至用酒瓶子……你以为他们是偶然的冲动么？但是当他们动手打人的时候，常常叫着 Damn, Brood fool, You Chinaman 的字句。起初是轻蔑的表情，打退了小女孩之后，接着是一场欢呼，唱着歌扬长而去了。你以为他们是喝醉了酒么？但是他们的拳头却从不会无缘无故地打在自己同僚的头上。就在人行道上，当他们摇摇欲坠地走着时，曾经多少我们的同胞一不经心走在他们边旁，就冷不提防地给打肿了半边脸颊！不管他们吃得多醉，他们总会分辨得出来，哪种人可以欺负，可以动手。

这也是他们干的：有两个赌徒，他们为了打赌五块钱，跑出了酒吧间，就在门前一堆黄包车夫当中各自挑选比较强壮的选手，开始捏一下车夫的手臂和大腿，再看看他们的胸膛和鼻子，合格了，便各自跳上车子；齐呼着 One Two Three, go！叫两个车夫使劲地向前赛跑。他们一直不停地用脚捶击着车板，吆喝着，在他们面前喘息着的已不是一个“人”，而是一匹“畜生”了！从这一条马路转到别一条马路，转了一个圈子回来，胜负便有了分晓。胜的赢了钱，笑呵呵地付过车资，输了的，却分文不付，掉头就走。等到车夫追上去时，迎面就是一拳，好像在说：你这不识相的东西，累我输了，还敢要钱么？可怜我们这一向受惯了欺凌的车夫，只好自甘倒霉，不敢再追究下去。

像这样蛮横无理的场面，几乎是每天都发生着，每个钟头都发生着的。上海臧大二子的惨案，只是比较重大的一件而已。他们挥动着祖·鲁易士的拳法，用三K党对付黑人的态度，在向着我们的车夫，甚至每一个同胞挑战。那许许多多的被害者，他们并没有沾受过半点剩余物资的补养，他们的身体已因为内战的影响而日益羸弱下来，又怎抵得住如此凶猛的一击呢！

这也是本城市里的人们记得最清楚的。在以前他们曾目睹日本军队的蛮横，他们使用“柔道”对付许多同胞时的得意的形相，还深深地埋藏在他们的脑海中。

但是比辱打更伤害了我们自尊心的是那些士兵对于我们的精神文明和道德传统的破坏。直到现在为止，有他们影子出现的地方，便是我们妇女裹足不前的地方。请不要误会，以为这是由于一种错误的印象或者对于西方文明的隔阂所致。我们的妇女也同英法苏等国一样，有过很长的时间对于这比肩作战的盟军予以十分的敬爱。可是，沈崇小姐的被奸污却是一个血淋淋的事实！不一定是更阑人静的时候，不一定是喝醉了酒，不一定是在酒吧间的区域，在光天化日之下，在他们没有喝酒的时候，在城市里任何一个地方，像下面这可耻的场景，是经常发生着的。一个妇女规规矩矩地走在路上，偶然不经心地走在他们旁边，常常是遭到几双充满了欲念的眼睛，注视着她，或者用轻佻的眼色向她扮着鬼脸，或者跟在她后面，呼叫着挑逗的语言，更甚的在她前后转着圈子，或者竟而动起手来……直至使她窘迫，使她哭泣，使她用尽了机智逃脱出来。

或者，当那些文明的士兵们在马路上闲散着，或坐在三轮车吉普车上面时，手里拿着一大堆一大堆的“鞭炮”、“地雷炮”，好像以发泄他们的蛮性为满足似的，总喜欢在我们妇女面前砰的一声，扔下一个巨炮。看着受惊的女人脸色发青，他们呼啸而去了。

似乎许多三轮车夫黄包车夫都有这样的一种经验：那些兵士们常常叫他们带领到卖淫妇的地方。有些用手势去补助语言的意思，车夫们因为不了解，而遭到殴打是常有的事。比方 Jahnny 对一个车夫用手势表示，要一个站着卖淫的，而不要睡着卖淫的妓女，假如车夫把他们错带到跳舞场去的话，霉头是必不能免的事，起码车钱是赖掉了。

就在酒吧间附近，热闹市区的小弄里，他们和一些吉卜西女人、酒吧女郎、罗宋妓女（自然也有中国妓女）干着这古国文明和道德传统所绝对不容许的勾当。更荒唐的，有些就在弄堂里，解开了扣子，教卖淫妇用嘴巴……旁边围着一大堆人，不管人们的咒骂、愤恨，却若无其事，无动于中。

这也是本城市里的人们记得最清楚的。在以前，他们曾经因为看过了日本军队的种种兽行，心中留下了永远不能磨灭的憎恨。

再没有比那些写着 US 字样的车子更加可怕了，更没有比那些 M.P. 车子的呼啸使人颤栗的了。一对从乡下初到城市的母女突然被压死在风驰电掣的吉普车下，血和脑浆混和在一起，眼睛大睁着，身体是死了，好像冤仇却仍生存。一个抗战军人的遗孤和寡妻，一个小贩，一个大学教授，一个……数不清的受害者！但是，我们的法律却不能作为他们鸣冤的东西！

这也是本城市里的人们所记得最清楚的！

一切的愤怒都不是凭空而发的，被侮辱与被损害的事情孕育了愤怒的发生，正义感与自尊心作了愤怒的桥梁，引导着它走临正确的方向。也许有人故意歪曲了事实，诬捏这一切的愤怒是出于冲动和意气，但是，今天，广大的人群，正在咆哮着，正在冷静地列举了无数可耻的事实，说明了他们愤怒的理由。他们声嘶力竭地呼喊着；他们不只反对上面所述及的一切暴行，而且追寻出这暴行的根源。反对美国一切助长中国内战的政策和措施，中国不是殖民地，美军必须立刻撤退！

这一切的愤怒具体地表现在各城市的学生和民众的行列中，表现在每一个人们的仇恨的内心里。像火山一样，一经爆发，便不能遏止下来了！

刊于 1947 年 1 月 25 日上海《文萃》第 15、16 期合刊

1950 年刘火子（前）夫妇与时任新华社香港分社社长的黄作梅（站者右）等在香港。

为聂绀弩文集《寸磔纸老虎》作的序

和聂绀弩兄在报馆同事，到这本书出版的时候，算来大约有八九个月的光景。每天晚上，我们面对面地坐在一张桌子的两旁，我处理着各种各样的新闻，他从各种这个那个的新闻中捕捉着写作的题材。他现在算是一个十足的新闻记者了。用破烂的毛笔蘸着红墨水在本来用作编稿标题的白报纸上，有时也用剪刀浆糊，把一些要引用的新闻素材剪贴在他的稿子上，为了节省一点抄写的时间。稿子当然都是在很匆促的时间里写下来的，字写得十分十分潦草，东涂西改，上下搬动，这都没有关系，排字房的同志、校对课的同志、编辑室的同志都是看熟了的，都可以依照原稿无讹地排印出来。

我说他是一个十足的新闻记者，意思是他已熟习了在这样紧张忙迫的时间里写出文章。其实他在新闻界的历史很长，二三十年来就断断续续地参加过好几家报馆的工作。但他是以一个作家的身份去参加的，而所搞的多是副刊。像这样每晚接触到这么多而又这么复杂的新闻，处理它、判断它、分析它、批评它，哪怕距离截稿的时间已经非常短促，也得要赶着写出来，这在绀弩兄恐怕还是第一次。但他是对付得了的，开始也许写得慢一点，渐渐的便习惯了。

中华人民共和国的诞生，整个世界的形势基本地变了。拥有五万万人口的国家以堂堂阵容参加到以苏联为首的和平民主的阵营中去，大大地促进了世界和平民主运动，沉重地打击了以美帝为首的侵略集团。这是两个阵营短兵相接的年代：一方使用了无比坚强勇敢的力量去扑灭侵略集团企图挑起三次世界大战的火焰，而另一方也使用了一切卑鄙无耻的手段去进行它的阴谋；特别是从1950年下半年开始，美李匪帮点起侵朝的战火，朝鲜人民在伟大的卫国战争中表现空前的英勇，粉碎了美帝及其仆从国与傀儡李承晚的侵略进军；而中国人民抗美援朝、保家卫国的正义行动更给予帝国主义集团一个致命打击；此外在印度支那，民族革命战争获得了决定性的胜利；在全世界各地，和平民主的呼声已空前的高涨。帝国主义集团已陷于进退维谷、分崩离析的局面了。

尽管华尔街及其豢养的战争贩子们是不甘于失败，还冒死地到处放火，还无耻地口出恶言，还卑怯地装腔作势，但也无法挽其“狂澜”于“既倒”了！作为一个新闻记者，他的脉搏是和这伟大的时代脉搏相一致的。一幅由这许多新闻构成的波澜壮阔的画图呈现在他的面前，他的感情融汇在它里面，他为它的光明面而喜悦，而兴奋，而鼓舞！

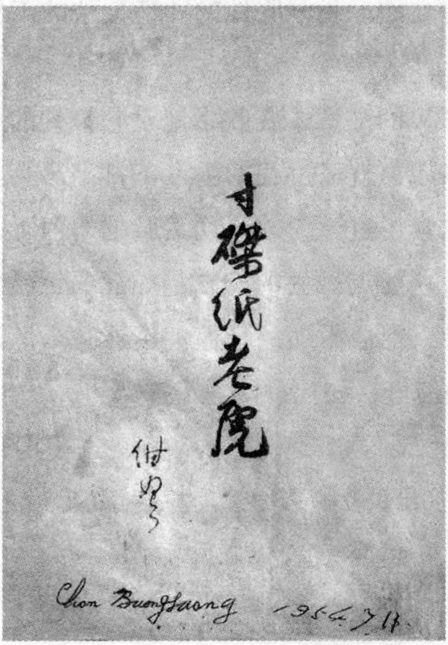

聂绀弩著《寸磔纸老虎》书影。刘火子作序。

同时也在它的黑暗角落里看到小鬼们作最后挣扎的凶蛮、疯狂而又可怜的形象，表示了他的鄙视、轻视和蔑视！绀弩兄这本《寸磔纸老虎》就是在这种爱与恨的交织下写出来的。从全世界十几亿人口争取和平民主的英雄行动，直至杜鲁门艾奇逊麦克阿瑟杜勒斯之流的流氓气，在绀弩兄笔下都爱憎分明地表现出他的崇高的赞颂和无情的锤击。

当然其中也有苦恼的。同我一样，绀弩兄常常感到这个时代太伟大了，而自己的笔又如此的渺小！毛主席的一篇指示、周外长的一篇声明、伍修权在联合国的一篇控诉，以及各首长的一篇报告或演讲，《人民日报》的一篇评论，尤其是中国人民及其解放军无所不能、无攻不克的空前成就，是那样正确、深入、堂皇、伟大……使得每一个执笔的人感到无可能在其中再加以发挥、补充、说明。绀弩兄就曾对我说他有着这样的感觉。但与其说是苦恼，毋宁说是欢欣吧。是的，我们除了为自己的祖国骄傲、祝福而外，还有什么呢？

与绀弩兄认识也好几年了，但我们深厚的友情却是在这共同工作的八九个月中间建立的。我佩服他的才能、他的工作态度；喜爱他的爽朗的性格和真挚的感情。

收在这本集子里的文章，我欣幸地是它最先的一个读者。每天晚上绀弩兄写好它以后，就经过我的手发下排字房去。我爱这里边每一篇文章。仿佛伏尔泰说过“粉碎一切丢脸的东西”，绀弩兄的《寸磔纸老虎》也是朝着这一点做去的。它是如此的鲜明、泼辣、犀利，每一投枪、每一子弹，都命中那一小撮甚至连音乐批评家的鼻子也要侵犯的政治流氓们的前额，如杜鲁门之流！

刊于 1951 年香港求实出版社版 聂绀弩文集《寸磔纸老虎》

战地报道、特稿

大战后昆仑关巡礼

——并记歼灭战的大捷及劳军的经过

尽管“皇军”怎样的夸大狂，颠倒是非，或者输了不认账，这回终竟哑口无言了！它可以把平型关、台儿庄……一切的败绩自欺欺人地说成是胜利，但1939年除夕之夜在桂南昆仑关的一次溃败，却是无法涂改颠倒了！是的，自从攻略南宁之后，“皇军”一直满以为可以顺利地向北推进，想不到到了昆仑关就遭遇到了我们有力部队的进击，一直到全军的败退。这中间东京的、汉口的广播台，始终不敢只字提及“皇军”在桂南的这一个可怜的遭遇！

这次我从前线视察回来，兴奋之余，仅把“皇军”的可怜相、我们的威武记在后面，告诉读者。

一、第五师团的悲哀

这一次进窥桂南的“皇军”，主要是第五师团，它与第一、第六、第九师团被称为日本最精锐的四个部队。尤以第五师团被视为特别厉害。过去所谓板垣师团即是。板垣征四郎晋升为陆军大臣之后，师团长便由现任的那位今川均接充。这师团因为从在那个被称为“关东军三羽鸟”的主脑板垣所训练下，一向就配备很好，同时也以此担负起横冲直撞的侵华主要任务。因此，过去从南口起以至山西、山东、广东、琼岛和对苏作战的诺门罕，这些重大的战役，无一不是由第五师团担当，中间虽然在平型关、台儿庄及诺门罕都吃了很大的亏，但是这仍足以证明第五师团是精锐的部队。好吧，这一回，这所谓最精锐的部队，又担负起到桂南这一战役的责任了。它自然以为曾经尝受过南口、平型关、徐州、台儿庄、广州及诺门罕这许多激烈的战役，而且从它们兵士的日记中还晓得未来之前曾经练习了两个月的山地战，凭这经验还大可以一鼓而攻至桂林，或者更由湘桂路而至粤汉路。但是它的企图是整个失败了，而且丧失了一个旅团以上的兵力，给我们造成空前胜利的战果，而给它们自己以空前的败绩，比之诺门罕还要惨重，它们是永远料不到盘据在昆仑关这样险要的高地，我们以不利的攻势，而它们竟也吃了这么大的亏的！

战争是空前的激烈，我们以大炮、手榴弹、机械化部队，加之空军的协助，尤其士兵的勇敢，把第五师团打得落花流水了。尽管第五师团怎样顽强，士兵的出身大都是“山口县”那些强悍的农民，但这回是比不上我们部队的战斗力了。

这是第五师团的悲哀！它有资格去参与任何一个困难的战局，但却很少够资格得到胜利的战果。过去有平型关、台儿庄（或者加上诺门罕）的惨败，现在又加上昆仑关被歼灭的可怜的史记了。

二、踏上昆仑关的高地

昆仑关大捷的第四天，我们从桂北赶到了桂南。在昆仑关之间，曾有过几天时间勾留。一个黄昏，我们随着 × 军长一直爬上 ××× 高地。望着几里路的前面就是火光和炮响，我们所站的地方是完全在炮火有效射程之内的。当天曾落过炮弹。× 军长为我们对这昆仑关的地势作了一回解释。

昆仑关，在历史上是有名的天险。听说宋朝狄青讨伐“南蛮”龙子高的时候，带领十万大兵，最初到了这里，就没有办法顺利地通过。后来他只得施了一个计谋，在元宵的前天临时放了十天假，让兵士们痛饮狂欢。龙子高看见狄青这样放纵部队，以为会有一个时间的停息，不料狄青就在元宵之夜，一面向四处张灯结彩，一面突然地夜袭昆仑关，终竟过了。不想经过千年以后的今日，在昆仑关又要展开一幕争夺的剧战。而我们与日军的仇恨是远出于狄青与龙子高的，顽强也达到罕见的程度。

昆仑关到处都是山地。从思陇起，透过昆仑关一直到九塘、八塘，沿途都是四五百公尺的高地，中间只有一条迤迂的隘路。昆仑关是一条比公路较近的小道中的一个关口，门上刻有古雅的“昆仑关”几个字。关的阁楼上是关帝庙，我们在那里和士兵们同合一个影。在门楼上边，望见前面的屋顶还陈放着一只不知若干日前被炸断的“皇军”的手。到处都嗅到死尸的味道，战场才清理不久，死尸只随便地掩埋，松散的泥土还散着臭气。

光是打昆仑关这一个关口，倒不是十分困难的一件事。难打的是昆仑关之前有三个高地，即“同兴北面高地”、“六零零高地”和“罗塘高地”。这些高地都起码四五百公尺，斜角很锐，作为昆仑关北面的最好屏障。再过就是界首高地、四一五高地，彼此连绵着，和其他许多的相结，一直伸到八塘。这些高地我们都到过的，“皇军”的野战工事还保留着，高地上的树木都烧的烧、断的断了，树干和泥土到处都充满弹痕，地上到处都是坟堆。

三、一个空前的大歼灭战

“皇军”自从夺得南宁之后，即把指挥刀一挥向北推进。当时我们因为战略的关系曾退到宾阳。“皇军”的足迹于是到了思陇（有人说而且到过庐墟）。思陇离昆仑关三十五公里。等到我们的军事全部部署妥了，便作了全线的反攻。首先是正面的威力把“皇军”一压就压到了昆仑关。现在“皇军”是非常顽固地利用了高地的天险作守势了。

在这情形底下，我们采取攻势是不利的。但是我们的配备并不比“皇军”弱，同时与六七塘等地的友军时相策应，袭击日军的后路，于是我们在12月18日的那一天开始攻坚的战略，正面攻昆仑关了。

经过四天的恶战，我们攻克了昆仑关的罗塘高地，接着又攻克了同兴北面高地。“皇军”的顽强精神是极可佩服的，它守着当中一个六零零高地，在我们罗塘、同兴两高地的夹攻下，还死不肯退。它们兵士作战的能力强得很，旅团长死了，联队长、大队长、中队长都死光了，他们仍在那里单独作战。但是它却没奈我们的大炮和手榴弹何！从一个俘虏口中，知道他们“皇军”对于我们手榴弹的丰富，表示惊叹！他说：“你们真多手榴弹，好像永远丢不完的样子，我们真不行哪！”是的，我们这一役，手榴弹的消耗也在×万颗！

“皇军”的后路不能通了，这一回就给它打一个“困笼”！尽管工事做得好，士气顽强，拼命使用毒气，但是第一，抵不住我们的大炮和手榴弹的爆击；第二，抵不住粮食的缺乏；第三，下级干部的死亡。归根，它就只得以飞机去输送水、盐、粮食和下级干部。但手段不高明，大部全落在我们阵地。

这样地过了两个星期，“皇军”不幸的日子！

四、一个旅团的灭亡

（一）“从南宁至昆仑关我们的进军未尝见一死者向后。今天续渐看见死伤的人运下来了。听日人的炮火，那一定是非常厉害的队伍……”

（二）“今日剩余的炮弹渐少了。中村旅团长要在公路强行通过，阵亡了。”

（三）“我第十二旅团长中村正雄因率队至昆仑关增援，当敌炮火击毙了！”

（四）“我小炮队将宿居小山，闻炮声四起，九塘即陷，弹药和粮极乏。我侪固守阵地。中村少将不幸为护国鬼了。遗骨埋战壕中。”……

这是第五师团第二十一旅团第四十二联队士兵12月24日的日记，首先我们晓得他们丧去一个少将旅团长中村正雄。抗战以来，“皇军”旅团长的死亡现在是第三个了。而这一个联队大队长以下的死亡，更无法统计，至少在百分之八十五以上。

战利品实在太多了。而“皇军”狼狈也于此可见一斑。过去“皇军”败北，无论如何也拚死地先把军用品带走。这回却无暇及此了。单举一个例子就可以知道它们忙乱的情形。我们清理战场的时候，第一，发现了几十匹死马，马肉都被挖出来，充当食品；第二，也发现了几十匹活马。我们知道倘使“皇军”撤退从容的（假使还有残兵撤退的话），马匹是必须要的，军用品、文档，一切都需要它驮负，长官需要它代步。这回却连马匹也来不及带走。我们就可知道困守昆仑关的一个旅团生还的若干人，军用品遗留若干数量了。

一个旅团万余人是全部消灭了。一个旅团的军用品是遗留在昆仑关上了。照现在所逐渐发现的，战利品已满三四十部大货车（第一批共二十一部已载运后方展览），原来“皇军”是非常乖巧的，两个星期的困守战，自知无法解围了。眼见无数兄弟们都做了“护国鬼”，便把那些多余出来的军用品藏在地下，上边放一个死尸，把泥土封上（火化也来不及了），可是我们的弟兄爬上昆仑关的高地之后，为了“发洋财”，曾把好些坟土挖出来搜索“护国鬼”身上的东西，最后无意中连机关枪、大炮都搜出了。原来地下有这么多的宝藏，单在师部调查，机关枪就获得九十余挺，而步枪、子弹、毒气……更不堪计算。

现在我们攻上昆仑关的士兵真是阔气了。我曾经碰到几个×××师的士兵，我看见他们左右手都戴有两个手表，而口袋里也可掏出一束来，军用票、照相机、自来墨水笔、皮靴，这些都变成我们士兵的军用品了。

五、胜利的意义

在前方，我们曾分访过几位高级长官，他们对于这一次胜利的意义都曾有所指明。第一，我们晓得：此次“皇军”入寇桂南的武力，除了三十多只战舰、百多架飞机，主要的是第五师团与第二十八师团：即台湾师团（按：一师团有两旅团，每旅团有三联队，每联队约三千人，与其他各种特殊编制，合约二万五千人左右）。“皇军”侵桂的企图是这样的：第一，自然是企图切断我们的国际路线；第二，是企图对我们内部政治的威胁，藉此以支持汪精卫丑剧的演出。据说，汪兆铭最近曾到了广州；第三，是企图对法国的威胁，知道法国忙于欧战，也许从此会夺取某些利益。

但是这些雄心与企图，在昆仑关一役都被我全部粉碎了。而且“皇军”的进军目的，还志在扰乱我们整个军事部署，以为粤北与桂南双方的攻势，我们至少应该有一方面的失利。可是它想不到进到昆仑关之后，我们不特不忙乱，而且还大有力量给它以反攻。昆仑关胜利的意义，表示着我们在顽强日军新攻势之前，我们的军事是大有把握应付，足以打击它的企图的。

一个集团军总司令对我们说：抗战两年半，日人在战术上是完全采取攻势的。虽然我们在战略上采取主动，但在很多战场上我们还是被攻击，取守势的，在战术上完全被动。台儿庄、德安、黄梅、湘北，这一串辉煌的胜利史实，归根，还是最初受了攻击，然后在某种有利的形势底下展开包围的歼灭战。这一回昆仑关的胜利则有所不同，日军是退守在一个天险的关口，我们去攻击，所谓攻坚，打硬仗。在战术上，我们是采取主动的。两年半以来，我们老是受攻，现在我们主攻了。昆仑关是我们第一次攻战的胜利。

再说：“皇军”的兵力在固守昆仑关的最初是第五师团的第二十一旅团，后来又增援了台湾师团的一个旅团，上边说过“皇军”

的士气是顽强得可以的，而第五师团的装备又是有名的完整。飞机白天活动得非常厉害，自早至晚百余架的轰我阵地及扫射我作战的兵队。同时，“皇军”的不顾国际公法（由来已久了），拼命使用毒气，在最初是毒气罐，最后并使用毒气炮了！但是在这种情形之下，我们终有办法攻下的！这表示着，我们的装备并不亚于“皇军”，我们也有攻击的能力！人们常说，日人占了一个地方，我们要取回来就难了，这回不就是证明我们也可以攻克日人占领了的地方吗？

是的，我们的配备并不下于第五师团，单说我们的榴霰炮就比日人多出不知多少！而士兵的英勇、机巧，也远非日人所能及。飞机来扫射吗？我们可以趁此机会冲向前肉搏，使其完全消失了它的效能（有一次日机向我们一团人的阵地投了百余枚重磅的炸弹，结果只死伤我们两个人）。“皇军”放毒气吗？如果吹北风，它们会自吃其苦；如果吹南风，我们的弟兄也会异常迅速地走上山头。毒气比空气重，是逐步向低沉的，因此弟兄们都不易上当，何况大部分还有面具呢。

有人说：日本的国力至多只能够支持它的战争两年又半，昆仑关的大捷恰是战争 1940 年开始的前一天，这刚好证实了那估计的正确。（本文属笔时，粤北大捷及日内阁又一崩溃的消息交相而来，新春佳日，听此不胜欣喜！）

1940 年是反攻年！是胜利年！

六、几个战争中的插话

不要说“皇军”的顽强是根生的，至死不渝的。我们知道他们的大部分都是一时受愚而供了军阀们的牺牲品，所以这回配合着军事的攻势，就有了自抗战以来第一次的“敌前广播宣传”。

那是鹿地亘先生领导的“在华日人反战同盟西南支部”的五位日本友人，以及朝鲜义勇队的工作同志，他们在反攻昆仑关的开始，就驰赴到火线上，担负起这伟大的工作。在西班牙战争时，我们晓得这敌前广播者在政府军方面收到很好的效果，国民军拿着枪投降过来是常有的事。

一个月夜，昆仑关前的 ××× 高地，那是一个才被我们占领了不久的地方，凄冷的月色照着充满弹痕血迹的松岗上，三百码前就是日人的机关枪阵地了。他——鹿地亘先生这时在那也许血迹还渗泥土未干的一块地方，面对着广播器开始了他的对敌宣传。日人是莫名其妙的，这“摩登”的玩意使他们大惊小怪。跟着一排一排的机关枪扫射过来了。鹿地亘先生重复着他的说话：

“朋友，请听我说来！如果你认为我说的不对，就开枪打过来吧……今晚月色这样迷人，你们会想到家乡里也有一个同样的月色吗？那家乡是有着你们的父亲、母亲、妻子的呀！为什么你们要离乡背井？”

接着更说明了军阀怎样欺骗他们的理由。握在三百码距离外“皇军”手中的枪呢，听了这番话之后打过来吗？没有！可惜他们都在受着箝制，没有办法归顺到我们这边来。这一次广播深深地触动了他们，在一个尸身上捡出的日记（名字是吉田时吉，北支派遣军今村部队，板田部队的班长）写着：

“今晚月色很好，敌人在阵前播音；有这么一套的设备一定是很优秀的部队了。我愁苦地坐在战壕中，同僚都死去大半了，外边炮火异常厉害，大小便也只得就地解决。冷月当空，我的确想到家乡了，什么时候才可以返乡呢？我把千人针缠着我的头顶，祝祷上帝，新武运长久！……”

在另外的一个尸身，我们又搜出一张信纸，写着相当优秀的诗句，而内容却是对于战争的厌倦与恐惧，那是：

“胜利是死，

失败是生，

战场是坟墓，

炮车是丧车！”

是的，日本对华作战，倘使表面上愈是胜利，则国民死亡的可能愈多；相反的，干脆快点失败了，反而获得多数人的生存。这是士兵们所实感的真实情形，军阀们却没有理会到这一点，仍驱着国民去死亡哩！

下边是另外几个关于我们士兵壮烈的故事，应该与“皇军”的那种颓丧的士气一比。我们的士兵太伟大了，他们并没有对于战争中死亡的预感或恐惧。他们是那么舒闲，若无其事地对战争从没有半句怨言。而说起战争的遭遇，则起码可以口若悬河地说出几个神话般的故事。

有一个伙夫，在黄昏时分，送饭到前方，在昆仑关那种交错的山道上，他走着，却没有理会到他自己走的是否正确。一会，他渐渐地走向日人的阵线上来了。我们的哨岗远远地喝止着他，他却没有听见。最后他真的踏入敌阵了。他看见一个日军军官拿着望远镜在望着我们的阵地。好，现在掉过头来就跑是来不及了，反正到了这里，他心想不如就以一条伙夫的命跟他一个军官拼一拼也是好的。想着就从山脚爬上去。那军官只顾远望，在他跟前来了一个人却无法看到。他——那伙夫首先抢去了日本军官的镜，接着就抱住他一起滚下山。原本是想活生生捉那军官回来的，可是那军官却要拔刀刺死他，伙夫没有办法，只能紧紧地掐着军官的颈项使他窒息而死，结果，伙夫自己依然有办法逃了出来。

一个曾经参加过卢沟桥、上海、台儿庄等战役而未受过伤的班长，一次冲锋中，他想要活捉一个日本人回来，在那里纠缠着。日兵在贴身的时候，拔出刺刀要杀死他。班长没有办法，为了防卫，只得把日兵压在地上，左手从袋中摸出手榴弹，放近嘴边咬开了掣，放在日兵下边。他抱着共同赴死的决心，轰的一声，首先自然是日兵的死，而他自己的腿部也炸伤了一个洞。[①]

---

① 刘火子据此创作诗歌《不死的荣誉》。参见本书第 38 页。

日兵的野战工事做得很不错，往往一挺重机关枪巢里，扫射出来，使你不易近前。“好，怕你刁么？”一个上等兵当他看见很多弟兄冲过去又倒下之后，他气愤愤地立下誓要把这挺机枪消灭。他左掩右蔽地爬着向前，日兵的机枪只是向前卜卜卜地射着，却冷不防有人从旁边跳过来，把他的枪向外一拉就抢了去。日兵蹑尾追着，两个人在机关枪前展开恶斗，另外几个日兵赶来了，自然这勇士结果成仁，但我们其他的弟兄因为那机关枪已离开了巢穴，乘机冲过来，一阵排头火，那几个曾手刃我们勇士的日兵，只得做他们的“护国鬼”了。

七、侧面战斗的战斗员

车子到了柳州，我们就晓得在这一次大战中，那些在侧面战斗着的战斗员也居了特烈的功勋！这就是民众的力量表现在战斗的里面！有人告诉我们，广西民众的特性就是不怕军队，同时也组织得比较严密，乡村、街，这一层一层的组织非常分明，所以军队方面倘使明了他们这种层次，进而请求帮助，是不会得不到成功的，否则效果恰得相反。有一个连长在一个乡村摸不清这个组织，花了两个多钟头也雇不着几个夫子，可是后来晓得必须请教他们的乡长才有办法，结果立刻得以征募出两百个来。奇怪的就是：先前那个村子原是荒凉得人影也不多个的地方。

是的，这一次民众在战斗中最大的帮助就是对于交通线的破坏与修复。在前方的情形是这样的：我们最初作战略上的退却时，因为遏止日人的追踪，首先对于公路予以破坏。这时间是非常短促的，而责任又这么繁重，可是当地民众却圆满地完成了！单说这一件事就够感动人，在12月初旬的一个晚上，因为我军的退却，日军的追迫，我们必须把公路破坏。但是破坏的工作，要在我军开走了之后，否则不是遏止日军的进迫，而是阻止我军的撤退了，因此，工作就显得十分的艰辛而危险。我军开走了，民众便失了保护；而日军又会在最短的时间到来。会不会当路还没有破完，日军就追到呢？这谁也不敢担保，民众也深知道这危险的可能性。但最后他们决定了，倘不这样做，日军岂不是可以尽量利用它们的机械化长驱直进了么？当他们送走了 × 万军队向北撤离之后，在晚上 6 点钟开始，两万多的徒手民众，拿着火把，以最敏捷的手段，只不过几小时的光景，便把整条路完全破坏了。你想，两万民众，伴着熊熊的火光下工作，而且情绪是异常紧张的，说不定下一秒钟日军就赶到了，你说这场面不够伟大动人么？①

现在，破路的工作是尤其艰辛了。邕钦路和邕宾路的部分，为了不让日军的机械化部队和援车顺利通过这两条交通线，我们在军队与民众很好的配合下，不断地在工作着，诚如我们所知道的，白天日机活动得可以，同时装甲车也能从前边开来，这两者都会大逞它们的凶性的。但是我们的民众可不管，一方面我们的军队在给它们以打击，另一方面我们的民众也抱着"你来我停下，你走了我再来"的办法，始终不停地苦斗。不过，我们花了整天的时间才破坏了的缺口，日军凭着他们机械化的帮助，只消几个钟头就修复了。这样愈发显出我们破路的忙迫。我们有的是无穷的人力，你可以几个钟头修复，但是却没奈我何——接着我又来破坏了！

其次，要说到民众协助军队的一种固定的组织。这就是广西绥靖公署政治部领导下的"军民合作站"。本节开头所以说我们到了柳州就晓得民众在战斗中的功勋，就是说，在柳州就看到了有"军民合作站"这样的东西。

"军民合作站"现在一共设了六十二个，其最前的一个越过了思陇，将来还跟着军事的推进增至一百个以上，也许现在昆仑关、九塘也增设了吧。"军事合作站"目前最主要的工作，就是协调军队与民

① 刘火子据此创作诗歌《公路》。参见本书第 17 页。

众间的合作。比如说前方军队最切要的就是夫子问题。“军民合作站”便可担负起这责任，据说每日可代雇夫子二百名！第二个工作就是语言沟通问题。在桂南参战部队中，来自别省的很不少，和当地老百姓常发生莫名其妙的误会。有一个笑话：在思陇那里有位连长向一个在山溪洗衣的中年妇人说要请“夫子”，可是那妇人听错成要她的“裤子”，马上红着脸怒起来，迎面的一盆冷水泼过去，说着：“怎么这样不规矩，要我的裤子？”

像这样的误会一定不止这一个。因此，为了协调彼此的合作，“军民合作站”决定派出若干青年到各个操“普通话”的部队去，暂定每团四人。将来也许还要增加。这些青年不特任“传话”的工作，同时还担任各种向导！为各部队提供了不少便利。

另外的一些工作，是平定乡村的物价，供应茶水，出版战地简报，慰问伤兵。出“简报”可以说是目前最切要的工作之一。完全是应士兵所要求的。这也应该举出一个故事。我们十分感谢日本，他替我们把士兵教育得很好！现在士兵的求知欲是非常旺盛了。是这样的：日军被我们困在昆仑关的时候，一切的后路都被截断了。但是他们还忘不了文化粮食的供应，天天用飞机在空中投掷一些报纸杂志下来，直至最终全被消灭之前，还丢下了一大包东京刚运来的报纸，不过可惜全部都落在我军阵地。弟兄们好奇地打开来阅读之后，一股求知的欲望也在他们心里涨起来，于是他们也要求读报了。

“军民合作站”每站三个干事，另外若干个工作人员。本来干部是不敷应用的，好在一年来在“寓将于学”的政策底下，“学生军团”那里有很多的青年可以借用。同时，南宁中学、宾阳中学和一般在乡村找不着工作的青年也可以征之加入。青年们都很好。他们的生活极苦，每月只得六元国币的生活费而已！

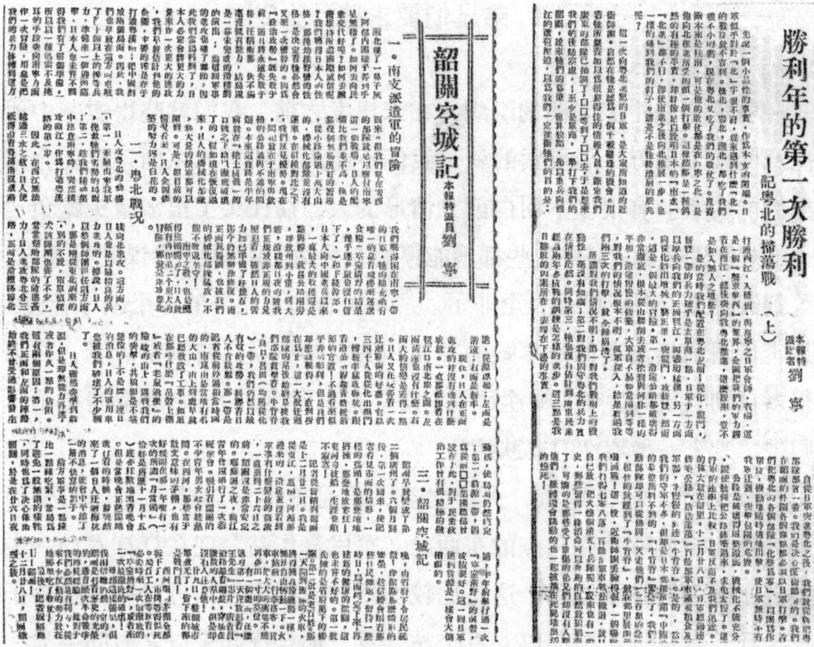

勝利年的第一次勝利

—記粵北的掃蕩戰（上）

本報特派記者 劉寧

韶關空城記

本報特派員 劉寧

一、南支派遣軍的冒險

二、粵北戰況

三、韶關空城記

珠江日報

大戰後崑崙關巡禮

—并記殲滅戰的大捷及勞軍的經過—

本報特派記者 劉寧

七、側面戰鬥的戰鬥員

九、勞軍散記

江日報

二月反攻

—桂南混戰的縱橫面—

晉省戰局我佔優勢

日犯夏縣一帶不

豫北殘日遭我

1938年9月，刘火子进香港《珠江日报》，作为特派记者赴华南抗战前线采访，历时一年半有余，撰写了大量通讯报道。此为他以刘宁笔名发表的《大战后昆仑关巡礼》等报道。

八、弟兄们要求些什么?

我们是一个慰问团的组织，在未出发之前，我们就晓得慰劳中要注意的几个地方，最要紧的就是我们不能买太贵重的东西，要切合弟兄们的需要。有很多不明白前方情形的人，往往买了很多罐头鲍鱼、火腿之类的东西，结果这些都不能停留在兵站、副军处、参谋处等地方，等到流到连部时，已面目全非了。“军民合作总站”的一个领导者说：兵士们目前最需要的是草鞋的补充和底衣的更换，特别是后者，因为很多自别省来的兵士，夹途行军，没有底衣更换，以至弄得满身虱子，归根，惹来一种烈性的皮肤病!

食品呢？罐头鲍鱼、火腿之类，不是他们所希望的，他们要的是一种比较能够储存久点的东西。“军民合作站”现在打算发动一个番薯干运动、甘蔗运动，这是比较切要的。假定每站可以募集番薯干三千斤、甘蔗二千根，以一百个站计算，那合拢起来以之慰问弟兄，岂不很可观么？而且这些是能够担保如数送到兵士面前的东西。

我们也曾到过一个兵站医院去，我们晓得他们缺少的自然是药品。但是院长对我们说，虽然缺少是缺少了（全部只得药品六种），却还不十分成大问题。没有“花士林”吗？可以猪膏和牛肉合调代替；没有酒精吗？可以“三花酒”代替。“医”、“食”、“住”、“行”前三者都可以勉强解决，“行”是麻烦一点，因为伤兵来往不少，院里的担架兵往往不够用。不过也在设法补救中。

说到兵士们所需要的东西，院长说有很多不明白伤兵心情的青年男女，一股热情跑去慰问伤兵，对他们大“卖膏药”。伤兵心情是比较烦躁的，他们从火线退下来，似乎一时还未急需听青年们讲道理，看标语。比较急需的似乎是一点温和的慰藉和实际的赠兴。与其你对他们演说，毋宁给他们写信、盛饭、扶着大小便。与其你给他们满贴着标语壁报，毋宁为他们征集一点草鞋、饼干、毛巾、香烟。

告诉后方人士，能不能在这方面给他们所需要的东西呢？

九、劳军散记

桂林的文艺界及新闻界的十三位工作者，到了柳州，我们受到当地几个青年团体的要求，共同举行了一个座谈会，交换了一些当地的救亡运动情报和国际消息。这似乎是国内一般青年的共通现象，渴望着知道国际的动向。“苏芬问题的症结怎样”、“欧战问题对中国的影响”和“美日谈判与中国抗战前途”。这些我们都利用了孙院长的报告，作一回简略的答复，自然他们所惶惑的，现在都比较清晰了。

从一个青年的报告，我们知道柳州的救亡运动，似乎还没有很好的开展，仍留在一个演剧的工作阶段上面。

……

车子向南驶去，渐渐接近前线了。过了宾阳、思陇，一切都充满战时色彩。触目的就是兵士、军器和日机轰炸的弹痕。民众的买卖和墟期仍然继续，但主要的是出卖一些食品，摊子很多，从前方调回来休息的兵士在吃着零食。我们的机械化部队、汽车、坦克炮车不时出现，扬起一阵一阵尘埃。冬天阴沉得很！树木大半光着身子。

我们带着大批“精神粮食”到了前方，十几二十面锦旗敬献给劳苦的将士们。另外是贺年片、画报，这些在价值看来是很难推计的，现在最可贵的就是我们这些从来握笔的人竟也敢到最前线来，意义的重大使得这些物品的价值也高贵起来了。

飞机是整天活动的，“呜呜呜”地一批一批飞着，炸弹触地的声音“孔隆、孔隆”不时敲打着你的耳鼓，但这些并没有威胁着我们。我们决定到最前线去。说也奇怪，没来之前我们总担心着，彼此嘱咐在东行的时候紧记监视天空。等到真的来到前线却并没有如此张皇，坐的是一部有篷的客车，根本就没有什么空间给你瞭望，结果大家也就索性不管，处之泰然了。

吃过晚饭，才4点钟，我们随着杜军长一直到前线。我们带着几大篓的贺年片、书报，沿着隘路，穿过昆仑关，沿途遇见士兵们就分给他们一大叠，叫着"后方的老百姓向你们拜年呵！"

士兵们突然听了这么亲切的话，一时不知如何应对，有些是微笑，有些是张大了嘴巴和眼睛，惊奇地叫着"啊"！

沿着隘路一直到九塘，我们来此慰劳的消息像电流一样地传遍了山谷。士兵们远远看见我们来，吃着饭也好，谈着天也好，都跑开来接过我们的礼物。"祝你们打胜仗呀！"

那些站在山岗上边的哨兵，他不能离开他的岗位，真是急得没办法，只有大声地叫道："也给我一点呀！我不能下来呀！"

我们也曾走到一些高地，那里有我们的×××阵地，我们亲到壕堑里把礼物送给士兵们，士兵们要跟我们握手，邀我们复述苦战的故事。

回来时我们乘着一部汽车。在途中迎面来了×××部坦克开赴火线上去。汽车从他们旁边擦过，我们投给他们一大批一大批的书报杂志！而且说着：

"后方民众向你们道喜！"

"祝你们打胜仗呀！"

"冲到南宁去呀！"

他们都慢着车捡拾我们的东西，就在车前的灯光下阅读起来了。他们是兴奋而欣喜的！

热情流遍山谷，流遍每个战士的心底。我想我们此行的意义是重大的！后方能不能多组织几批人到前方走走呢？

写于1940年元月19日 桂林

刊于1940年1月29-30日、2月1日香港《珠江日报》

红香炉的百年祭

——香港的悲剧

一

香港，有人给它改了一个很雅致的名字，叫做“红香炉岛”，因为那个矗立在岛上的“扯旗山”，据说就正像是个“红香炉”。一百年来，这个“红香炉”在善于市政经营的英国人所日夕涂抹之下，正放射着它的光辉，不少世界有名的诗翁、哲人、文学家都曾为它的美景所吸引，写下不少赞美的诗文。事实上，英国人也太会体贴每一个游客的心情，他们安排了一道山顶缆车，把游者带到那个“香炉峰”之巅，然后又环着山顶建筑了一条白色的栈道，让每一个游者沿着栈道俯临岛上的一切。那平坦得有如一泓湖水的碧色的大海，和海上慢慢移动着的汽船与一点一点的白帆，那些结连着的密如蜂房的屋子，那些青翠的园林，摇曳着的棕榈树，都永远的贴服在栈道之下。星期日，栈道上的游人更多了，我们可以看见他们在那里凭栏远眺，或者他们在带着一家老少散步，或者他们在阳光下读着心爱的书，这一条栈道的建筑，充分表现着英国人会动脑筋，到过香港的人，正不知有多少曾流连于这一条栈道之上。

但是，这一条栈道从来却被一种人所固执地反对，这就是勘舆师，他们持着“风水”的见地发表他们的理由，他们说，香港既然像是一个红香炉，为什么我们要在山顶建一条白色的栈道破坏了它的吉利呢？那一条白的栈道就像一条素白的带子，把一条素白的带子缚在一个红香炉的颈上，正是一种丧事的征象啊！

这一个玄学上的理由在1941年12月8日之前，略有科学头脑的人没有一个不说它无稽的。然而，一件突如其来掀动世界的风暴，终于使那风水先生的无稽之谈不幸而应验了！香港，为了它的灾难，现在，它的红香炉的颈上不正是缚着一条素白的带子么？

香港，在四年余的远东烽火中，是始终站在门外的小岛，是的，现在也沦于苦难里了，事前，没有一个人曾预感到风暴的来临，也不相信它会来临。香港人，最近正为一种穷奢极乐的欲潮所掩盖着，溜冰场、电影院、跑马场、食物店，一切都达到了事业的顶点，特别最近从“岷尼拉”来了一个嘉年华会（CATNIVA），日以继夜地吸住了千万仕女，他们疯狂地耍乐着，坐着“巴黎风车”、“八爪鱼”、“空中飞船”、“疯狂电车”和“木马”，而且在会场中也举行了一次中国历朝服装表演。

会期本来打算三个星期就停止的，后来主办者方面看见生意兴隆，还打算展期到若干时期。但是，开始的三星期还没有完，就给爆炸的声音惊止了。

的的确确，事前没有一个人预感到大难的临头，虽然空气一天紧似一天，最近一连几天的防空演习，一千七百余名的加拿大军的调来，美日谈判的忽张忽弛，甚至7号那一天——开战前的一天，十几二十艘的太古船[①]忽然不载货客提前地开走，电影院在开映的期间忽然召集军士回营，马路上的岔口处忽然有了兵队的哨岗，这一切非常状态依然引不起岛上居民半点注意，或者分散开他们半点的娱乐心情。

其实又何怪于老百姓们呢？我曾在尖沙咀的渡轮上碰到过一位权威的国际问题专家，我问他对于远东的局势看法如何，他也说，他从来是乐观的，日本未必敢下手。无知的老百姓看不出局势的紧张，有

① 太古船：指英国太古集团在香港的附属公司太古船务有限公司营运的商船。

修养的学者估断错了局势的发展，于是，整个香港的人，临到炸弹从高空掉下来时，爆炸，坍屋，死亡，他们仍然以为是演习了！

我自己也何尝不乐观呢？自从加拿大军调来之后，他们在马路上操演的步伐，他们的配备，以及日常生活的活泼（和美国电影里一样），喜欢喝酒唱歌，喜欢打架胡调，以及随便施派纸币给路人（据说他们每月原来的薪饷，可换港币四百余元），我们一向看的欧美电影中的士兵就是这个样子。但是，在很多战争电影里，他们打起仗来还是被描写得十分勇敢的。

1941 年，刘火子在香港山顶栈道。

二

而加拿大军他们自己，更永远想不到来此不及一月，却要担当起一回意料不到的角色。8 日上午凌晨，香港的领空突然来了在香港市民眼中所不曾见过如此众多的飞机——十八架，炸弹丢下地来，警报呜呜地叫着，把不少惯于夜生活而正在酣睡的人惊了起来。我走到露台去观望，看见了其中的一批九架战斗机正在打从“昂船洲”上空列着队形飞过，高射炮弹猛烈地在飞机的附近喷着白烟圈，于是我知道“太平山”开始不太平了，我清楚地看见了飞机翼子下的红膏药。

我是和一个医生同居的。医务总监司徒永觉的电话跟着警报的时候来了，叫他报上家庭的人数，而且限令即刻到达山顶的域多利医院执行服务工作。现在岛上的确陷于战时状态了，报纸出了号外，义勇军总部命令兵员回营，防空员站满街上，禁止了一切非公务的车辆往来。可是虽然如此，不少的市民仍然没有知道战神已临岛上，不过，这却又有好处，如果他们早已知道战争的消息，当他们听见头一声警报的时候，当有多少的人会惊惶失措，甚至挤下海里去啊！

这时，我是在香港这方面的，但我的母亲和妹妹却住在海的对岸深水埗。深水埗是兵营的所在地，所以日机一来就猛烈地在那里轰炸。电话已经很混乱了，一拿起听筒就有数十种声音渗进耳里，根本无法打通一次。我就只得渡海，不只看看她们的安全，而且也得给她们一点钱。可是渡了海之后，香港政府为了避免香港方面人口的过于稠密，却不准对岸——九龙方面的人渡过香港，除非领有通行证的话。我因此被困在九龙。

事实上，战争开始的几天，九龙这方面的确成为敌人轰炸的目标，而且势必最早成为英日两军接战的战场。人们总想逃过最先的一次灾难的，因此每天冒险雇小艇偷渡者为数很不少，虽然此举足会遭到香港方面防军的机关枪扫射。我并不急于到香港方面去，我坚信九龙这方面是能够固守相当时期的。因为第一，我看见香港的英军配备很好，军车、坦克车、通讯车、骑兵在马路上不停的往来，单以军容而论就远胜于日军了；第二，新界的工事很坚固，从大埔、元朗以至沙田、荃湾一带的军事建筑，都是现代化的。日本军队攻打这些坚固的工事，似乎不大容易。所以，我把母亲和妹妹交托给一个当义勇军的朋友，冒充他的家属先撤退到香港方面去之后，我才着手进行领取一张通行证，为的是此后可以长时间的通行。但是并没有成功。领通行证的地方，人挤得要命，每每挨次轮到自己领取的时候，就给一次警报吓走了。而最令人厌倦的，就是在那里服务的葡籍后备警察，他们并不给予方便。

最后，我就只有托一个朋友去代办了。那是11号早晨，甚么手续，例如照片和证件都办妥了，中午就可以把通行证领出来。不过，这一天市面情形却有点惶乱，原因是昨夜整个晚上都有炮声，早报又曾把当局撤退大埔、元朗一线而固守沙田、荃湾一线的消息披露出来，据说根据陆军部的意见，这一带山峦起伏，易于据守。前方曾有好几次的小接触。街上有不少的人扶老携幼到海傍去，准备偷渡到对海香港。歹徒的活动非常厉害。警察撤消了岗位，非有四五人合在一起不敢巡逻。我曾亲眼看见过两次歹徒与歹徒间的冲突。一次是百数十人的斗殴，竹杠、菜刀、铁尺等互相挥打；一次是歹徒刺毙歹徒，凶手拿着匕首，踉踉跄跄地走着，还一面高喝路人不要惊跑。那个死者，我看着他还勉力支持一下才死去。这种恐怖现象不断地发生着。不过我并不害怕这种现象。我仍然在街上“蹓跶”。但我却为几种军事上的表现感到不安：11号那天的早晨，我看见了从前方拖回的残碎的小型坦克车；我看见了从前方交替回来的兵士疲倦得难以形容，他们蹲伏在救伤站门前，举足几不成步，面色青癯；我看见了突然从前方奔跑回来的几匹没有了骑者的战马。我知道这是属于印度骑兵的，仿佛前一天的报纸正登过印度骑兵出发的消息。这些表现，都使我生起不少疑虑：前方一定在混战了。但我仍然乐观，我相信英军可以固守，等到相当时期，我们中国的战士赶来，这危急的情状就可渡过了。

三

中午，在油麻地的一个地方，我等候那个领取通行证的朋友。可是那个朋友还没有来到，突然街上的行人纷乱起来，四处奔走。跟着“日本仔到了，九龙荔枝角等处在巷战了”这一消息就传到我的耳边。就在这时，我看见弥敦道上一辆一辆的军车满载着英军向尖沙咀方向飞驰，车上每一个士兵，都把枪口瞄着后头，仿佛沿途经过一场恶战才冲出重围的样子，而警察也跑回临时派出所去，忙着脱去了警服，把手枪纳进怀里，就又跑了出去，警帽、子弹匣随街都可以发现；义勇军、防空队员、救伤队员也忙着架车向尖沙咀开走。我也曾见着一个义勇军拿着一挺轻机枪在马路上手足无措，东跑跑，西跑跑，最后才敲破了一辆停在路旁的汽车的玻璃门，把车子驶了去。我不能不有点狼狈了。在这种混乱的形势里，我是不能在街上再事停留的，而油麻地一带又没有朋友的住家。我于是决定回到深水埗母亲原来住的地方。我在弥敦道上截住了一辆“的士”（计程车），司机问我往哪里去，我说回到深水埗。可是他一听到深水埗这个名字时便摇了一下手，随即把车门砰地关了起来，说：“那边不去了！”于是我急着问他：“为甚么呢？”他并没有立刻回答我，只是指了下车后的玻璃，我发现那里有一个枪洞！车开的时候，他才补上一句：“那边在巷战！”

怎么好呢？起初，我仍然想步行回到深水埗，但是如果那边真的在巷战的话，此行岂不是太冒险了么？街上的行人越来越乱了，这紧张的一刻间，使我不能再事犹豫踌躇，最后我就只得也随着人流到尖沙咀去。其间我曾跑进过新新酒店与弥敦酒店想临时住下来，度过一宵才再作打算，但店主人并不许我进去。我继续往尖沙咀方向走，我记起了在山林道那里还住着一个友人。当时渡海的希望根本已打消了，在军队撤退的时候，香港方面哪里还可以让你登陆呢！

但住山林道的朋友早已渡海去了！我带着完全绝望的心情跑在街上，正不知如何是好。幸而就在这个时候我碰到了一位原先认识的住在附近的南洋侨生，他完全不知道英军撤退的消息，还一摇一摆的手里拿着一包花生糖果吃着，慢慢地走着。我于是告诉他刚才的情形，要在他家里暂住一个晚上，但是他却说一个钟头之前他在红磡定了一只小船，打算再来一次偷渡（他已经失败过两次了，都是给水师船放枪射击所制止的），现在回家拿行李。可是他说并没有交过定钱给船夫，现在我只得劝他放弃渡海的念头，在家里住一个晚上再作打算。第一，没有交过定钱，小船未必肯在那里等候，而且到红磡去至少要走半个钟头；第二，这时偷渡的危险性比以前更大。但是这位南洋侨生因为不曾看到弥敦道上的紧张情形，自然仍是决心要偷渡去的。我还有甚么办法呢？就只得等着他执捡了一大批行李（其重量要两个人才挑得起来），然后跟着他冒险去。到海傍的时候，我看见英军仍然不断驾着车子撤来，远远地听见他们在说着一声 goodbye（再见），把车子推下海里。这时敌机又来了，我们忙着向红磡走去。在那里幸而还有三只小船（怕是最后的三只了），我们在五六十个搭客的拥挤下，满足了歹徒的多方勒索敲诈，才得以跳下船里。

在船上，心情非常的沉重，回头遥望土瓜湾的电力厂、水泥厂，在轰轰的响着，一团一团的黑烟涌上来，我知道这是在进行一次破坏的工作。船夫左闪右闪地把船只瞒过水师船的视线（其实根本水师船上的水警也早撤退了，船只停泊在海心）。慢慢地驶进铜锣湾的避风塘，避风塘的堤岸上本来是有一个机关枪堡垒的，可是当我们小船靠岸的时候，我并没有发见那里曾有一个守兵（如果我们这几只小船载的是追踪的敌人又将如何呢），这样我也算是安全撤退了！

四

九龙撤退的原因，香港当局始终不曾宣布过。据说是因为荃湾一线，敌人没有从正面的山地打过来，只是使用了几只橡皮艇，乘英国守军不备，突然从阵线之后的沙滩成功地登陆。当时英军是不曾料到敌人会使用这种狡计的，所以一下子就阵脚摇动，迫得后撤了。这自然是很难断定这个传说的可靠性的，不过对于撤退九龙，固守香港，最初虽然我们认为是不可能的一件事，九龙失陷之后，香港这个孤岛根本就不能守，但后来却有人以为这样做是对的，因为敌人要想在香港登陆并不容易，第一，香港沿岸的防线建筑得非常坚固，在离堤岸一二百码远的海面敷设了水雷和障碍物，在障碍物与障碍物之间有一个缺口，面对着这个缺口的堤岸上就有一个机关枪堡垒，一切船只经过那个缺口进来都必然在机关枪的火网之内，同时，在堤岸上又有一重一重的铁丝网。第二，香港岛的沿岸根本就没有一处是比较空旷的地方，敌人尽管有一万几千人冲来，结果还是最多只能百数十人分批登陆，到头来仍然是被歼灭的。现在我是在香港这方面了，我对孤岛的保卫战是乐观的。

事实上，敌人对于香港的攻略战也实在毫无把握。所以占领了九龙之后，一直差不多到了十天光景才进行过几次试探的登陆。

香港的保卫战开始了，香港政府也表现了守土的决心。这时我们祖国的大军正在沿着东江方面兼程援救，这一点，敌人是知道的。所以在没有登陆把握，也即是说在没有探知香港防守的虚实以前，也就急于想出一个善全的办法。这里就有一个狡谋，仿佛是 20 号左右的一天，突然整个岛上没有了警报，没有了飞机，没有了震撼山岳的大炮声。一切都回归沉寂。岛上的人们都奇异起来了。但不久人们就知道了内情。那一天上午，在对海尖沙咀码头那里忽然开了一艘小电船，渐渐地向着香港方向驶来。首先发现这艘电船的是一个印度警察，他立即通知海旁的守军以机关枪猛烈射击。那一艘电船并没有回避机关枪的射击，却在船头跳出了一个白衣的英国妇人，高扬白旗示意——这是一艘“和平使者”船。守军的射击停止了。船在皇家码头靠岸。所谓“和平使者”是三名日本校官阶衔的军官。守军并不许他们通过码头前的铁丝网。他们就在码头和港方的通译官接触。他们递给通译官一个文件转交港督，着令香港守军投降，限期答复。可是这个“和平”要求并没有得到港督的接纳。立刻就拒绝了。他们三个“和平使者”在码头踱来踱去，等了相当长久的时间，还让记者给他们拍照。

那个英国妇人据说就是港府一个官员的太太——李夫人。她因为不及撤退九龙，给日军俘虏了作为“人质”的。“和平使者”这一行算是碰钉子了。但是他们仍然装着很“文明”的样子，在与通译官谈话时还故意抚摸着李夫人带来的一条哈巴狗，临行时又故意挥手说声“再会”。一切都显得很“做作”！这一次“和平”要求失败之后，过两三天又来了。这一回香港政府的意志更坚决，把原来的文件退了回去，而且郑重地告诉他们，以后关于这一类要求，请不要再次送过来了！

此后，香港所遭受的轰炸与炮击，就更其加剧。香港根本没有制空权。最初警报和机声齐响，接着就或者闻到机声才有警报，或者根本没有警报了。高射炮和机关枪完全不曾发生过它的效能，敌机俯冲下来，高射炮和机关枪并不予以遏止，等到炸弹落下了，高射炮才在敌机尾后相当距离的地方喷出一团黑色或白色的烟圈。在香港再没有别个地方所受的轰炸比它更其可惧怕的了。防空洞根本就没有几个地方有，人们躲在家里听着飞机的俯冲，机关枪不停地扫射，以及炸弹与空气磨擦的怪声，使我们不能不生出恐惧的心理。因为根本香港这个地方太小了，而敌人轰炸的目标又正正是市中心区。然而比轰炸更其可怕的，却是炮击。我住在半山区，这正正是一条敌人炮火的火线。每天，听着敌人的大炮弹呼啸着划过高空，跟着就在山上爆裂，其声撕破了你的神经。有一天，全个岛上的半山区，遭受了一回难以形容的恐怖炮击，敌人的大炮首先向着山顶炮台，跟着把炮口转移下来，沿着梅道、督宪府、罗便臣道、般含道一线打去，前后一百余响，我们捱足了三四个钟头，听着呼呼的叫声和爆击声。我住所前后都中了弹，破片一直飞到阳台上面，跟着爆击声音的就是一片玻璃坠地的声音。就在这一次惨烈炮击中，我们得到了一个经验，就是呼啸的声音并不可怕，可怕的却是吱吱作响的声音，这声音告诉我们，炮弹已经临到面前了！

五

敌人一次狂烈的炮击之后，跟着就是香港炮台的还击。香港的炮火的威力自然是比较敌人的厉害，因为大都是岸防炮，比较敌人的野战炮自然口径大得多。所以每一次敌人发了数十炮响之后，香港当局的炮台就测验到日本炮兵阵地何在，向着预定的目标还击过去。这样，敌人的流动性的野战炮兵阵地就跟着没有了音响。香港发射过去的炮声，的的确确震动得会把人抛下地去的。靠近炮台的住宅不用说，便是远距离一点的房屋，也常常为之动摇，玻璃窗破裂。香港的炮战的确算是英军与日军交战过程中最猛烈的一种战争了。每一次交战的结果，香港情报部都照例公告，有若干处敌人的炮兵阵地“寂然无声”了。不过，敌人的炮击还是可怕的，因为他们一发出就是数十响，起初虽然口径很小，后来重炮运来了，就厉害多了。有一天，我跟随着那个同居的医生到山顶域多利医院去帮忙一些琐事。那个地方实在太危险了，敌人的大炮弹一颗一颗地朝着那个地方打去。就医院的本身，先后楼上楼下中了七八颗弹，有几个职员看护也给打伤了，不过，敌人的炮弹有很多是不响的，就在医院的楼上我们就发现了一颗，它打穿了双重的砖墙，而斜躺在瓦砾上。我们真的捏一把汗。假使它爆炸了，我们该有如何的后果呢？它是这样的巨大，几乎三英尺长，八英寸圆径哩。我们曾检视过这一颗炮弹，它无疑是太陈旧了，在炮弹上刻有 1918 的字样，拿上次世界大战时留存下来的炮弹去进行第二次世界大战，自然是充分地表现出国家的贫困。因此，我们中的一个英国医生就开始以讥讽的态度说出日本的可怜了。但是这位英国老医生，却没有在 1918 这一行字样的下面，再看到另一行字，那里清楚地写着 Made in England（英国制造）呢！这真是一次绝妙的讽刺。

六

香港守军的炮手射法的精确程度如何，只有敌人本身可以体验到。不过，九龙方面的旺角电油池、佐敦道电油池、荃湾电油池的确是经过英军炮台猛烈的射击之下着火焚烧起来的。

最初有很多人估断，香港在战争来的时候，因为人口过于稠密，必然是整个社会大混乱的。结果，这估断并不正确，香港的市民尽量表现出一股广东精神，尽管敌机朝着中环街市附近最拥挤的地方拼命地以机关枪扫射和低空投弹，市民死伤有数百人，但这种恐怖情形仍然没有使得他们感到丝毫害怕！市集的地方仍然是那么的多人，你买你的，我卖我的！一般的秩序还不至于混乱！本来香港一向是以歹徒众多有名的，而在战争中，歹徒的数量更加多了。第一，原来的“三合会”、“和字头”“东字头”之类的组合，都公开了。第二，平素做苦力、船夫的，因为战争把他们的职业解体了，也有不少参加到歹徒队里去。不过香港警察当局对于维持社会秩序却具有决心。警察在必要时可以开枪射击对付一切捣乱分子。在湾仔方面，曾经一度发现过“第五纵队”的组织，他们拿着机关枪和警察搏斗，结果也给消灭了。在夜间，歹徒更不敢活动，一交夜后就由军队执行宵禁，即使是警察，也不能在街上停留，只要有一个黑影闪过，军队就开枪射杀了。为甚么警察也无权在黑夜中执行职务呢？因为在九龙撤退的时候，很多不及撤退的警察都把警服丢弃了，所以为着防止敌人的“第五纵队”利用了那些警服乔装捣乱，所以警察只能执行日间的戒严任务，一到夜间就完全由军队负责了。

其实，歹徒也不全然是坏的。在战争开始不久，香港就出现了一个“忠义慈善会”的组织，在报上公开登报号召“洪帮”、“清帮”、“理帮”各行的兄弟们，协助英军并肩对抗日本。这一个号召是否有效，我们自然很难断定。不过，一直到英军投降为止，社会秩序大体仍是很好的。虽然他们会以各种稀奇古怪的堂口例如甚么“和勇义”、“和合图”之类的名义，向各商户住家勒取千百数十元不等的保护费，但足以扰乱社会秩序的抢劫案还是很少发生。

大约在战争开始的第二天晚上，孙夫人宋庆龄女士曾经广播过一次，她号召岛上的侨民，勇敢一点，坚强一点，应付战争的来临。这个消息是一个朋友告诉我的，当时我已住在九龙母亲的家里，因为没有收音机的装置，所以不曾听到孙夫人的演词。香港的居民们，战争一开始就有不少人立即参加到特务警察队里，藉以执行肃清汉奸和维持治安的任务！

敌人在占领了九龙之后的七八天光景，曾在深夜的时候来过一次登陆的试探。地点在西营盘对开的海面，敌人的橡皮艇结着队而来，由一艘打着信号灯指挥，可是一到达守军的机关枪射程以内，就给守军击退了。我曾推开了窗门望下去，没有甚么比那堡垒发射机关枪子弹的景致更壮观了。英军的机关枪的子弹是每隔五颗就有一颗发红色光的，以表明子弹射出的路线。我看着这些子弹在黑暗得如墨的空间像放万花筒般的扫射出来。

白天，海面宁静得有如一块绿色的玻璃，没有半片白色的泡沫。从前像穿梭似的汽船与白帆，现在都不知何去了。在海面飞翔着的只剩下三三两两的苍鹰。提起苍鹰，香港人都有一个共通的感觉，就是如此众多的苍鹰，翘首仰望几乎无时不见到它们在自由地飞翔着，有时甚至使你发生错觉，以为它们就是飞机！开战之始，有一次轰炸之后，在深水埗的街上忽然哄集了大堆人群，他们望着天边说，英军有两只驱逐机升起迎击敌机，敌机一见英机的踪影，就仓皇遁去，给英机衔尾追赶着，现在，英机回来了，两只排排地飞着呢！可是当那英机飞抵头上时，他们才发觉原来只是两头苍鹰。有很多文学家、电影导演，在他们的笔下或者镜头里，常用翱翔着的苍鹰去表现一场战争之后的荒凉情形的，高空有苍鹰的回旋也就是表明地上有死了的动物的腐体！至少整日不停的炮战与飞机投弹之频繁，就够使它们不安于株守林子里了！

七

香港守卫战约摸到了十三四天光景，情形突然起了变化。敌机无休止地轰炸着，有一次北角英皇道的亚细亚电油池也给炸中了，一团黑烟冲向天上，半个天边完全给遮掩到黯然无光，仿佛一场大风暴就要来临的样子，这油池的耐燃力一直继续了几天，才稍稍地减弱下来。可是就在那一团高耸云端、百里可见的浓烟中，敌人的登陆试探又来了一次。然而这一次是成功了。

时间是下午 2 时左右，天色本来很晴朗，但北角方面却显得惨淡，敌人利用了那黑色巨烟，拣中了香港防线最弱的一点，开始强行登陆，这地点是七姊妹道附近。香港对于这一带的防务可以说是完全没有设备，那里并没有海面的障碍物和堤上的堡垒，因为香港当局以为那里海面宽阔，敌人大约不会从这方面来，山顶的炮台已足以监视了。实在敌人自己也不以为是很有把握的，他们只使用了两只橡皮艇，是的，仅仅两只橡皮艇就乘黑烟笼罩下登陆了。他们并没遭遇到守军的扫射，也没有遭遇到山顶区炮台的轰击！那两只橡皮艇的驶来，是半区住宅所有目共睹的。我同居的那一位医生目击这两只橡皮艇时，曾问及一位英国义勇军队员，为甚么山顶炮台不发炮，岸上不扫机关枪呢？他说，当局一定有计划的！

其实完全没有计划，只是防务上的疏虞——敌人的两只橡皮艇一成功登陆之后，跟着后头就有数十只橡皮艇由一艘电船拖了过来，仿佛通常一艘游艇装满游客游过海上的样子。两只橡皮艇加上后来的几十只橡皮艇，合起来的人数最多不过几百人而已。当局如果有计划的话，现在就可以马上把那个登陆的缺口封闭起来，这几百敌兵一定要落网的。可是香港当局并没有这样做，从前我们以为香港的沿岸没有空旷的地方，登陆的据点不易建立，现在这估断已不能成立了。敌人确立了这个据点之后，跟着一方面分三路向前搜索，一方面陆续地增援，把据点扩大！他们搜索到电力厂，我们眼看着岛上的电灯渐渐地熄灭，防守那里一带的英军呢，他们一看见敌人的踪影就逃到老百姓的屋里去，到头来都给敌军放火焚烧屋子而牺牲了。

敌人一登陆之后，就分路抄向黄泥涌、浅水湾一带去。英军在香港所筑的工事都设在路口。而敌人却往往绕山而过，朝着英军的工事后边以小钢炮、迫击炮打去。

法国当代的传记文学家莫洛亚在他的《法兰西之悲剧》里曾说到，英、法当时在西线所失败的症结在于战意的消散和工事的马虎。香港守卫战的情形，也正正如此！香港守军的战斗情绪非常低下，印军不用说，英军、加拿大军都有一个怯战的念头：意识到自己是孤军！他们在作战的时候，据一个当“少爷兵”（义勇军）的人说，他是机关枪营的射手，在金马伦山的会战中，他曾看到英军的作战情形，他们在一条三尺深、六尺长、二尺阔的壕堑里以步枪、机关枪不停地扫射，当时看到敌人的影子自山下冲上来的时候，他们就转进到另一重防线，扼守着另一个新阵地，依然以机枪猛射。英军的火网是很可以的，可惜敌人却始终不曾亲身受到。而英军的刺刀和手榴弹呢，自然没有机会使用了！在晚上，英军作战有一种特别不同的情形，就是在前方可以随便地听到“约翰，你在哪儿”，或者“尊尼，你在哪呀”的声音。

如果一个兵士发出这样的声音而得不着旁边的战友回答时，他就立刻后撤了！

圣诞节临近了，英军的战意自然更成问题，陆军部曾经发出公告，叫士兵、民众在圣诞节前夜要特别戒备，敌人是会伺我们守军的松懈而大举扑击的。是的，情形严重起来了，敌人作战的据点越弄越大，浅水湾、香港仔被占了，湾仔、铜锣湾、跑马地也在巷战了！敌人对于印军的宣传也变本加厉，一天有六七次低空散发绘着“印人骑象，英人骑印人”之类的画图，企图鼓励印军投降，虽然陆军部天天以华军到达深圳、大埔，中国空军轰炸九龙的消息激励士兵，但是仍然不能挽回局势的危殆，而蓄水池也被占领了！

香港守军的最高当局是决意死守的。把几千名后备警察集中在高罗士打酒店，准备打到最后一颗子弹。在电力厂还没有被占领之前，无线电台曾最后播送出俄国柴可夫斯基的《1812 年序曲》，深刻地描写着拿破仑如何攻陷莫斯科城，最后终归给哥萨克骑兵反攻，有如潮水的倒退！播音台的主事人是有意的，他教岛上的军民应该战到底！但播唱之后的第二天，电流就没有了！

八

香港根本就没有经过一回比较剧烈的短距离战，其实也根本没有几次接战。浅水湾的失陷在于英军疏忽，敌人首先到临浅水湾酒店车房，蹴醒了睡在那里的泥水学徒，叫他到浅水湾酒店去拿啤酒、食点，那个才十八九岁的孩子在睡眼蒙眬中，辨出蹴他屁股的原来是日军而不是英军时，他就飞急地应命去了。他到浅水湾酒店里叫醒了驻集在那里的英军与英侨（他同样的遭受到英军的打骂，为的是他扰人清睡哩），等到他们出来戒备时，敌军的机关枪已经扫射过来，使得他们不能再有所动作了！赤柱炮台是比较打得激烈一点，但因为炮台后面的高地被占了，结果也不能确守下来！

香港政府的确是没有战争经验的。尽管在平时准备得很好，有计划有条理，可是一临到军事的危急关头，就手足无措。这里，举一个例子来说，敌人登陆之后，就伸展到大坑、铜锣湾一带，这一带算是沦陷区了，但是沦陷区与港市区之间，却存有一个奇迹，就是电话畅通！这几天，提起电话本来就令人头痛，常常在同一个区内彼此都无法接通，现在沦陷区与市内区竟然通话无阻，岂不是奇迹么？有一次我打了一个电话到大坑的朋友家里，那朋友刚刚把听筒拿起来，就说："对不住，等下子再打来吧，有皇军进来搜查呢！"我只得也放下了听筒，我想，假如敌人要藉电话传布各种不利于香港的消息或者命令，那是可以的。香港当局连一条电话线也无法控制——市内本身常常不通，与沦陷区反而畅通—— 无怪是一败不可收拾了。

在战争中，人们的生命观念起了奇异的变化。人们每一分钟都没法把握到下一分钟的生命。因之，人们的性情也变了，一个很和善的人会变成很暴躁，一个很积极的人会变成很伤感。有一对平素恩爱得令人羡慕的夫妻，为了一个一岁的女儿半夜啼哭，丈夫要把她的嘴巴封闭起来，几乎把女儿活活的闷死，使得夫妻间马上发生一场大风波！所有的人脾性都变得非常坏，常常为了一件无伤大雅的小事就吵架起来。还有一点，物价虽然拼命地上涨，人们的食粮，朝不保夕，只能每餐改吃稀饭与杂粮，但有时，人们却持着一干二净的心理，索性大吃一顿，明天如何，且待明天分解。所以市街上有一种畸形的现象，一方面是杂粮飞涨与畅市，一方面是鸡鸭类与海味之类的顾客仍大不乏人。圣诞节，我们同居的一家人，也持着这种今天有酒今天醉的心理，实行大吃一顿，由各人科得百数十元，所购得的东西非常丰盛，有白兰地、威士忌，有鸡有肉……大家非常高兴地在厨房里烹调，但是临到我们吃这一席盛筵的时候，心情却非常的悲苦，下午 3 时 3 刻，我接到一个当后备警察的朋友的电话说，现在甚么都完事了。他们已奉令解除了武装，交易行的楼顶已竖起香港政府投降的白旗了！那一面旗子至少有一张床布那么大！于是“和平了！和平了”的欢声就沸腾在某类的华人嘴里，他们自开战以来就诅骂港府当局，为甚么明知道自己打不过人，而两次日本派人接洽议和的事情，又偏偏要拒绝？现在香港本身投降了，他们自然非常高兴。而且，不独他们高兴，便是很多英国侨民也都欢喜起来了。有一个在电话公司当职员的朋友，他眼看着一个英国同事兴高采烈的情形：喝啤酒，逢人便张着嘴巴笑，而且对我的朋友说，不必害怕，日本人来举高手就可以了！他说话的神情（高举起两只大拇指），与前四五天他告诉别人华军援港时的神情一样！

然而，我却非常悲苦！我知道那一班没有脑子的人，他们所以一团高兴的原因，完全是受了敌人散发下来的传单的哄骗。我食不下咽了，虽然威士忌酒仍是晶莹地在烛光下闪耀着，酒味是如此香洌，但我已提不起吃喝的兴味！我只感到它一团苦味和炽烧着我的心胸！这是一回苦难的聚餐，席中有人忽然提起“最后的晚餐”来，使我更其加深了苦难的感觉。

饭后，我跑到天台去，那天大约旧历十一月十二三日左右，过几天是月当头的日子了，但是挂在天空的明月，我感觉到她有一股凄然的冷气，她并没有了皎洁晶莹，却是惨绿阴森。四周寂然无声，没有了枪炮的声音，只不时听闻一下两下狗叫，半夜，军车来往频繁，那一定是满载着解除了武装的败兵，投降到敌人的旗下去了！

九

香港，从今天起，那枝百年来飘扬于岛上的古老的欧罗巴帝国的旗子，不再出现于和平纪念碑之前，代替而来的是另外的一面丑恶的标帜。“红膏药”已开始张贴在街上的墙壁。早上，敌人就已分配了不少的哨岗站在各个通衢，限令过往的人们一定要鞠躬行礼。“萝卜头”！广东人，真不失他们的小聪明与俏皮的本色，当他们头一眼看见那些牙齿外露，什九都患了深度近视的陌生的兵士，身材矮而臃肿，就给他们加上一个讥讽的名字：“萝卜头”！这个形容相当肖妙，特别是他们头上的那一顶尖形的帽子。于是这名字立刻流行了，特别在一般中下社会之间。

我是从事于新闻界的。在我的笔下曾经留下了不少关于敌人的影子。但是我所得的材料都只是来自别人的转述。我是没有机会亲眼见过敌人的。现在我都不能避免地要见到他们了，心里惊恐而又憎恨。在他们侧旁经过，或者要耻辱地受到他们检查和答复他们的问话。我曾端详过他们的脸型，我不能不佩服我们漫画家的表现手法了。

今天，岛上已不再闻到可怖的炮击和轰炸声，一切都回归了沉寂。但是我却闻到岛上的脉搏，是那样的微弱而缓慢！现在的确是听候死神裁判的最后时间了！没有谁人敢如平时的外出，没有谁恣意地谈到太平洋战争的乐观的结论。家长马上告诫儿子们，以后不能再叫“日本鬼”。我看到了不少家屋的烟突，在升着一股一股黑烟，我知道他们的炉灶里一定又正在焚烧着不少珍贵的书籍和文件了！我所知道的，不少的名作家、名画家，他们的藏书，他们长久收集的画稿，都被迫得付诸一炬。是的，谁愿意在逆境中来招惹一场不必要的灾殃呢？但是，我将会永远想着这一幕景象的：我损失了不少可纪念的照片、字迹和自己十余年笔耕下来的一点微薄的收获！渐渐，恐怖的消息从各方面流布开来了。早上我家的娘姨到街上去挑水时，就给几个“萝卜头”裂开了牙齿紧跟在后头，吓得她不得不逃到别人的家里躲避。“萝卜头”是背着长枪在街上游行的，他们三三两两地走着，只要一不高兴就可以随便地执行“枪杀”的任务。

“萝卜头”占领香港的第四天光景，他们这个暴发户开始趾高气扬了。他们在那一天举行一次入城式。海上驶来了一艘巡洋舰、若干艘驱逐舰，陆军把队伍排列在皇家码头，皇后像之前，由敌酋酒井中将领导入城的仪式，军乐队哗啦哗啦地吹奏着巡行，在空中，四队单翼双引擎轰炸机排列起队伍，掠空而过，两架海军机跟在后头，一架指挥机领前，合起来总共三十九架，就只是这么三十九架而已！这三十九架的数字，在香港人的耳目中自然觉得很多，因为香港根本从来就不曾有过相等数目（六架以上一齐起飞也没有见过）。那三十九架于是在空中变了几种不同的队形飞翔着，散发着红白两色的传单之后，还特别地安排一架飞机作花式表演，在空中上下地打翻身。这种技术本来简浅得很，但已足以引起香港无知的人们的兴趣。不过，带着不屑态度的人却很不少。我曾看见在街上卖油煎粽的两个伙计为了这件事情吵起架来。一个说："你看，多么威风呢，我们中国有这么多就无死了！"另一个于是说："三十九架而已，我们中国有很多还未出用呢！""说话要小心点才好呀，看看现在是甚么环境吧。""怕甚么！"实在的，那一天的三十九架飞机的操演怕是华南的整个数目了。敌人是以小家气见著的，难道这一天，他们还不应有尽有地卖弄么？

十

有一个时期，香港曾经是被人叫做过"臭港"的，这就是香港大罢工的时期。现在，这个时期又来了！香港已再不馨香，没有了美丽，没有了秩序，没有了从前所享受过的一切嘉名！现在活动于岛上的，已不是从前的那种封建的古老的英国人，或者具备英国作风的中国人，代替来的是另外的三种动物：苍蝇、萝卜头与歹徒！是的，没有甚么地方，没有甚么时候，比现在香港的苍蝇更活跃而可怕，勇武而不知倦了！现在是它们的时代，它们在一切的街道上飞翔。因为，没有一条街上没有一大堆一大堆的垃圾，没有一寸的土地干净，没有一寸的空气不曾夹杂着腐烂了的植物和死去了的人体和牲畜的臭味！于是你看见它们汹叫着在这一切东西上面，或者飞到食物摊子上。那些食物摊子和这些垃圾根本是没有隔开的。

“死尸”这个名字在香港的人们的脑子里实在印象太深刻了！在历史上，香港曾经有过几次疬疫，好几个区域几乎每一家门口都挂起了蓝灯笼，但是比诸现在，就实在算不起甚么了！那个时候虽死的人也不很少，但那些死者的尸体总是经过一种丧礼的仪式，减掩了不少恐怖的成分。现在呢，一切的尸体，都似乎没有了家属朋友的料理，任他们躺在街道上、垃圾上，任苍蝇慢慢咀嚼。他们是被枪击死的，炸死的，饿死的；他们是年老或者年少；他们是血肉模糊或者骨瘦如柴；张着眼睛和嘴巴，有些还保存着弥留时的痛苦的挣扎的姿态！

这些尸体并没有依照惯例被收殓起来。从前，在香港，即使是一个分明被刀枪谋杀而死的尸体，也必须经过政府的殓房解剖，而后被送到葬地去。现在，自然不必经过这么多的手续，但是却又太过于简单。香港政府，对于这些尸体处理的办法，只有在旧“国家医院”的一个空阔的球场上，挖掘不少一方丈宽阔的洞穴，然后把尸体向洞穴里面像沙丁鱼似的一条一条排下去，每隔一层就撒上一些石灰粉。这个空阔的球场，就在半山的住宅区内，当我每天经过般含道余东璇大厦之前，我都不忍看而又不能自已地停下来看一次。我看见仵工们在忙碌地架着垃圾车，运来了一批又一批的尸体；我看见仵工们并不理会死者生前的阶级和身份，都像搬运柴把一样地把尸体抛下洞里；我又看见泥水匠们在赶着发掘新的洞穴！这个空阔的球场就这样地增加着那些洞穴，临到我要离开香港的时候，十几二十个洞穴已经盖上泥土，而没有盖上泥土的又差不多尸体满盈了！据说，每个洞穴限定埋下一百具尸体，那么，这空阔的球场该有多少无主孤魂呢？这球场，昔日原是一个花园，那里还留着十几株高劲的棕榈树，叶子是那样的青葱而又悠闲，此后，由于那些牺牲者的肥美的栽培该会如何成长呢？我也不敢想下去了！

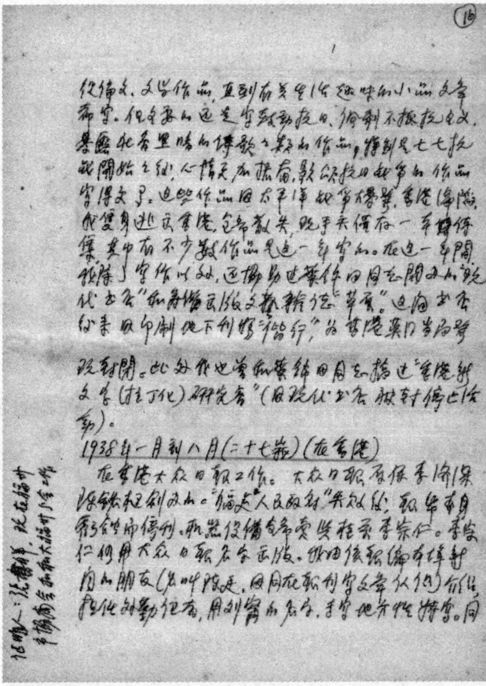
1938年一月到八月（二十七岁）（在香港）

在香港大众日报工作。

刘火子生平自述手稿。

香港，自开战以至投降，自英国的统治到敌人的暴力支配，这中间，死亡在一步一步地紧随着岛上的人民。他们起始刚刚逃避得过炮火，接着饥馑的威胁又走近过来。而“萝卜头”的恣意杀人，就更使岛上的人民不知如何戒备是好。

香港这一次伤亡的人数，也许不至于外传那么甚，但至少也当在一万。那些乱葬地并不只于“国家医院”的球场，听说薄扶林道那边也有几处。而且这些乱葬地只限于岛上的居民们，英国作战士兵葬在何处，那是我们所无从知道的。

上边所说的这个数字，还是只限于目前的，接着的饥馑的加重，敌人屠杀的加厉，或者战后所常有的瘟疫，岛上的人们，要逃出这种种灾难，无疑是太苦了！

十一

是的，敌人暴行的消息，渐渐从无数的角落里流布开来了。我本身是新闻记者，在我所曾写过的或者他人所曾写过的无数有关于敌人暴行的劣迹，一向连我自已都以为是未免传说得过于夸张，也许本来的事实是不至于如此的。有很多人也和我的想法一样。但是，沦陷后二十多天，我所经受或者耳闻目击的种种事实，却完全使我相信敌人的暴行并没有比记者们笔下所描写的善良一点。

因此，所有的人家就不能不群起戒惧之心了。我住的地方，主人养了两条粗壮的狼犬，这两条畜牲聪明得使人非常疼爱，它们会替主人携带东西，晚间会四出巡逻看守门屋，懂得很不少的技艺；不只听得出主人的步武，即便是主人汽车的摩托的声音也分辨得出来，所以主人就非常地钟爱它们，每天给它们更换吃的东西，今天吃鱼，明天吃虾，后天便吃牛肉。这两只畜牲，也跟着人类一起而受苦了。它们的安置也成问题。主人和所有的同居者的确为这两只粗壮的狗而忧虑着，万一“萝卜头”跑进屋来抢东西时，它们把“萝卜头”咬伤了，那就必会惹起弥天大祸的。怎么好呢？主人在各个同居者的督促之下，只有忍痛让那心爱的两只畜牲牺牲了。他含着泪，手发着抖把十个CC的吗啡针注射到它们腿部去。不久就看着它们昏沉沉地睡下来，大家哽塞着喉咙，有好几天抑郁！

就在这两只畜牲含冤莫白地殉难的当天下午，“萝卜头”到临了。他们一起共有五个，看他们领上的星子，知道他们大都是上等兵。他们配着刺刀和手枪。入到屋里来随便地翻箱子和抽斗。好在预先就把很多值钱的东西藏起来，不然这一次损失就不知多少了。他们予取予携地抢去了一个照相机、一支自来墨水笔，还囊括了各人身上的香烟和名贵的烟匣子。临到出门的时候，他们其中的一个还特别地对着我，用右手的拇指和二指作成一个圆圈，放在左手的手腕上，口里“格格”

地嘟哝着，我明白他们的意思，他一定在向我勒索手表了。但我却勇敢地摇了一摇头。我是准备受到他凌辱的，幸而却意外地逃过了。之后，“萝卜头”的来临就已不算得怎样稀奇的事，因为附近驻有了好几百的敌兵。

现在，我们所最害怕的，倒是敌兵夜间的来临，特别是敌兵中的马夫。因为我们那里一带的住屋有很不少的姑娘。关于敌人奸淫的事实实在太多了。有一个住在大坑的朋友，他的太太就曾经遭遇了这个厄运。虽然，这并不是出自他的口述，但当我问及他的太太时，我看见他满面悲愤、沉默不语的表情，我虽不曾再问下去，却已知道此中境况了。在跑马地一带，在铜锣湾一带，甚至在中区的坚道一带，这种敌人兽行的恐怖浪潮正在人们的心境里汹涌着。

不少可歌可泣的悲壮的事实生出来，这里摘述其中的一个故事：在跑马地的山村道那里，一向是住着不少的舞女的。舞女在我们的观念里，原本就没有半点尊敬之心。战事在跑马地进行着的时候，就已有不少人关心到她们——这种平常专以打扮为职业的迷娘的遭遇了。人们断定她们必受灾难，然而却未必会令到她们伤心。可是一件最悲壮的故事却是发生在她们之间。她们中有很不少人在敌之兽行之后，愤然自杀。在山村道六十几号三楼那里，有六七个舞女在悲愤交集之下，集体地跳楼！有不少的舞女在敌人的追逐下把自已关在浴室之内，上吊殉身！在跑马地一带，没有哪一个妙龄的女人能够逃出敌人这魔掌的！在坚道一带也是一样，有一家中学曾驻集三百多个敌兵。这些“萝卜头”一来，就要“花姑娘”，当夜，附近一带的小姐就苦了。他们一共抓了二十多个，其中有几个是和学校当局有关系的，校长先生就只得叫学校中一个懂得日语的教员向他们的长官交涉，结果那几个被释放了。但是那位教员却遭受了一场毒打，他的耳朵、鼻子都受重伤。因为敌兵们说，中国人中最该死的就是那些通日语的，他们会破坏了他们很多的机会。为甚么中日提携，连这么一点提携的最基本工作，也要从中作梗呢？

这些事实，一件一件地传到我们全体同居者的耳鼓里，不是说某人被强奸死了，便是说某人的住家整夜地被拍门，我们大家都感到恐怖极了！一临夜静，就把所有的门扇加上几重铁条关得紧紧的。我们连说话的声音也不敢放大，灯光自然更弄得尽可能的微弱。街上每一次鞋蹬敲着石板的那些声音，都使我们惊恐。

但有一夜，敌人终于叩我们的门了！

十二

我们这里一起共有五座房子。敌人是从我们的右邻开始的，他们嘴里一边叫着“姑娘！姑娘！”一边使劲地打着门。敌人登陆不到几天，香港的人们就有了一种经验，晚间“萝卜头”敲门是可以不加理会的。因之，我们的右邻就决定不开门。现在他们转敲我们的门了，同样是充满焦渴的声音叫着“姑娘！姑娘！”而且，还用手电筒上下左右地探照着我们的骑楼。我们家里的女人惊慌到几乎站不起来，不知要逃到哪里去才好。但是，“萝卜头”敲了一阵时间之后，就转移到我们的左邻。我们刚才吐了一口气，可是却想不到我们的左邻竟开门把“萝卜头”接应了进去，据说左邻的主人是会说日本语的，现在我们可就窘极了。我们左右邻的天台是彼此相通的，而我们天台的门扉却又非常不牢固，敌人如果在隔邻不满足，而想到我们这里来时，便大可以从天台过来。现在比刚才的惊恐更要厉害了。我们隔着一块墙，听着“萝卜头”的笑声和走路声。我们全体男女立刻集中在一个房间之内，加上锁，还加上一个大衣柜，把房间的门压得紧紧。大家准备着万一“萝卜头”冲进来的应付方策。房中已准备好了一个火水罐子和脸盆，敌人一来，首先女人和他们纠缠，其次就是男人拼命地敲打火水罐子和脸盆，这是日本告警的方法。我们蜷伏在房子里，男女老少一起大约有三十多人。但彼此的呼吸紧张得很，把空气压得非常沉寂，只不时听见隔邻传来格格的笑声。忽然，我们清楚地闻见了我们天台有一种脚步声，这使我们非常害怕。大家静静地倾听着、张皇着，谁也不让谁发出声音。就在这个时候，我们之间有一个一岁左右的女孩子因为身体不舒服却“哇哇”地哭了起来，使得慈爱的父亲也不能一变而为十分凶恶，扪着小女儿的嘴巴，如果不是我极力的解救，那女儿真会当场被闷死。就因为这残忍的一幕，恩爱的夫妻反目起来，太太几乎激于一时之愤，要去召唤敌人进来，她说，如其牺牲了女儿，倒不如牺牲了她自己去救女儿了！幸而，这一晚的虚惊终于渡过了。右邻的女人也早就上了天台，逃到另外隔邻的屋子去，刚才天台传出的脚步声就是她们而发的。“萝卜头”找不着“姑娘”，就转而要吃东西，好在主人懂得日语，跟他交谈的时候，故意把话题扯到别方面。他们在那里一直耽至 11 点多钟才走，主人的咖啡被他们风卷残云般地去了一大半！可是问题还不在此，自此之后，他们每个晚上都例必来临，而且广约同僚参加，主人才不胜其苦！而我们这一带的危险成分也就相对的增加了。第二天，女孩子们都马上化装为男孩子，如云的秀发一撮一撮地在理发师的剪刀下委地而去了；而妇人家也忙把旗袍脱下，穿上黑色的娘姨的衣裳。

街上再也不见穿红着绿的“香港小姐”了，如果偶尔发现一两个闪在人群中的，那就必然是重张旗鼓的女导游，否则她就必然会跟日本人交谈一些日语。敌人对于民间女人的骚扰，是他们风纪扫地之最大主因。虽然，敌人的军民政部，堂而皇之地在皇后大道艺文商店门前的墙壁贴上招请军妓的告示，叫愿意参加的女人“报名从速，以免额满见遗”；同时，又拼命地在几间酒店里开设了甚么“皇军慰安所”（每天生意很好，所的前面常常有一队一队的士兵来临，又疲乏地撤走），但敌人对于民间女子的骚扰仍然没有停止。一家医院的女看护，听说有不少曾受到蹂躏。在赤柱，有不少的英、美女人也同样的遭到污辱！

这种恶劣的行为，不能用军士的性饥渴去作为解释，起初也许这种解释是可以的，但后来却渐渐养成为一种风气了！

敌人的士气如何，这里不必提到，但是他们的狂妄与骄横却是在沦陷区里的人们所熟知的。举一个例子来说，他们在通行的地方，设下很多岗哨，限令过往的人们一定要停车步行，一定要鞠躬行礼，这不是狂妄骄横的表现吗？攻克了香港，这种气焰自然更加高涨了。只要一看他们对于洋人的百般侮辱——迫使他们扫街，不准坐黄包车，反而迫着他们去拖车子，让本来的车夫坐在车上；甚至洋人被检查的时候，也不准站立起来；而对待英国战斗员的残酷——杀俘虏的头，刺死在病院里的伤兵，这种种事实，为的都是这种气焰的原故。

十三

起初几天，我是有点戒心，不敢到街外去的，后来因为有很多朋友的消息必须要知道，就冒险出门，再过几天，便索性不管好歹，终天在街上走了。有好几个我想知道消息的文化界朋友，我在街上也碰到了。不过，无事出外，确实是会遭殃的。有一天，我在西营盘街市的那一条斜路往大马路走。因为是街市，所以人挤得厉害。我发觉后边有人在叫着“哎哟”的声音，跟着便有一条木棒之类的东西，往我的脚打下来，我回头过去，原来这是一个残废了的老人家跌倒，他只剩下一条腿，手撑着两根拐杖，我于是马上把他扶起。就在这之间，有四个“萝卜头”大踏步地涌前来又走过去了。那残废的老人颤颤抖抖地爬起身，嘴里悻悻地说着：“他们在后边把我推下地的。”我并没有回答他说话，继续走我的路。但第二件类似的事情又发生了，我看见那四个“萝卜头”又推倒一个停在他们面前买着蔬菜的老妇人，她倒下地来，也许她的口边曾低微说过一个“哼”字吧，跟着密如雨下的耳光就送到她的脸上。她还有甚么办法呢，她只好忍痛了，这是第二件。而第三件又来了，现在，“萝卜头”走到人丛最密的地方了，他们的手掌于是左右出击，人们跟着这些“掌声”，便只好让出一条路来，“萝卜头”们威猛地走去。

这些事情不断地发生着。而喝醉了酒的“萝卜头”更是可怕。据说在皇后戏院门前，就有一个喝醉了的军官以手枪打死了一个穿西服的路人，跟着又拔出了一把指挥刀乱挥乱舞!

最初，从事于文化工作的人的确有点害怕，我也是一样。不过后来却比较安心。这并不是说敌人对于文化工作者不仇视，而是敌人认为对于物资掠夺的工作是当前最大的急务。文化工作者最先受到骚扰的，只有电影与戏剧工作者。敌人一到香港，首先就以“山畸报导部”的名义封闭了一切的戏院，而且在那里免费放映“东京电影新闻社”的宣传片。我曾放大胆子在娱乐戏院看过一次，我见到汪逆精卫谒见华南派遣军总司令时的那一副惶恐的尴尬情形，几乎使我哈哈大笑。敌人对于电影界的另一方面工作，就是召集会议，由一个叫做“田久禾”的日本人主持，据说这家伙从前曾经在岭南大学念过书，冒用着姓陈的名字，在会议中，他说，他在香港住了七八年，很多国片都看过了，例如《小老虎》、《小广东》、《东亚之光》，都看过了，都演得很不错，尤其是《东亚之光》艺术的成就足以媲美于世界名片。中国人反对日本，他并不反对，“但是，”他放长了口气说：“你们得要了解我们日本人哩！我以为在这种世界局势之下，应该要中日和平了吧，我们应该要拍一套发扬东亚新秩序的影片了吧，这意见你们反对么？在座各位有谁想回到重庆去么？我可以负责担保，安安全全地送你们去！”这一番荒谬的话，对很多软骨头的电影工作者，自然很有作用。他们正有不少协助着“报导部”去进行开拍那一套什么“东亚共荣圈”。香港的电影界，硬骨头的人自然不少（他们大都被监视着了），但懵懂无知的也实在太多了。战争一惠临，他们就从事于赌业，在九龙城，我们可以随处地发现电影明星大开番摊牌九，女明星担任荷官的职务。

他们始终没有想到如何回到自由的大地来。

敌人对于物资的掠夺，工作得非常起劲而又有秩序。四大百货商店被封闭了，门首贴着“平山搜集部”的封条。铜铁店、工厂、树胶厂、粮食店、汽车厂、电器店、交通器材店、书店、金融机关……一切一切都在被封之列。香港的物资实在太丰富了！军事器材被敌人掠夺了多少，我们无从知道，但英军的破坏工作，却是在极忙迫中进行的，所以残留下来的一定有不少。其实，单以民间被掠夺的就够可观了。所有的汽车，不论好的、坏的，公用的和私家的，都一律被所谓“八岛管理部队”搬运到上海银行旁边的大球场集中。即便是民间的毡被，也被搜刮不少，我曾见到他们在打着包裹，其中红色、白色等等不一。我又看见他们那一包一包的旧皮鞋，那些鞋子我认得出是从前印警所穿过的。关于毡被，这里顺便提一点材料出来。旅店的毡被大概是被掠夺最彻底了。而学校，如果经过敌人的驻扎之后，宿舍里的毡被也必全部被带走。有一所学校，经过他们的驻扎仅仅两天，留下来的除了满地矢粪而外，第一，发觉无数的衣箱被撬开了锁匙，里边的衬衣之类的东西被撕成碎片，作为大便的“便布”。第二，发觉很多的毡被被拿去铺战壕。总之，现在是敌人权力的世界了。不是予取予携，便是恣意摧残，香港人，有几个可以逃过这劫运？

十四

敌人的搜括一直在进行着，每天晚上我走到天台去，就看见有二三十只大洋船，湾泊在海面，但第二天早上再去看时，却全都开走了。敌人的这些“海盗船”大约是黑夜中开走的，一定为了避免盟国的潜艇的袭击。我想，在香港海口之外，盟国的潜艇一定很活动的。有一天，我们忽然在海面发现了一只全身漆着白色的红十字船，从汲水门方面驶进渔港内，过两天这只船又开走了。这一只红十字船，叫做“哈尔滨丸”，它之来港，在敌人正疯狂的搜刮物资的时候，任务是很显然的，它要搬运的也许不是伤兵，而是一件一件的货品，因为敌人的船只根本就不够用。但这一只所谓病院船，并没有完成了它的任务，就在香港海口之外，给一只 U- boot 的鱼雷轰沉了。第二天，我们在报纸上看到了好几则自东京发出来的电讯说及此事。他们说南中国海盟国的潜艇活动异常，不顾国际公法，竟向病院船“哈尔滨丸”袭击。跟着这几则的电文之后，“同盟社”还列举了一大堆《日内瓦国际联盟公约》的交战的条例。从这几则电讯中，我们可知道敌人船只被轰沉的一定很不少，只是这一回才有借口可以公开出来而已。

敌人对于民间的物资，除了公开的劫夺而外，便是散兵的四出搜索。“萝卜头”最喜欢的是手表、香烟、自来墨水笔、绒线衫、毛巾和手电筒。“萝卜头”对于这些东西似是永不厌足的。纵使他们身边已经有了，但是仍然继续劫夺。他们天天到当押店去选取，今天得了一个这样的，明天又想得一个别样的，我所知道的一家当押店三天之内就损失了八百余个之多。有一次，在深水埗的大埔道上，一个“萝卜头”截住了一个苦力，他从苦力的袋中检出了一包“派律”香烟，拔出了一根往嘴里塞去之后便以手作势问苦力有没有火柴，苦力是相当机警的，他立刻带着一丝苦笑擦了一枝火柴送上他的嘴边。苦力原是想省去麻烦，快点弄完了就走的。可是这种奴才的表现，恰巧迎合了那“萝卜头”的欢喜，他把左手的袖子往臂上一掀，把十几只戴在臂上的手表随便地挑选了其中的一个，除下来赠给他。这是完全出乎苦力意料之外的，他想，不挨打就已经万幸了，他接过手表去了，但走不上几步，“萝卜头”却挥手把他召回来。他要把他的香烟整包地拿了去。这一回仍然有代价，他把衣钮解开来，在内袋里他并排地插着有十多根的墨水笔，他又挑出了其中的一根送给苦力了！从这一个故事里，我们可以知道敌兵掠夺民间这类东西之多了！

但“萝卜头”对于手表却未必识货。有一个朋友就因为这样而得到了便宜。有一天，他被一个"萝卜头"搜劫，同样地被搜去了一个手表，他自然是不大高兴的。可是"萝卜头"一看见他脸上的不悦之色时，却马上从袋中掏出了另外的一个手表来给他，这是作为交换的意思。"萝卜头"拿着他的手表，一边贴着耳朵，细听着机件的声音，一边踉踉跄跄地走去。我的朋友拿着他换给他的手表，望着他的背影。他几乎没有勇气看手表一眼，他想，这一定劣得可以了。但是，等他最后一看时他却破涕为笑了，"萝卜头"换给他的是一个Mido的游水表，大约因为它是自动的，根本没有上发条的地方，所以"萝卜头"便以为它破旧不堪再用了，我的朋友本来的手表原是一个普通货色而已，算来他是有利的。

有人说，日本人是有丰富人情味的。但这些人情味在敌人的兵士中却似乎很难找得出来。如果一定要找出例子，这里可以提供一个材料，有一个姓鲍的朋友，他住在大坑，当敌人登陆的时候，就占据了他的房子作为停居之所。姓鲍的朋友因为略懂得几句日语，所以家里的几个女人总算逃过厄运。但是他家里有一副麻将牌，所以招惹了不少的"萝卜头"在那里开赌局。"萝卜头"是很岂有此理的，他们一定要姓鲍的朋友的两个妹妹盛服地坐在边旁招呼。这样继续了好几天，最后"萝卜头"终于拉差了。临行的时候，一个"萝卜头"向我的朋友特别说出一句"山约拿拉"，而且在怀中掏出了一面小镜子说："打扰几天，无以为谢，特赠小镜子一面作为纪念吧。"说罢就辞去了。我的朋友接过了镜子，但是奇怪得很，那一面镜子在他的触觉里是非常熟稔的。原来这就是他自己在"萝卜头"驻扎之后失去的东西！现在是物归原主了。敌人的丰富的"人情味"，这可不可以作为其中一个例子呢？

十五

战争，根本就是一条社会捣乱的棒子。它把整个社会都捣乱得彻底无遗，使得贫与富、苦与乐都倒置过来了。战争一临到香港，特别是敌人占领之后，整个社会的阶层都变了位置。很多昨日仍然富足的人，今天却变成了一介贫民，而很多劳苦之士，如今却转眼间变成"暴发户"。他们说，今天才真正是"拳头仔"的世界呢。有一个做树胶厂主的朋友，他的整个事业、资财与家庭幸福，就在几天之间完全破了产。他的工厂被封了，存放在上海银行的钱完全提不出来，事前也没有提出来过；家庭呢，"萝卜头"骚扰之后便是歹徒的洗劫，一天遭遇七八次之多，财物、衣服一件一件地被搬走，最后家具也被拿去了，为的可以作为柴薪卖出去。

在街上，今日连接着连接着的不止是贩卖杂粮的小贩子，而且赌档林立了。这些赌档的赌客便是暴富的歹徒。他们身边常有三数千元的纸币，已不是稀奇的事了。我曾经到大同酒家去喝过一次午茶。座上的茶客，已完全变了样子，往日衣冠楚楚的人士已不见了踪影，代替而来的却是"萝卜头"与歹徒。但歹徒们也有不少是穿上西服的，只是不合身而已。我曾看见一个歹徒，他穿上一套夏天的"彭必治"，外边却加上一件厚绒的大衣。他神气十足地走到另一个桌的"同业"面前，像时装表演那样，身子打了一个转儿，意思是叫那几个歹徒看看他的衣料和样子。是的，今日，歹徒穿西装已是太平常的事了。有些洋服店为了适应这种畸形的现象，都在门首贴上字条"承接修改旧西装"。

歹徒最活跃的时候，就是英军和警察解除了武装，而敌人的部队又还没有开到的那个晚上。他们整个晚上叫着"胜利！胜利！"去作为抢劫的口号。在九龙方面，歹徒的活动更其厉害了。据说，他们的组成分子颇为广泛，其中不少是汽车司机。他们打劫当押店的时候就充分地利用着汽车。当押店的铁门是出名坚固的，他们行劫的时候，因为无法把铁门凿开，于是就驶来一部救火车，扯起了那一架伸缩自如的梯子，一直伸到二楼，从阳台跳进屋里去。首先是抢贵重的东西，接着之后就抢衣被了。他们开来了一部一部货车，停在门前，歹徒就在三楼上把东西一包一包地丢到货车上，一车载满了，接着就是第二车，直至搬光了为止。普通的商店也一样的惨遭劫掠，在街上，我们可以看到有很多歹徒在卖着罐头、香烟、洋酒和烟斗。我看见一个歹徒手里拿着七八个三B的烟斗，每个只售港币八角钱，商店为了要避免被抢，首先就得缴保护费，费额的多少，看生意的大小而定，五百元、一千元是普通征收的价钱。

住家也同样被歹徒们敲诈，我有一个朋友，他本来是一家报馆的经理，战后生活费用高涨得厉害，而且事实上身上留下的几个钱也不够用，所以为了暂时解救一下燃眉之急，就只好在大马路高升茶楼门前开一个小档子，贩卖红豆粥，这种境遇本来是很惨的了，可是他在另一方面却接到一封打单信，勒索他限日交出四千块钱和五百块钱茶资！我住的地方，起始曾被歹徒登门勒索了五十块钱，来收这些费用的一共有三个人，他们是以“和合图”的名义收的。我问他们一定可以保护我们么？他们说，这一带我们不搅扰就再没有别批人敢搅扰的了。的确，我们并没有被搅扰到。但是却有另外的原因：第一，我住的那一条街道，头尾都驻有“萝卜头”。白天，歹徒不敢抢，晚间附近施行戒严，所以歹徒根本不能动弹；第二，“萝卜头”撤去了之后，我们虽然曾立即恐慌起来（就在我们住居之前，即日就发生抢劫，打死了两个屋内人），但是，我们却马上得到另外一批歹徒的“朋友”真实的保护。有一天，我同居的那位医生到街上去，有一个歹徒走上前去招呼他，他问医生家里有没有受到骚扰，而且告诉医生说，如果有骚扰时，只要在屋内对歹徒说“我们是三十六友大难财的”，就可以避免了。这一个歹徒的朋友，他本人就叫做“大难财”，原来就是“三十六友”的首领，过去他曾患过一次性病，因为得到医生的一封介绍信而免费到公立医院治理痊愈。所以，这次他特别关照附近的各批歹徒特别保护我们的住客。为了彻底安全，特别每月以八百块钱的酬劳，请“大难财”派出几个伙计，在我们的天台上日夜轮流地看守。我们的门口，由即日起贴上一张红字条，写着：“东安记三十六友”的字样。

十六

治安已是如此，而粮食问题更其威胁着岛上的人。近年来，香港也曾有过几次紧张的空气：有一次，敌人在沙头角和深圳之间与英军对峙起来，听说还发生了小小的冲突。当时，香港政府曾屡次要求岛上无必要居留的人尽快疏散，一方面也加紧开辟大屿山作为安全区的计划。当其时，香港是闹得风雨满城，人们深感到战争的意味，于是，人们大量地储粮，应付战争的来临。但那一次却平安地度过了，事后，很多人家因此后悔，觉得自己未免杞人忧天，仿佛香港是一座“禁城”，战争没有闯进去的权利。类似这样的事情，以后还一连发生过几次，但人们对于战争的嗅觉却一次比一次地迟钝下来，等到这一次大灾难的确来临时，人们已丝毫没有半点准备了，没有一个人家事前曾有丰足的储粮。特别成问题的是，很多所谓“安全地带”的居住地，每一个人家都必然的有很多从九龙半岛，或者从半山区，或者从滨海区逃避到来的亲戚朋友，因此粮食更成问题了。我住的那个地方，平时是一个桌子吃饭的人数，现在是增至三个桌子以上的人数了；人们在战时的饭量也是惊人的，即使是纤秀的小姐，每餐也可以吃得下三四碗饭。但是我们的米存下有多少呢？只不过一百二十余斤而已。据娘姨说，每一餐饭约需米十斤。那么，我们的粮食，就只够一个礼拜之用了！我们当前的急务，第一，就是厉行节食运动，每天只烧稀饭两次，这样一则可以延长绝粮的时间，二则可以节省很多买菜的钱，但是可怜我们三四十个落难的人就整天都腹如雷鸣了；其次，我们当前的第二个急务就是四出购粮。但是哪里可以买得到呢，除非你是“汉朝”

人物，要求“萝卜头”想办法。米的黑市价涨到每包（一百八十斤）三百四十元港币，而且必须要付十元以下的“细纸”。这是一个大难题，现在即使是富有的人家也哪里会有这么多的“细纸”呢。纵使有吧，却仍不能保险：当你的米由两个苦力挑在街上过的时候，就必然会遇到歹徒或者饥饿者的抢劫，即使由警察押运也不能避免这种事情的发生，连警察本身也会遇害的。歹徒们抢劫的方法是这样的，他们首先一个人拿着利刀插进米包里，顺势一拉，麻袋就被割破开来，跟着就是歹徒和饥饿者蜂涌而来，你一盆我一盆地抢去了。歹徒本身是有米卖的，而且他们担保可以送到门上，但是，谁敢跟他们打这种交易呢？

本来，香港政府对于粮食的储藏和分配办法是计划得相当周全的。不过军事上没有办法，就无从实行。香港本身的储量，港府没有投降之前，曾屡屡声明非常丰富：米足供半年之用，鲜鱼也储存了一千吨之多，猪牛、蔬菜、乳酪、面粉也很可观！所以，开战之前，香港政府还公布了吃西餐的条件，叫一向吃惯西菜的人从速报名，战时由政府源源供应！当时我曾后悔自己没有长期吃西菜的习惯，不然，我就不至于有沦为饿殍之险了！但可惜，这种周全的办法并没有实行几天，香港就丢了。

在战争中，粮食的损失非常厉害。最大的米仓之一“均益仓”，毁于敌人的一颗燃烧炮弹，存放于九龙仓的百数十万包的面粉，由于英军的仓皇撤退，没有半包搬运出来，后来，又由于英军的一颗燃烧炮弹完全烧光了。

敌人一来，就从事于搜括。据说有十五万包的白米被运去了东京。敌人所以强迫疏散香港的人口，也就为了这个原故。于是香港的整个市面，笼罩着严重的饥馑浪潮了。每天，在所谓售米站中环街市那里，挤拥着十几万人！他们分隔开男女两个部分，每个部分的“顾客”都排列着绵密的队伍，从中环街市起一直排到荷兰银行，每排竟有十个人之多；女的部分也是一样。他们每人只限准购买一斤的数量。有很多人从朝候到晚上，仍然轮不到购买的地方，有时轮到了，恰巧就是“沽清”的字条贴上的时候。据那里附近居住的人说，有很多妇人背着婴孩在那里挤拥，结果米虽然买到，而婴孩却被挤压死去了！

买不到米的人就只好食杂粮了。但红豆、绿豆的价格也天天飞涨，结果人们也渐渐无力买得起来。最后作肥田料的麻糠也有人作为食粮了。他们把它用水漂干净之后就煮熟来吃，结果有很多人因此罹得了消化不良或痢疾等等的恶病。

街上饿死的人随处都可以看见。在垃圾之旁，常常有死去了的童尸，或被忍心遗弃了的活生生的无邪的婴孩，在凄楚地啼叫。连伦理之情，也给残酷的战争与饥饿问题捣得粉碎了！

十七

香港还有甚么值得居留的地方呢？以言太平，现在不太平了，以言美丽，现在不美丽了，以言繁华，现在不繁华了！它既不安详，又不热闹。它只有惊惶、陕隘、卑鄙和机诈。人们再不会懒洋洋地在兵头花园散步，也不会在皇家码头的椅子上朝着海坐个一整天。告罗士打酒店的八楼已经没有了昔日的豪客，聪明人咖啡座门口的猫头鹰，两只眼睛也闪不出光芒。浅水湾的海国泳场那里的阳台，人们再没有撑起颜色明朗的伞子，偷闲一个下午的兴致。丽池的露天舞场、雪屐场，也不会泛起一串一串的笑声！摇曳乐、礼拜堂的颂诗怕今后都寂然下来了。上海银行门首的两只象征着一个国家的雄狮，现在它们只有徒然地张开了嘴巴，徒然地愤怒而已。维多利亚女王的铜像，我想，它的眼睛一定是阴沉而蒙着一股忧郁吧！

当我每天走上露台翘首一看天空白云的时候，我就必然看见在红香炉的峰顶竖着一面我所最憎恨的旗帜，耳边仿佛又听到一种在催促着我的声音：“归去呵！归去呵！”是的，我应该归去了，我觉得在一面我所憎恨的旗帜下生活，是我的一种耻辱呵！于是我决心要走了！而且我鼓励着所有的朋友都要走了！

在朋友之间，使我最感动的是那一位医生。他是这样地坚决，坚决得比我更强。四年前他在香港大学的医科毕业，现在他的业务正在蒸蒸日上，即使在敌人占领了香港以后，他的求诊者每天仍然不少。但是他不忍在这种社会状态底下生活。他的医务所给敌人的一颗炸弹粉碎了，几万块钱的药品、仪器家具、一部流行的名厂的车子，现在完全被付诸东流。他对“萝卜头”切齿地痛恨着。他要一起离开，回到祖国里来，他的美丽的家庭陈设、衣具，他都决心抛弃，和我们一起走着二十多天的苦程，回到乡下去。我想他也许是香港西医生最先一个返国的人了。我们取道深圳这一条路走。现在，我们又必须来一次偷渡的冒险了，香港和九龙之间的交通，敌人为了节省煤斤，始终不让原日的小轮船开行。但是“萝卜头”又不准许人们偷渡，同英军一样，他们一看见偷渡的船就要射击。偷渡的前一天，我曾到海旁去过一次，我亲眼看见几个日本宪兵放枪射死一个偷渡的人。我看见几

刘火子与姐姐刘佩勳（左）、妹妹刘佩文摄于70年代初。

个榜人[1]用竹竿把死尸捞起。但如果我们决心要走的时候，这一个偷渡的冒险是必要的。我们决定在凌晨的时候起行。但当时狼狈的情形使我现在回想起来都有点心悸。同我一起偷渡的不只是医生、医生的太太、我的妹妹，而且还有我的七十高龄的缠足的母亲，以及医生的两个孩子、我妹的两个孩子——他们的年龄都在九岁以下，甚至还有一个常要抱在怀中的婴孩。榜人把我们从内街带到海旁的铁丝障碍物跳下小艇里，我们在三分钟之内完成了这个冒险的行动。我们像搬运行李一般把我的母亲和四个孩子扶到艇上。榜人就拼死地摇橹扬帆而去了！

同样在一个凌晨时分，我们一行人，仅仅一肩行李，就踏上伸展向祖国的路线。但我的母亲、我的妹妹和她的两个孩子，最终并没有离开，这是我所忧郁的。

我们经过了盘查，经过了搜劫，经过了好几次几乎受到奸淫而终又脱险，终于踏过“布吉”敌人的第一线了。在无人地带的时候，我回望到香港的静静的山水正蒙着一层阴郁之雾；我又向前翘望着祖国明朗的山河、平原和阡陌，我有太多的感想了！

香港，一百年前，它在一个战争的波澜里被卷到英国的手上，而在一百年后的今天，它又在一个战争的波澜里卷到日本的手上去。这一百个年头的日子不能算得很短，也不能算得很长。奇怪的只是时间的偶合实在太凑巧了。正当英帝国印行了百年纪念邮票以后不到几个月的光景，就来了这一回震撼世界的灾难，这是不是一回血祭呢！

香港，我想我们一定还有回去的日子的。但是，当我们回去的时候，面目一定与今不同，它再有新的生命！这是一百年前固有的生命，再生的生命啊！

全文自 1942 年 2 月 5 日起连载 17 期于韶关《建国日报》

---

① 榜人：即船夫，舟子。

方远、刘火子等合著的报告文学集《和最可爱的人在一起》(1953年上海新文艺出版社版)，收有刘火子七篇访朝通讯。

1952年9月，刘火子（后左二）随第二届赴朝慰问团到朝鲜慰问采访，与志愿军代表合影。

1953年1月13日，刘火子（前右三）访朝归来。

回忆录、书信

从一个小故事说起

——祝生活·读书·新知三联书店成立三十周年

有一个时期，香港这美丽的小岛，曾背着一个丑名——沙漠。这是说，它没有文化。早在半个世纪以前，鲁迅先生写过文章，对他在这里经历过的不愉快事情表示感慨。其实，在那些日子里，鲁迅文章里提到的事，对岛上的人来说，可并不陌生。我也经历过。那是1933年初，春节前夕，吃过年夜饭，我同朋友去逛繁华的年宵市场，步行回家时已经11点多钟了。那时我住在深水埗。在惨绿色的煤气灯光下，我们沿着一条冷寂的小街走着，突然从骑楼下闪出一个黑影，向我们发出吆喝声。他操的是生硬的英语，叽叽咕咕，我虽听不懂，但从他那副架势来看，分明是要我们"站住！不许动！"我们只得遵命，因为他手里有枪，还装着随时要向我们射击的样子。我们都把手举起来。那黑影便移到我们身前，挨次地搜身。轮到我的时候，他从头到脚地摸了一遍。当然，他会感到失望，因为他搜不出他想得到的东西——例如武器。可是他却从我的大衣袋里搜出两本薄薄的杂志，这就是我刚才在年宵市场买到的两本新出版的《生活》周刊。我立刻联想到报上常见的"某某人身怀过激文字，被判徒刑××天，或罚款××元"的新闻。那看来是白俄籍的警官，看了一下这薄薄的两本书，便问了一句："Anti-Japanese（反日）？"我没作声。他打亮手电筒，翻阅着杂志，又叽叽咕咕地讲了一通。我发觉他话里特别强调一个词"士坦(Stamp)"。于是我会意了，他是在查问为什么书上没有打上"许可销售"的印证。我仍不作声，也无法用华语向一个欧洲人讲明白这一件事。

这白脸孔的警官细细地打量了我一下。大概一时还不能打消他对我的怀疑吧，便向我招了招手，要我跟着他跑到荔枝角道去。我理解要到“差馆”去，让师爷们作最后一次审阅了。我立刻感到一场灾难临到我头上来。“反日”，这是肯定的，邹韬奋先生主办的《生活》周刊就是鼓吹全国人民团结起来反对日本帝国主义侵略中国的。“士坦”，肯定是没有的，在这沙漠里，进步杂志怎能获得销售许可证？这已是深夜12时缺5分了，再过五分钟便是农历新年。我做好充分准备，在“差馆”过年，甚至可能会……

荔枝角道比较明亮，但却人迹渺然。我们停在一个“巴士”站上，可是末班车已过，警官不止一次地看着手表，然而又有什么办法呢？

其实从这里到油麻地“差馆”并不太远，可这位老爷很懒，不愿走路，我只好奉陪着他在路边吃西北风。慢慢地从暗巷里跑出一个人来，那是“鲁警”。像得了救似的，这洋警立刻向他喊了一声，鲁警恭顺地跑了近来，等候吩咐。洋警便把两本杂志递过去，用手指往书页上点了一下，看来他们语言也不通，只得凭手势传达意思，鲁警似乎也会意了，便把《生活》周刊接过来一页一页地翻看着。然而看得并不仔细，在路灯下，密密麻麻的字怎能看得清楚？洋警双眼盯着，满怀希望地期求着鲁警会给他一个肯定的答复，说明这是一份“危险文件”，可以给我带上手镣投入囹圄，好让他去领功受奖。谁知这个鲁警，我的同胞，可能出于爱国心，赞同“周刊”上的主张，也可能压根儿不认识几个汉字，横看竖看，也表示不出什么意见，便摇了摇头，把“周刊”送还给那洋警。

洋警无可奈何地说了声OK，便打发我回去。我给折腾了将近一个小时。我把两本充满人民正义呼声的《生活》周刊重新又放进大衣袋里，踏着自己长长的影子，暗自好笑地往回家的路上走去。

这是发生在四十五年前的一个小故事。今天重新提出来，只想说明一个问题，那时候的香港的确是十足的沙漠，容不得一根青草在那里生长。可是时代的洪流滚滚向前，在冲击一切反动势力的同时，也给这个沙漠起了灌溉作用。应该说，沙漠，在香港已成了历史的陈迹。我记得，就在这连《生活》周刊也犯禁的岛上，1936年，也是由邹韬奋先生主办的《生活日报》创刊了。真是形势比人强，它的出现，说明一种势力战胜了另一种势力。

我记得，1937年抗日的烽火燃遍祖国大地，特别是蔓延到上海之后，大批文化人南下，云集香港，给岛上带来了一大变化。进步的报纸、刊物、书店、出版社如雨后春笋般出现。生活书店也办起来了。它们一经出现，就对港澳同胞具有强大的吸引力，传达了正义的呼声。

我记得，随着抗日战争的胜利结束，解放战争以摧枯拉朽之势向前发展，香港又一次云集大批进步人士，这时不仅有了众多的进步报纸、杂志，更有了众多的进步书店。三联书店也以无限充沛的生命力，扎根在香港人民心中。

粗粗地排列出上面这个时间表，我觉得很有意思，它充分说明了，在整个人类历史向前发展的过程中，进步的力量总是占上风的。从整个地球来看，这里不过是弹丸之地，但它同祖国的解放事业永远是息息相通。三十年前的欢乐情景如今又涌现在我的脑海里，为了迎接祖国的黎明，我们新闻出版的同业们，流过多少激动的眼泪啊！三大战役胜利结束！百万雄师过大江！南京解放！广州解放！天安门前升起五星红旗！捷报传来，我们有哪一次不蹦呀、跳呀、唱呀、叫呀！

三十年过去了。我想岛上的同业们欢乐的心情一定不亚于三十年前。祖国前途似锦，岛上绿草如茵，让我们在尽情欢乐之余，振奋百倍精神，以更出色的成绩迎接祖国的二〇〇〇年！

写于1978年7月31日上海
刊于1978年香港三联书店版《生活·读书·新知三联书店成立三十周年纪念集》

怀谷柳

重温了抗日战争年代的颠沛流离，也重拾了友情的温馨；可是曾脍炙香港同胞的《虾球传》作者却永远离开我们了！……

最近中央电视台和一些地方台先后播放了连续剧《虾球传》，使我又一次想起了谷柳。《虾球传》当年在香港《华商报》连载时，曾经吸引了广大读者。如今它通过荧光屏再现于全国观众之前，虽然在翻译成普通话对白时，未能很好地表现出原作中语言的韵味和含义，但由于它具有鲜明的主题、动人的情节和独特的艺术风格，仍然深为观众所赏识。谷柳有知，他一定会为此而感到欣慰。

我同谷柳认识是在30年代的香港。那时他不叫谷柳，而叫显襄。早年同他一道的老朋友总爱在别人面前阿襄长阿襄短地称道他。久而久之，我无形中有了这样一个印象，这个人很能赢得朋友。可惜当时他不在香港，我无缘与之结识。大约在1936年底，记不清是在谁的家里，我们突然见面了。啊，这位神交已久的黄显襄，果如想象中那样，谦逊、诚恳而热情，我们很快就熟稔了。他有一双大而微凸的眼睛，而脸颊却显得消瘦。看来他习惯每隔三四天才刮一次脸，在那微陷的腮边，常常是一层密密麻麻的胡茬。他说话时有点口吃，然而并不影响他对自己思维的表达。就是这个显襄，在我们相识不久便离开香港到内地去了。行前不招呼，以后也不通信，我们毕竟是新交，这是可以理解的。

1937年7月，日本帝国主义全面发动侵华战争，烽烟席卷大半个中国。1938年10月，战火烧到华南，日军在大鹏湾登陆，随即占领广州，香港同内地的联系一下子给掐断了。那时我在香港《珠江日报》工作，为了适应读者了解家乡情况的需要，报社决定派我作为战地记者到华南战场采访新闻。我马上就出发，先到澳门，通过拱北关，进入石岐，直趋江门。这是第一站。然后从江门往肇庆，溯西江而上，经广西、湖南到韶关。这个圈子兜得相当大，然而舍此别无其他道路了。我到江门的当天，正是日本飞机狂轰滥炸后的第二天，老百姓说日本飞机飞得很低，差点用竹竿都可以把它捅下来。我在一间旅馆刚住下，便去察看炸后的现场，没想到显襄也在那里！此时此地相遇，不消说愉快极了！他请我去饮茶，吃牛肉炒河粉和当地有名的河塘芥兰。显襄身穿晒得泛黄的国民党军服，原来抗战一打响，他就投身到国民党军队中搞抗日宣传工作去了。他给我讲了一大堆发生在国民党军队里的故事，使我在以后写通讯报道时增添了不少生动的题材。

显襄的生命是充实而多彩的。这时我才知道他出生于安南（越南），在云南渡过艰苦的青年时代。他做过不少低微的职业，坎坷的生活，丰富的阅历，使他养就一副耿直的性格和坚强的正义感。对于蒋介石的所谓抗日，本来并不寄予甚么希望，他投身到国民党是经过选择的——选择了一个由著名爱国将军统领的团，在那里当一名低级军官。“八一三”日军进犯上海，国民党军队消极打了几仗就节节败退，显襄所在的那个团也被迫退到南京。蒋介石在守卫南京这个问题上表演得淋漓尽致，他抽走了所有嫡系部队，还要了所谓“临危授命”的把戏，要广东军的一个军长当“守城司令”。日军一来，孤立无援的守军便乱作一团，各自弃城逃命。有的脱去军服混在难民队伍里，有的拆了老百姓的门板从下关浮游到对江。有一个师长在安徽宁国收集起一些散兵，居然也算立了大功，获得一枚“青天白日”勋章。黄显襄所在的一个团是打了一阵子的，正因为如此，来不及退出城外。日本军头目松井石根一进城便下了屠城命令，见人就杀。对于国民党残军败将更不放过，凡发现前额留有半截被太阳暴晒过的印痕，或者手指留有老茧的，都认为是戴过军帽扳过枪的人，一概“格杀勿论”。南京城里到处是日本军岗哨，到处是遭杀害的尸体。要在这个时候混出城去，太冒险了，怎么办？好在显襄同老百姓关系好，驻地上一个老大娘掩护了他，把他藏在自己家里，视同亲生儿子，为他张罗生活、医治创伤。直到风声缓和了，显襄才依依不舍地离开。显襄后来以此难忘的经历为题材写成短篇小说，寄到《文艺阵地》杂志，受到主编茅盾的赞赏。这就是头一次用“谷柳”笔名发表的脍炙人口的《干妈》。从此朋友们都管他叫“谷柳”，倒把“显襄”给忘了。

绕道梧州、柳州、桂林、衡阳等十几个大小城市，来到韶关已经是下着雪珠的隆冬季节了。粤北前线战况沉寂。国民党军队和日本侵略军遥遥相对，偶然打几下冷枪，大半时间和平共处。要到前线去，得先到翁源的三华，这是广东部队首脑所在地，也是它的政治部所在地。在那里我碰到许多老朋友和新朋友，他们是教授、学者、作家和画家……都是为了国民党坚持抗日而来工作的。然而他们对时局却不乐观，蒋介石正在一百八十度向后转。一大批满腔热情搞抗日宣传工作的青年处境日益不妙，信件受检查，行动受监视，甚至有人失踪。而部队的士气却越来越低落！为了了解更多情况，我决定同其他报纸的一些记者到前方去。我们到过不少城镇乡村，接触过不少文武官员，事实说明，先前听到的种种传说一点也不假。最后我们来到了增城，访问驻守在那里的一个团，团长是 1932 年“一·二八”淞沪抗战时响当当的十九路军“炮手”吴履逊。我们到达团部时已经 8 点多钟了，四周墨黑墨黑的。突然前边有人打着电筒走来，喊着我的名字：“火子，等你们好久了！”声音真熟，原来又是黄谷柳！他说他们团是不久前调防到这里的，早从军部的电话通报中就知道我们来访了。他把我们领到团部，同吴履逊见了面。吴体格魁梧，嗓门洪亮，谈到打日本时特别慷慨激昂，这种气质在当时国民党军人中是不多见的。我们在团部吃了一顿在战地说来算很不错的晚饭，鸡炒苦麦菜、鸡烧毛笋……吴履逊说，这些菜，全靠谷柳同老乡关系好，买来一只鸡变出来的。当夜，我们同谷柳围着小灯盏谈得很多，谈到激愤时，谷柳又有点结巴了，他给我们举了许多令人听了吃惊的例子。在增城就有这么一个县长，终日躲在家里扶乩问卜，求教于吕洞宾。他曾一再宣传用不着我们反攻，中秋一到，日军就会乖乖地自动撤离广州，到那时，县老爷说："我敢打赌，我李 ×× 可以胸前写上自己名字，大摇大摆进入省城吃月饼！"为此，我特地访问了那个县长，参观了他家里的道坛，看了他的"鬼划符"。后来在一篇通讯里，我还专门让这个老爷在读者面前出了丑。

战地重逢又分手。太平洋战争爆发，日军攻占香港，我只身偷渡来到韶关。这时谷柳已舍弃国民党军队那种窝囊生活，转到铁路当艺术宣传队长去了。虽然我们都在一个地方，可是因为他的工作流动性较大，碰头的日子少了。只记得我过去曾寄赠过他的一本我的诗集《不死的荣誉》，就是这时他还赠给我的，他知道我从香港出来时甚么都丢光了。这唯一的集子，如今还保存在我身边，成了我们之间友谊的珍贵纪念物。1944 年，国民党面对日本帝国主义的进攻，放弃湘桂一大片土地，造成中国历史上罕见的千百万人大撤退。我从桂林一片火海中逃出来，在死亡线上挣扎了几个月到了重庆，谷柳已比我先到一个多月。大家都没有职业，穷得要命。1945 年春节，人们都在家里吃团圆饭，而我们，外加一个朋友，却只得合股在一爿小饭馆，三人共喝一碗汤，各吃一碗粗米饭。之后，我参加了《商务日报》工作，他呢，却执意过他的写作生涯。他创作的欲望盛极了，凭他长时期积累的大量素材，小说写得好，剧本也写得出色。曾经得到戏剧界老前辈好评，演出后还得了奖的独幕剧《墙》就是这时写的。

日本帝国主义强加给中国人民的八年灾难，终于结束了，我到上海进入《文汇报》，他南下回到广东。1947 年上海《文汇报》遭国民党封闭，我到了香港，大家又见面了。不过彼此都忙，来往不多。他在酝酿创作《虾球传》，我是知道的，也曾听他谈起其中曲折离奇的"桥段"。当小说在《华商报》连载时，我是被征服的读者中的一个。虾球，这个匍匐在香港社会底层，每天同我们面碰面的苦命儿童，作者在他身上倾注了多大的同情和希望啊。

人民共和国成立，谷柳从事专业创作的愿望成了现实。他到过朝鲜战场，深入到志愿军中体验生活，收集了许多体现中朝人民战斗友谊的故事。1956年秋，他到青岛准备修改一个长篇，路过上海，我到车站把他迎来，住进北四川路新亚酒店。住下以后，他给我看了一个长篇小说的初稿，是以中朝人民并肩抗击美帝侵略为主题的，其中写志愿军和人民军，写阿妈妮，写金日成，写坑道生活，情节动人，描写细致。当时我正忙着《文汇报》的复刊工作，便建议他把稿子留下，在报上连载。他答应到青岛后把稿子再改一下就寄来给我。但稿子始终没寄来，原来他提前返广州去了。第二年是难忘的1957年，从此长达二十一年不通消息。打倒"四人帮"之后，扔掉头上的紧箍，该是他才华重放光彩的时候，万万没想到一个朋友捎来航空信，说谷柳在满怀希望和激情之中，因脑溢血结束了六十九岁生命！太突然了，朋友的短信，我看了又看，看了又看，唏嘘终日，不能自已！

在注视着电视机荧光屏上虾球不平凡经历的同时，在我脑子里的荧光屏上也一幕又一幕地重现着同谷柳相处的往事。阿襄啊，我还能说甚么呢，如你还在，我想，一向热爱新生事物的你，一定会由此而生发新的灵感，创作一部又一部新的电视剧，可是你却把笔搁下来了，永远永远！

写于1981年 上海
刊于1982年9月5日 香港《文汇报》

香港有声了！

——追记 1936 年香港举行的鲁迅追悼会

在《而已集》和《三闲集》里，鲁迅收进了好几篇有关香港的文章。其中一篇题为《无声的中国》，是 1927 年 2 月 18 日鲁迅自广州到香港，当夜在青年会礼堂发表的演说稿。第二天，还是在同一个地方，鲁迅又发表了另一次演说，题名是《老调子已经唱完》，可惜底稿寻不着了，当年没收进集子。对于这两次演说，当时岛上的统治者及其黄脸孔的绅衿们，无疑十分头痛，视为“邪说”。主持其事的人因而碰到了许多困难，而且在演说中途还发生了反对者派人索取入场券，把它收藏起来，借以使别人进不得会场的丑剧。演说稿也非得经过删改才许登报。

然而鲁迅的影响决不是一小撮人所能堵得住的。鲁迅演说的当天，尽管大雨滂沱，更兼有人破坏，青年会礼堂还是座无虚席。

1936 年，当鲁迅长眠于上海万国公墓时，香港又举行了一次同鲁迅名字联系在一起的集会。巧就巧在这次集会恰又是在青年会礼堂举行，而且声势比鲁迅生前的那一次演讲会来得更大！

今年是鲁迅诞生一百周年，追记一下那次集会，倒是很有必要的。从那个时候算起，时间已过去四十五年，对于那次集会，青年人一定知之不多，就是五六十岁的人，如不翻阅当时报刊，也不一定记得起来。那就从头说起吧。

那时香港新成立了一个文艺协会，是从上海来的一些文艺界朋友如戴望舒等人同原来在香港从事文艺工作的青年一起搞起来的，其中有罗雁子（罗理实）、李游子、张任涛（张建南）、李育中、侣伦、张弓等，我也是其中的一个。记得头一次发起人会议是借深水埗大埔道的“深水埗幼儿园”举行的。大家坐在绿色的矮凳上，围着小方桌交换如何开展工作的意见。那时恰好在10月下旬，鲁迅逝世的不幸消息传来，大家认为协会的第一件工作就是给鲁迅治丧委员会发个唁电。这是香港文协头一次在社会上露面。接下来便一致决定以香港文协的名义向有关团体倡议，联合举行一次追悼大会。推定张任涛和我担任筹备联络工作。

张任涛是新闻记者，社会关系多，人头熟。我们联系的头一个对象是中华基督教青年会。理由有三。一、举行追悼会得有一个会场，青年会礼堂是个理想的地方；二、青年会礼堂是当年鲁迅发表演说的地方，有纪念价值；三、当时的青年会不只是搞宗教活动，在抗日救亡运动中，它也是十分积极的，经常开展歌咏活动。我们直接同它的总干事联系，他一口就答应同我们一起发起这个追悼会。我们的第二个对象是香港的最高学府——香港大学，它附属的中文学院，任院长的许地山和当教授的马鉴都同鲁迅认识。我们首先访问许地山家，吃过许夫人端来的冰橘子水，我们就谈开了，许地山同意发起，还推荐马鉴教授出席报告鲁迅的生平。我们觉得在发起单位中应该有一家报纸，这就是《大众日报》。这家报纸是由国民党抗日军队十九路军办的，后来福建人民政府成立，它又成为这个政府在香港的“机关报”，一贯反对蒋介石投降政策，旗帜鲜明，张任涛是这家报纸的记者，一谈就妥。最妙的是，参加发起的还有一个甚么同乡会（请注意，不是浙江同乡会）——总之它同鲁迅毫不搭界。我们之所以选中它，其中大有文章。原来在香港有这么一条“律例”，无论举行甚么集会都必须向“华民政务局”登记，而获得批准的唯一依据就是要有一位绅士作“保人”。这个同乡会的杜会长，曾经得过保良局甚么爵士名位，具有做“保人”的资格。张任涛在采访活动中与杜认识，当知道有那么多著名社团参加发起，杜便连声说：“参加！参加！”此外还有哪些单位参加，记不完全了，可能还有“新文字（拉丁化）研究会”吧。

开会时间又是一个颇费斟酌的问题。为了避免某些人重复当年破坏鲁迅演说的丑剧，我们商议出一条妙计。这就是选择11月11日，用一年一度的“欧战和平纪念日”作为举行追悼会的日期。凭我们多年来的经验，每年这一天，香港文武官员、高等华人，都在总督率领下参加纪念仪式。政治部的暗探们都得到现场去保护权贵。对于我们这样的会很可能顾不上来或者认为无关紧要而放之任之。

追悼会按法律手续筹备就绪之后，如期举行，正当香港大小官员、三军头目以及身穿长袍马褂、胸配英国皇家勋章的爵绅们云集在“欧战和平纪念碑”前，行礼如仪的时候，出乎这些人意料的，在青年会礼堂里，鲁迅追悼会以罕见的规模进行着。一清早，可以容纳上千人的大礼堂就陆续有人以各种名义送来了挽联、花圈，把四周墙壁挂得满满的，显得十分庄严肃穆。挽联的内容大部分是针对蒋介石国民党法西斯统治和对日实行不抵抗主义的罪恶行径，也有一部分和当年鲁迅的演说相呼应的，例如反对提倡“读经”等等。会场里不断有人散发着各种宣传品。

出席追悼会的人数远远超过了青年会礼堂的容量。十分明显，这是一次政治性的集会。会场秩序井然，发言的除了香港大学的马鉴教授讲述鲁迅生平以外，各方面代表性人物争着登台发言。有个叫吴迈的上海律师，把花圈送到台上，端端正正地摆在鲁迅像前，然后发表了锋芒毕露的反蒋演说，博得台下一片掌声。接着上台的是一个叫江公怀的经济学家，词锋之激烈不下于吴迈。当时主持《大众日报》评论工作的一个姓任的和一个被蒋介石排挤到香港做“寓公”的国民党官员黄某也乘此机会对蒋介石大加申斥。这就使得这个会成了反蒋的统一战线大会。

从30年代开始，香港出版的报纸，在时代潮流冲击下，办报方针有了一些改变。即是说，不仅仅报道“督宪府”　“华民政务局”发布的官方新闻，或从“差馆”、“线人”探悉的社会新闻，也登载一些政治新闻了。对于追悼会的消息，在第二天岛上几家销数较大的报纸都给以突出的处理。特别几张同蒋介石有矛盾的国民党派系报纸，反应尤其强烈，它们以整版篇幅详尽地报道了大会的消息，有关欧战和平纪念活动反而降到第二位了。

以为香港当局对于这桩事件——即他们惯常称之为“过激”行动的事件，无动于衷，满不在乎，那也不符事实。他们终于也发觉了，只是迟了一大步。在追悼会进行期间，我作为大会主持人站在台上，远望会场大门，就见到一个穿着黑胶绸短打，不系扣子的家伙，斜倚着门框，往会场里东张西望。个把星期以后，在我从事教育工作的一间中学，曾经有人去找过校长，查询我这个人的来历，说甚么他们已弄清楚追悼会的筹备经过，是在一间幼儿园开的第一次会。校长本来不尽了解我们筹备的全过程，只晓得大会的发起单位都是响当当的，就对那个来访者说，何必问我呢，去问香港大学岂不更好？三言两语，便把那家伙打发走了。我不知张任涛是否也有人对他如此“关心”？会开过不久，他便到广州去了。“七七事变”以后，他又去了延安。新中国成立以后，我们虽然碰过几次面，都是来去匆匆，没来得及谈起这些往事。“文化大革命”期间，他死于江西一个干校。

事情已过去四十五年，作文追记此一事实，以纪念鲁迅先生。

刊于1981年9月25日 香港《文汇报》

致卢玮銮信

卢玮銮[①]先生：

收到你的信，并从《抖擞》杂志中读到你的大作，十分高兴！你正从事一件很有意义的工作，谨向你表示敬意。1936至1941年这个时期，香港文坛的确经历着它从来没有过的最光辉的年代。可惜长时期以来却很少有人提过它，这是不公平的。当今既然有人对地区性文艺，例如对被称为文化城的桂林，对被称为孤岛的上海都进行研究，那么对抗日战争时期香港文艺的研究就不应有所例外。你正在做这个研究工作，预祝你成功。

我的那篇小文《香港有声了》，只是根据个人记忆写成的，因为事隔四十多年，文章写成后，心里很不踏实，生怕与当时情况大有出入。现在看了你文章中所用的资料，又读了侣伦在《大公报》发表的《深秋草》，我才放了心。我希望这篇小文对于你的研究能作出微小的帮助。来信中问起戴望舒当时是否在香港，据我的回忆是肯定的。我将在另一篇文章中提到他。我希望今后我们能继续保持联系，互相提供有关这方面的线索。顺便提一下，在《抖擞》里，大作曾引用《大众日报》记者刘宁的记录。这个刘宁也就是我本人。我生长在香港，在教育界、

① 卢玮銮（1939～　　）：笔名小思。香港著名小说家、教育家。香港中文大学文学研究中心主任。多年来埋首整理和研究香港文学及文化史料，并编成目录。2003年获香港教育学院第二届“杰出教育家奖”。在香港《明报》副刊辟有“一瞥小思”专栏。近年来积极开展香港文学口述历史，并建立香港文学网上资料库。

新闻界工作过很长一段时间。对于文艺也有兴趣，主要在诗歌方面。今年也偶然写一些。

打倒“四人帮”后，我已离开上海《文汇报》（仍担任顾问），调中国大百科全书出版社上海分社工作，主编《中国百科年鉴》。地址是上海人民广场大楼。家住在上海南昌路××号××室。如需联系，两地址均可。

致

敬礼！

刘火子

1981年11月1日

刘火子肖像（黄永玉画、黄苗子题于1975年冬北京）

想起了我们这支队伍

每年进入9月，香港《文汇报》的战友们便忙于筹备创刊纪念活动了，特别是逢五、逢十大喜年头，筹备工作就动手得更早些，这是理所当然的，五年一小结，回顾过去，展望未来，正是激励士气最好的时候。今年是我们这个报纸扎根岛上的第三十五周年，我，作为《文汇报》的一名老战士，虽然地隔千里，也难以抑制内心的激动。遥望南天，看到报纸的道路越走越宽，家业越来越大，扬名四海，读者遍及五洲，我怎能不感到亲切、欣慰，不感到兴奋、光荣！感谢坚持工作的战友们，报纸达到今天的高度，是和你们的辛勤劳动、出色贡献分不开的。

自我从事新闻工作以来，有三十多年是同《文汇报》这三个字联系着的。特别在40年代末50年代初，我在香港工作的时候，更有许多美好的回忆。我常常想，《文汇报》立足于香港"报林"之中，也数得上是老资格的报纸了。使它历久不衰，靠的是什么？首先是祖国，这是毫无疑义的。但是如果没有一支来自五湖四海、愿为实现自己的信念而奋斗的新闻队伍作骨干，要办好报纸也是不可能的。不妨回顾一下三十五年来每一个历史环节的人员情况，我们报纸的队伍可真够棒的了！当年是这样，今天更是这样。无论哪一个工作岗位，它集中多少新闻界的好手啊。我曾细细数说，今天活跃在祖国社会主义建设的各条战线，为"四化"做出贡献的，其中又有多少正是当年的老文汇！他们或者是专家、学者、教授、干部、新闻记者，或者是作家、诗人、画家、电影工作者……据我所知，在北京就有聂绀弩、刘思慕、杨培新、石方禹、米谷、公刘；在上海就有柯灵、蒋文杰、唐海、郑拾风、胡星原、黄立文；在广西就有莫乃群、秦似；在广州就有洪遒、陈朗、方亢，等等，等等。至于当时作为特派记者在黑暗大陆进行采访活动，给报纸提供稿件、情况的那就更多了，现在上海的钦本立就是其中的一个。祖国即将破晓的时候，荷里活道那间破房子内情绪之高昂，是令人难忘的。其时徐铸老领导我们工作，五湖四海，熔于一炉。当辽沈、淮海、平津三大战役捷报传来之时，编辑部总是欢呼声不绝，工作热情前所未有。不久徐铸老应邀到了北京，编辑部工作便先后由金仲华、刘思慕、莫乃群三公分别负责。香港是处在解放军炮火射程以外的地方，情况十分特殊。虽然岛上绝大多数同胞都张开双臂欢迎着祖国黎明的到来，也有为数甚微的人感到沮丧，把疑虑的眼光、恐惧的眼光，甚至仇恨的眼光投向我们，这都需要我们做大量工作，有的给予解释，有的给予反击。

1948年12月马季良（前排左四）赴美前，香港《文汇报》同仁合影留念。前排：李碧依（左一）、刘湖深（左二）、张瑶（左三）、马季良（左四）、徐铸成（左五）、杨培新（左六）、任嘉尧（左七）、胡星原（左八）。中排：蒋文杰（左三）、刘士伟（左四）、陈钦源（左五）、王思曙（左六）、戚家柱（左七）、李鸿礼（左八）、石方禹（左九）、唐宗良（左十三）、崔景泰（右一）。后排：朱近予（左三）、黄立文（左五）、陈朗（左六）、刘火子（左七）、唐君放（左八）、梅朵（右三）、米谷（右四）。

1949年刘火子（中间衔烟斗者）与香港《文汇报》同仁合影。

1949年香港《文汇报》编辑部夜班工作情景。中间衔烟斗者为刘火子。

刘火子（右三）与香港《文汇报》同事们载歌载舞，欢庆祖国解放。

在这方面，金、刘、莫诸公的宣传艺术是卓越的，他们一方面撰写各种形式的言论，一方面利用新华社发布的消息阐明人民政权的种种政策，收到很好效果。

聂绀弩同我们一起的日子比金、刘、莫三公总起来的日子要长得多。聂老主要是主持笔政，他的为人处事与金、刘、莫三公相比又是另一种风格。每天我们两人面对面地坐在一张大办公桌的两边，我在审阅稿件和处理版面，他在捕捉一切可以利用的题材，不放过任何一个契机，或者伏在案上，或者放在腿上，写他的社论和《编者的话》。我是他的头一个读者，常为他的文采所折服。后来他从这些言论中挑选出一部分，印了一本集子名曰《寸磔纸老虎》。

在这满怀胜利豪情的时刻里，令人感到无限惆怅的是有些伙伴和长辈过早地离开了我们。这里有在十年浩劫中受迫害致死的金仲华、孟秋江、司马文森，有一心扑在工作上，坚持到最后一口气的刘士伟、马锐筹，同时我们还以十分痛惜的心情想起那些一向对我们事业寄以极大关怀，时刻指点我们前进方向的张铁生、饶彰风、黄作梅……在我们前进的道路上，他们洒过多少汗水！每每想起这些光辉名字，我们就不由得泛起无限崇敬的心情！

三十五年过去了，我们的偕行者何止这些！这篇短文只想提供一点有关这张报纸开头五年的队伍情况。《文汇报》历史的初页是他们写的，写得很不错。当然更加辉煌、灿烂的是后三十年，前五年是无法比拟的。然而，把前后两部分合拢起来，人们就可以看到《文汇报》整部历史的轮廓。

从胜利走向胜利，这就是三十五年的结论。

刊于 1983 年 9 月 7 日香港《文汇报》

关于香港文艺界的活动

（访谈录）[1]

我出生在香港，后到广州去读书，毕业后到香港谋生。我在模范中学教书时，结识了当时香港一些进步人士如李拉特、叶锦田、李游子、罗理实（又名罗雁子，他们当时与李拉特有联系）、连贯等人。1934年初，我们在香港开展普罗文化运动，经常给香港的一些报纸副刊写文章，那时香港的一些报纸正刊是反动的，但副刊经常登载些进步文章，记得我曾经给《天南日报》副刊写过关于普罗文艺理论研究的文章，分为十二讲连载；也给《大众日报》副刊写过关于新兴文艺方面的文章，也是分几讲连载，题目已记不清了。我们还出版过刊物《诗页》、《今日诗歌》等等，我用过刘火子、刘朗、刘良月等笔名。

从1934年到抗战初期，我们在香港从事的进步文化活动和组织有：

"深刻版画研究会"和"新文字促进会"

1934至1935年，在广州、香港从事木刻艺术的一些同仁们，分别在广州、香港成立了"深刻版画研究会"，以团结版画界的进步人

① 1983年11月14日，叶锦田同志约中共广东省委党史研究委员会办公室杨起君、谭秀珍同志到上海刘火子同志寓所访问，由刘火子同志和叶锦田同志共同回忆20世纪30年代他们在香港从事的革命活动。此稿由杨起君记录整理，未经刘火子同志审阅，叶锦田同志的讲话另行整理。

士。广州的研究会是由李华等人负责，香港的则由我和温涛等人负责，温涛同志后来去了延安。

1936年我们又成立了一个“新文字促进会”，主要负责人是我和叶锦田同志，会员曾发展到六七十人，还出版了一种刊物《偕行》，四开版，在叶锦田同志的印刷厂印刷。《偕行》不仅登香港的消息，也登广州的消息，有一次纪念“五一”劳动节，我们用拉丁化汉字写了一篇纪念文章，内容是骂国民党的，引起香港当局的注意，他们就追查这个刊物的处所，一直追到叶锦田同志的印刷厂，当香港军警来搜查印刷厂时，不巧《偕行》的印版还没有拆，被他们查出了那篇纪念文章，印刷厂和书店（书店在印刷厂前面）都被查封。这天正好叶锦田同志不在家，有位同志怕叶回来被抓走，就到他回家的路上截住他，告诉他印刷厂出事了，叶锦田同志就到了我家里暂时避避。当晚我忽然想起新文字促进会成员的名单还放在店里，于是我又跑到书店从后门偷偷进去把名单拿出来了，这才使新文字促进会的会员们没有被捕，第二天我送叶锦田同志到广州。

香港文艺协会和鲁迅追悼会

1936年下半年，我和罗理实、李游子等同志一起成立了一个香港文艺协会，这个协会的成员还有张任涛、李育中等人。1936年10月，鲁迅在上海逝世，我们听到这个消息后，立即以“香港文艺协会”的名义给鲁迅先生治丧委员会发出唁电致哀，还拟在港筹备召开鲁迅先生追悼会。若单独以我们的名义召开，恐怕香港当局不会批准。我和张任涛同志商量决定，多找一些团体共同发起，于是我们就四处联系，找到“中华基督教青年会”和“欧美同学会”，他们也同意参加。就以我们四个团体的名义联合召开。但香港当局还规定要有一位在香港有相当社会地位的绅士出面申请方能批准。于是我们又去找到一潮州籍的绅士杜其章先生，请他出面向香港当局申请，这样香港华民政务司署才批准召开追悼会。我们商量决定会议地点就在基督教青年会的礼堂，时间故意选在 11 月 11 日，这一天是第一次世界大战的和平纪念日，香港的总督和官员们都去出席在皇后像那里举行的隆重仪式，他们的注意力在仪式上，我们就利用这个机会开追悼会。

追悼会来了一千多人，香港的进步团体、学校和进步人士都送了挽联。挽联内容大部分是骂蒋介石的，这次会议实际上成了反蒋抗日的统一战线的大会。会议由我主持，会议程序除按原议程进行外，还有不少知名人士即兴上台讲演，记得有吴迈（上海有名的律师，曾和杨杏佛一起参加宋庆龄主持的中国民权保障同盟），他上台演讲鼓动

1954年刘火子（左）与早年文友叶锦田夫妇在上海重聚。

1979年刘火子（后）与早年文友邝达芳（邝明）在上海重聚。

性很大，还有《大众日报》的总编辑任毕明也上台讲了话。会快开完时，香港当局的包打听来了，会也结束了。后来香港政府查了很久也没查出甚么名堂来。第二天《大众日报》上整版登载了这次会议的消息。最近香港中文大学一位讲师卢玮銮在香港出版的《抖擞》杂志上发表了一篇文章《1936 — 1941 年香港文艺界纪念鲁迅的活动》比较详细地讲到这件事。

“港九战地文艺服务团”和“业余联谊社”

1937 年“八一三”后，香港一大批文化界人士在香港思豪酒店开过一次大会，这次会议是由连贯组织的。抗战初期我和连贯一起还组织过一个“港九战地文艺服务团”。服务团成立时还发表过宣言，宣言是由我起草的。团长是林望中（原名林蒂，现是福建省外办副主任），还有曾眉（已故）和张任涛（他那时是《大众日报》的记者），后来由林望中等人将这个团一直带到了延安。

1937 年后，内地很多人到了香港，如乔冠华、金仲华等，都在香港从事革命活动。这时以香港银行界的职员白领阶级为主，成立了一个“业余联谊社”，现上海市民盟负责人时宜新和现在北京的孙源都是当时联谊社的成员，袁水拍也参加过联谊社，他们经常请乔冠华去作报告，还演出进步话剧。

当时在香港活动的还有何思敬同志，他在香港开过一个半岛书店，梅龚彬、梁上苑（现在外交部）、吴华胥（现在汕头市，已离休）、刘柏航（现在开平教书，广州二十二中工作的刘坚知道他）那时都在香港。

1984 年 1 月 3 日中共广东省委党史研究委员会办公室根据访谈记录整理打印，未公开发表

相谈不相识
——初见邹韬奋、恽逸群

大概在1936年春，我在香港九龙一家小学教书的时候，有一天，一位操上海口音的中年人持一封介绍信来找我。恰巧我不在学校，来访的人把住址写在信封上，留下信便回去了。我是住在学校里的，晚间回到学校才看到信，原来是在上海神州国光社工作的朋友方天白写的。方天白早年留学日本，回国后在神州国光社编辑部工作，曾与王礼锡等合作翻译出版过一本《唯物史观世界史》。方天白在信里写道，有位季之华先生初来香港，人生路不熟，如有什么问题需要帮助解决的，希望我帮个忙。第二天我便按介绍信信封上的地址：香港九龙弥敦道弥敦酒店××号房间去找季之华先生。

到了弥敦酒店，我敲门进到房间，只见房里有两个人在谈话。经过我的自我介绍，其中一位戴着眼镜，身穿一件白衬衫，用吊带挂着裤子，显得比较清瘦的中年人便迎上前来，他就是季之华。另外一人，穿着一件灰色丝绸长衫，双肩拱起，脸色黝黑，看来身体相当衰弱。两人对我都十分热情，我们在一张中间嵌大理石的红木圆桌旁坐下，谈得倒很随便。季之华比较关心的是香港和广州的情况。

我是生在香港，长在广州的，就向他提供了一些情况。当时广州正在军阀“南天王”陈济棠的统治之下，白色恐怖十分严重，陈济棠手下有一个姓何的公安局长杀过不少共产党人，一个在培正中学教书的共产党员就是在那个时候被害的。我把香港英国当局和一些高等华人、洋奴的丑恶行径也全讲了。至于一些深入到本质的问题，我可说不出个所以然。我同季之华就是这样只见了这一次，以后没有再见过。后来有一个偶然的机会，大概是“七君子事件”发生后，我从印刷品的照片上认出，那位季之华原来就是邹韬奋先生，我不禁十分激动地叫起来，这是多么遗憾的事啊！自从邹韬奋先生主编《生活》周刊以来，我是一个非常忠实的读者，直至被国民党反动派“勒令”停刊，我没有一期脱漏过。是他在“九一八”和“一·二八”国难深重的日子里，用一篇又一篇的小言论激发起我们一代的爱国热情，从此走上追求进步、追求真理的道路，他是我所推崇备至的先进人物之一。可是我和他对谈了好些时候，竟然相谈不相识！

那个在弥敦酒店里陪同邹韬奋谈话的人，在两年后我们彼此认识了，那时我已离开学校，从事新闻工作，在香港一家报社担任战地记者，并加入了当时的进步组织“中国青年新闻记者学会”。在香港分会成立的时候，我见到他依然穿着灰色丝绸长衫，在主席台上讲话，原来他就是恽逸群。

新中国成立以后，我从香港《文汇报》回到上海工作，有一次和恽逸群在同一张桌子上吃饭时，他还和我谈起当年初次见面的这件事。

1984 年 4 月 4 日，应中国韬奋基金会副理事长、邹韬奋之女邹嘉骊之邀写此文
收入 2007 年上海《出版博物馆》第 2 期《韬奋曾用名“季之华”的由来》（邹嘉骊供稿）

较场口事件中的《商务日报》

山城重庆以多雾而知名。天然的、社会的、政治的……浓而厚密，压得人喘不过气。我在重庆待了一年左右，几乎就没有见过几个晴朗的天。太阳像一只咸鸭蛋，隐居在浓雾后头，仿佛羞涩地面对人间。

在那些日子里重庆是政治的中心，政治雾氛就更加险恶了。特别当日本军国主义在走下坡路时，躲在海棠溪黄山顶上的蒋介石，大摆胜利者的姿态，妄图排除一切与之抗衡的力量，囊括遍布大陆所有胜利的果实。四川人爱说幽默话，在家或在茶馆里，一坐下来摆龙门阵，就七嘴八舌说个不停：“那姓蒋的以‘强者’自居，我可以拿脑壳打赌，人家是军强、财强、民强，他呢，是‘勉强’，同‘字’不同‘音’！”问题说到实质了。参加“密苏利号”受降，还是靠人家照顾得来的呢！

当然重庆也有短暂的天晴日子，可是昙花一现。以毛泽东为首的中国共产党代表团来到重庆向蒋介石国民党展开谈判，周恩来、董必武、王若飞、叶剑英、陆定一、吴玉章以及许多同志来渝，同国民党展开针锋相对的斗争，并向知名文化界、民族资产阶级、进步工人解释共产党方针、政策。可惜当时人们头一次听到这许多立论新鲜、透彻有理的言论，脑子里还来不及消化。毒雾又开始弥漫山城了！

中共谈判代表团是为了劝说蒋介石国民党停止发动内战而来重庆的。人同此心，心同此理，蒋介石被迫在写着“坚决避免内战”，并确定召集政治协商会议、共议和平大计的“双十协定”上签了名。

然而签名尽管签名，蒋介石心里却另有打算。他依仗日本投降时从冈村宁次那里接收的一笔数目可观的杀人利器，又仗着星条旗的撑腰，更不可一世了。打内战是他的既定方针，哪里肯罢休！

人所共知，当政协开会的时候，场内斗争是激烈的。国民党的一方，把人们渴望和平，公平合理组织联合政府，合理对待人民军队的人数，给养参政员的名额等等问题，看成大捞一把的一种手段。不仅如此，暗地里还准备大开杀戒。特别令人气愤的是，一反谈判时的笑脸，在国民党军队中到处磨刀霍霍，大量印发名为“剿共手册”的小册子。显而易见，所谓政治协商会议只不过是国民党的一块魔术布而已。当时我从事编辑工作的《商务日报》，面临嘉陵江，附近就设有兵工厂（或者军火试验场），各种口径的来复枪和小钢炮，整日响个不停。

这种不祥的征兆，听了真叫人烦死。于是反响来自社会各方，人们把希望寄托于政治协商会议。“只许成功！不许失败！”的呼声铺天盖地向着政治协商会议飞来，告诫玩火者必自焚！

《商务日报》老板姓高，是国民党三青团的头目，总主笔是大托派任卓宣（叶青），总编辑是军统大特务金东平。对这一场极其尖锐，关系到民族命运，关系到民主事业发展的斗争，周恩来、董必武主持的南方局早已胸有成竹，决心攻占《商务日报》这座城堡。前后派了大批同志打入该报。其中有彭友今、徐逸安，杨培新、梁柯平、陈国良、刘火子、徐淡庐、夏宗禹、钦本立、帅雪樵、程光锐、谢牧、张孟恢、张光琛、马锐筹等同志。当这批精干队伍进入该报编辑部后，恰巧大特务金东平前去延安收集共产党机密，共产党便乘机夺取了这张报纸。旬日间，这张报纸变为民主报纸后，销数蒸蒸日上，深受读者欢迎。

自此以后，《新华日报》一些同志便叫《商务日报》为“友报”，国民党方面则对《商务日报》大加咒骂，说其比《新华日报》更为险毒：《新华日报》开的是迫击炮，而《商务日报》放的则是机关枪。

国民党反动派把《商务日报》和工作人员列入受控制的范围，他们经常从我们版面上找岔子，把我们的编辑人员列入黑名单。他们对我们编辑人员订了几份《新华日报》，是哪些人订的，哪些人同《华西晚报》在夜间通电话，全都知道。高老板经常受到“质问”，他们对高威胁说，如不改弦更张，便要吃官司。

1946年，山城的天空越加阴沉起来了。报上曾经出现一首打油诗说；“停停打打停停打，打打停停打打停，停停打打停停打，打打停停打打停。”国民党的确很想大打一场，可是悖于公论，不敢明火执仗干起来而已。千万双眼睛集中到政协会里。“只许成功！不许失败！”成了当时千万人的呼声。沧白纪念堂几乎每天都有集会，提醒国民党必须顺从民意、表里如一。

可是国民党寸步不让，一方面在政协里好话说尽，一方面大要虚伪的民主把戏。在许多投票站里，人们发现许多所谓“选票”不是一张一张投下去的，而是用绳子扎成一捆一捆投进箱子里，一直没人清点。一方面又在沧白纪念堂里大肆捣乱。在那里，群众中混进了袍哥、流氓、特务，对着与会者，开始是下流粗野的咒骂，继而是向密集的群众扔砖头石块，使得在讲坛上发表政见的郭沫若、李德全、邵力子、章伯钧、梁漱溟、李璜等人无法把话讲下去，有些群众还被砖头石块打破了头，以至满面鲜血！

1945年春，刘火子（左三）历经5个月从桂林逃难到重庆，与金端苓（左二）、曾敏之（右一）、陈凡（右二）等人合影。

然而这不过是前奏。

问题更须提起的是“较场口惨案”，它同争取新闻自由的斗争联系在一起。那是1946年2月10日的一个早晨，国民党公然撕毁了“双十协议”。人民心里刚燃点起的希望之火，一下子被蒋介石一盆冷水浇灭了。1946年2月10日，在重庆一个能容纳众多群众的开阔地——较场口，人们在那里举行规模空前的大会，庆祝政治协商会议胜利闭幕。人们事前并未约好，大清早广场上就挤满了人。这一天，前去采访的我到得很早。

在那容纳数千群众的较场口，广场中央搭起一个讲台，台前的横幅写着“重庆各界代表庆祝政协胜利闭幕”的斗大字样。到会的有学生代表、工商界代表、工人代表等约数千人。我与一些记者同行们登上讲台看看，马上发觉情况特殊。

按计划原来台上应摆上几排桌椅，正中立一台扩音器的。我一眼就看出原计划已经被打乱了。台中央的几排椅子竟被人自东而西斜放着，椅子上坐着十几个穿着黑衣服的吹鼓手（警察乐队）。我从台的右边想走到台的左边找个熟人问个究竟，可是还未举步，一个个子不高的人抢到扩音机前，向群众宣布开会了。事后了解，此人就是著名特务刘野樵。

当时郭沫若、李公朴、施复亮出于正义上前去想把扩音机夺回来，可是跟着刘野樵的还有大帮子人。刘立刻打出暗号，一时砖头石块棍棒齐飞，把台下许多学生、工人、民主党派人士打得血流满面。学生、工人、民主党派人士一任砖头如雨点般落下，依然手扣着手，等待开会。

在台上，毒打更加厉害。刘野樵和打手们一涌而上，揪着郭沫若劈头劈脑地打下去，李公朴的长胡子竟被流氓们揪着不放。除了被拳脚交加地毒打外，还准备把他推向台下。施复亮身体较强壮，不顾毒打，站在台前同特务们辩论。为时不久，这场震惊中外的惨剧便告收场。就这样，得来不易的“协议”，被彻底撕毁了。

场地上留下一摊鲜血。披着血的郭沫若、李公朴、施复亮等被好心的民主人士用小汽车送进医院。在渝的首长，包括刚从国民党集中营里释放出来的廖承志等都到医院里看望伤者。这次在场目睹国民党特务行凶的重庆各报记者共四十二人。

第二天，当时《新华日报》、《商务日报》等在头版头条新闻里揭露惨案的真相。《商务日报》的头条，标题是“政协成功，庆祝未成，暴徒行凶，捣乱会场，李公朴、施复亮等人被殴”！一针见血地揭露了刘野樵一手制造的较场口惨案的来由。可是国民党中央社，倚仗它拥有发布新闻的特权，竟信口雌黄，说这场以刘野樵为首并策划的惨案，是因为误会而引起的一宗互殴案，双方都有人受伤。这弥天大谎可把在现场目睹惨案发生始末的四十二名新闻记者激怒了。

缄默吗？对不起民主的先驱者，更会扰乱全国人民的视听。不行，应该予以反击！就在国民党中央社利用他们御用报纸发动谣言攻势的第二天，重庆新闻战士按捺不住了。由《新华日报》采访主任石西民牵头，有四十二位当场目睹惨案发生的各报进步新闻记者参加的一次集会在中苏文化协会的一个房间里召开。即席推选出石西民、刘火子、浦熙修、毕群、高集等五人为核心小组，负责起草亲眼所见的“较场口事件”，以“公开信”形式责问中央社：如此颠倒事实，有何根据？

“公开信”是在浦熙修住处草拟的。所举事实有根有据，无可抵赖。既然是“公开信”，第一是争取原文刊登。国民党有权有势，有枪有刀，一定不会让“公开信”发表，我们作出分析，首先在《新华日报》上全文刊登，这是国民党无法干预的，至于其余的报纸就难说了，国民党可以使用各种手段加以制止。五人小组研究决定：如公开信登不出就花钱用广告形式刊登。

当天晚上，国民党中宣部、中统、军统全探知我们的部署，决定把“公开信”扼杀于摇篮之中。一向被国民党视为眼中钉的《商务日报》，经历了一场非常激烈的斗争。当天下午国民党中宣部、复兴社、三青团、军统等部门都扑向《商务日报》来。晚饭后，军统局的大头目金东平携带手枪在高老板陪同下来到了编辑部，将手枪往台子上一拍，以示恫吓，并警告高老板不准刊登，如刊登就开除他三青团头目职务。当晚是我和程光锐值班，我负责处理要闻版。“公开信”登不登呢？我们必须作出严峻的抉择。

登！一定要照登！我是五人小组成员，受四十二个署名记者的委托，不登，如何揭示真相？我们暗下了决心。采访部同志闻讯也赶到编辑部来支持我们的斗争。

没想到高老板决定当夜亲自当班，一切稿件都得经过他严加审核。斗争拉开了！高老板说：你们年轻，不知利害，“公开信”登出来是要杀头的。高的这句话当然是有背景来头的。我们深知一场斗争在所不免了。我们或者会被杀头，或者会被关进“防空洞”。我便顶着高老板说：这场惨案我们是亲眼目睹的，新闻记者就是要说真话，我们有责任把全盘真相告知广大群众，就是刀子架在颈上，还是要对人民讲真话！

但高老板坚决要把稿子抽掉。经过长时间争议都无效果，最后只得电邀采访部梁柯平、王涌祥、张孟恢等同志前来支援。一致决定按照五人小组的决定由我们自己掏腰包作广告刊登，政治责任全部由我们来负。我对高老板说：“你作为老板，不必再害怕担政治风险了。”高老板见我们人多势众，也找不出理由扣押广告稿件，不置可否地任由我们采用广告形式处理。由于我是负责编辑要闻版，我就选择一、四版中缝，以特大字号把题文排出。“广告”显得特别显眼。为了怕高老板最后反悔，我还一直守候在印刷机旁，直到全部报纸印完为止。

以“公开信”形式作为斗争手段，这是一个创造，利用广告形式刊登“公开信”，又是一个创造，而且威力无比。运用这种形式的，在当时重庆，除了《商务日报》外，还有《新民报》，成功把“广告”登在普通广告栏内。由于发生了这一场冲突，第二天，高老板便宣布

1975年底，刘火子（后中）与20世纪40年代在重庆《商务日报》一起共事的张孟恢（前左）、程光锐（前中）、夏宗禹（后左）、徐逸安（后右）、张彦（前右）相聚北京。

把我和同时值班的程光锐从《商务日报》开除出去。

拨开浓雾见晴天，离开重庆的前两天，我难得见到有如此晴朗的好天气。石西民同志十分关心我们的斗争，特别通知梁柯平转约我和程光锐同到国民酒家吃午饭表示慰问。石西民兴冲冲地向我敬酒说：你们昨天的一仗打得很漂亮！干此一杯，以示庆祝！再过两天，我便由梁柯平“搭线”，乘冯玉祥将军的“民联号”轮离开山城到了上海。

写于1985年上海
刊于1986年《新闻研究资料》第2辑

杨刚之“刚”

立意写这篇文章的动机，在于把下面将要提到的一桩不大为人所知——然而决不是微不足道的史实留个记录。

这史实的关键人物是杨刚。

杨刚不在人世已经多年了，许多年轻读者对她的名字可能会感到陌生，但是在中国近代文学史、新闻史中，她的地位是不可抹杀的。她是一个很有才华、忠诚于自己的信仰，并为之做出贡献的女作家、诗人、新闻记者。她前后曾经有两次为期不太短的时间在香港工作过，其时正是中国人民抗击日本帝国主义侵略、反击国民党法西斯统治，并取得辉煌胜利的年代，她的作品和她的行动，始终没有离开过这一条主线。

有人说，杨刚这个名字，看来不像个女的。名字在一定程度上反映着人的志向、性格和爱好。这个“刚”字——刚强的“刚”，刚硬的“刚”，刚正不阿的“刚”，正好反映出杨刚的为人。这方面不乏例子。比如说她的诗，至少有两首深深地印在我的记忆中。《站在地球的中央》是一首长诗，出过单印本，可惜几经沧桑，我珍藏的一本早已丢失，诗句虽已记不起来，但当时它发表在香港《大公报》副刊上时，那磅薄的气势引起读者注意的情景，仍历历在目。另外一首诗，题名叫《望——》，发表在抗日战争年代上海的一本刊物上。这首诗很有特色，表现出诗人的非凡气质。诗发表时是竖排的，行与行之间有高有低，并且加了一些符号。如今竖排是不可能了，读者如果有心，还可以把它竖过来欣赏：

望——
　　　烟
　　～
　　烟
　～
烟
　望——
云
～
云
～
云
大地深呼吸
　　呀
　　上去了
　　～～
　　～～
　　蒸腾
　　漫漫
云开了——
　赤白的胸脯
云合
　含住了大气
　　向
　前
　　向
　前

我们随着诗人的眼光，凝望着祖国的空际，多美呀！诗人不仅用文字，还用符号，生动地描绘着祖国的磅薄气势。人们读着它，就像看着一幅宽银幕，不，就像站在巍巍的山巅，看四野的山岚袅袅上升，看万里晴空，白云浮动，一切都在向前，始终团结在一起。再看茫茫碧海，它“环抱了秋海棠”——祖国地形的象征。诗人为此而迷醉！

杨刚并不是热衷于写山水诗，她是用这许多笔墨在于警示敌人，中国是坚强的！她运用拟人的手法，写祖国的伟大河山，又把祖国的山山水水比喻为：“连天的刚鬣——撒旦的络腮胡插满山，亘贯地宇，根连根，梗连梗，蔓缠结住了昆仑和长白，大块长了刺——小狮的毛针，四万万八千万上刺刀的枪杆！”诗人在描绘人格化了的祖国山山水水之后，又把顶天立地的山水比喻作四万万八千万拿起刺刀捍卫着祖国的战士。

遍野——
大地的黑影
头碰头
嘴巴接耳朵
流
～～
流
～～
流
一条长河
～～～～
～～～～
流进五千年的心！

最后诗人用最宏大的声音传达了一道振奋人心的命令：

今夜，正午十二点！

总反攻！

这真是一首气势如虹的伟大诗篇。它诗中有画，画中见物又见人！然而它又不同于一般的诗、一般的画，它有律动，有深度，由无数坚实的笔触和线条勾勒出英雄祖国的战斗雄姿。

* * * * *

杨刚

我认识杨刚是在 1939 年大约七八月间。那时萧乾要到英国一所大学教书，并兼任《大公报》驻英特派记者，把由他主编的香港《大公报》文艺副刊移交给杨刚接编。在移交之前，大概是为了介绍原来文艺副刊的作者以及香港的一些文艺界朋友同杨刚认识，萧乾特地举行了一次座谈会，地点是在思豪酒店。这家酒店，从它的建筑形式以至室内陈设，充满英国气息，给人以古老、破落和阴沉的感觉。它有一个十分宽敞的咖啡厅，然而空空荡荡，座上没有几个人。每当香港文化界租用它举行大型集会时，酒店老板总是乐意接受。“八一三”炮火打响之后，郭沫若、史良、章乃器等大批文化人南移到香港，香港的文化界就是租用这个咖啡厅举行过数百人参加的欢迎会。现在由萧乾主持的《大公报》文艺副刊座谈会，邀请了二十来个文艺朋友参加，其中有正在香港大学中文学院当教授的许地山，从德国经日本回来的记者刘思慕，原在粤北抗日前线工作的郁风等人。我那时在香港一家报纸担任战地记者，刚从华南前线采访归来，也应邀参加了座谈会。就通过这次座谈会，大家认识了久闻其名的知名军事评论家杨潮（羊枣）的妹妹杨刚。会开得相当活泼，大家谈了些什么，四十多年了，记性再好也记不起来。好在萧乾在一篇文章里提到，座谈记录后来发表在《大公报》副刊上。

杨刚之“刚”，在于笃信她所信奉的原则，为之奋斗不渝，她提倡做人做事要有棱角，像鲁迅一样。那是她从萧乾那里把文艺副刊接过来不久，在香港文协（香港文艺界抗敌协会的简称）举行的鲁迅逝世三周年纪念会上就说过这样的话。记得这次纪念会是假座当时设在坚道的中华中学篮球场上举行的，会场当中悬挂着叶浅予绘制的巨幅鲁迅画像。纪念会按原先安排的程序进行，有发言的，有朗诵鲁迅作品的，气氛相当热烈。突然在与会的群众中，不知谁站起来提议，请杨刚登台讲话。杨刚当其时是没有思想准备的。既然有人提议，又有许多人鼓掌欢迎，杨刚稍微思索一下，就登上台去作即兴发言。她指着叶浅予画的那幅轮廓分明的鲁迅像说，这幅像把鲁迅先生的性格全画出来了，这就是鲁迅的棱角。做人，特别作为一个作家，一定要学习鲁迅爱憎分明，敢于斗争，不论维护真理，或对敌人都要态度鲜明，毫不含糊。原话虽然不长，却恰到好处，自然赢得一番热烈的掌声。

1940年末、1941年初，皖南事变发生。国民党向新四军发动突然袭击，香港人心也激愤。大概是四五月间，美国著名女作家史沫特莱来到香港。她曾经到新四军采访过，并在那里生活过一段时间，她了解这支在中国共产党领导下坚持抗战的人民军队，对它由衷地热爱和同情，对于皖南事变的真相更有深刻了解。杨刚本来同史沫特莱就是老相识，她抓住这个机会，用《大公报》文艺副刊的名义，邀请了一批香港文艺界朋友，假座连卡佛咖啡店开了一次欢迎会，请史沫特莱谈谈在新四军采访的活动情况以及对皖南事变的看法。史沫特莱详尽地介绍了有关情况，使香港文艺界进一步了解真相。杨刚亲自做翻译，是那样的传神，那样的流畅，那样毫不掩饰她内心对反动派的憎恨。须知那时候的香港英国当局，那时候的《大公报》老板，都站在国民党一边。杨刚毫不理会这些，把国民党发动皖南事变的卑鄙行径公之于众，这是需要有足够的勇气和魄力的，这也就是她所提倡的棱角吧。

我总有这样的印象，杨刚很忙。忙于编务，忙于同作者及文艺界朋友交往，忙于写作，忙于社会工作，忙于为她所信奉的原则而不辞辛劳。因而，身体并不太好，人是消瘦的，面容清癯。听说，她常常通宵写作，一个晚上可以抽完一包骆驼牌香烟。有一天，她在《大公报》编辑室工作时，竟突然晕倒在地，最后由救护车送到玛丽医院急救，才苏醒回来。

香港文艺协会早在1936年秋就成立，是香港本地文艺界同从内地到香港的文艺界人士共同发起的，做过一些颇有意义的工作（例如在鲁迅逝世后不久，1936年11月间，开过一次规模相当大的追悼会）。随后，由于英国当局的禁止而使活动停顿下来。直到抗日战争全面展开，大批从内地来的作家同香港的作家汇集在一起，香港文协才重新活跃起来。香港文协同祖国各地文协的呼吸是相通的，联系也是密切的。现在已经有了会所，同美协分租的小屋，地点是在半山坚道，屋前有一排窗子，可以远眺美丽的海景。戴爱莲、叶浅予、丁聪他们经常在那里排练舞蹈、作画和编辑刊物。应该说，这时期香港的文艺活动是热闹的。

《大公报》和《星岛日报》的文艺副刊以及一些文艺刊物如《文艺阵地》等在文艺园地做着播种和耕耘的工作，也取得很大效果。为了培育文艺青年，香港文协在办了“文通”（文艺通讯部）之后，大约在1940年暑期又办了一个青年文学讲座。理事会决定讲座由杨刚总负责，我给予协助。有人开玩笑说，杨刚是校长，我是教务主任。总之，牵头的是杨刚，我只是帮她排排课程表，落实讲课的人选，做做跑腿，抄抄弄弄而已。报名听讲座的大约有三四十个青年，借用中华中学一个教室。前后主讲过的有杨刚、戴望舒、徐迟、端木蕻良、黄绳等人。每逢开讲之日，灯火通明，听讲的青年把一个教室坐得满满的。我只讲过一次而已。

杨刚主持工作是十分认真的，为举办这个讲座几乎隔一天就到文协去，坐在临窗的桌子前，研究青年学员们的反映、进度和要求，然后又有重点地邀请哪位作家就某一问题给学员补课。这次为期一个多月的协作共事，她的工作热情和一丝不苟的作风，对于我，是一次很好的学习机会。

当时我正热衷于学习世界语。有一个匈牙利世界语者摆脱了霍尔弟[①]的迫害，来到了中国，住在上海，之后又到了香港，不仅宣传世界语，传授世界语，同时对我国抗日战争非常同情，办了一个世界语刊物，叫《远东使者》（*Orienta Kuriero*），向全世界的世界语者宣传中国抗战。我当然有责任给以支持和协助，为杂志推荐稿件。杨刚是支持我这样做的。她认为中国的世界语运动是中国进步事业的一个组成部分，应该大力宣传和推广。为此，我建议在《大公报》文艺副刊上出一次世界语特刊，想不到她马上答应，并且催促我立即进行组稿。这就是《大公报》文艺副刊创办以来，唯一的一个关于世界语的特刊。刊出的具体日期记不起来了[②]，内容着重介绍世界语与世界文学。杨刚对世界语长期大力支持，只因为世界语是进步事业的组成部分吗？这是毫无疑义的，还有其他原因吗？可惜我当时没有问她，你也学过世界语吗？如今人已不在了，无法得到答案了！

香港这块小地方，由于它所处的特殊地位，使它成了中国政治气候的晴雨表。突出的表现是，大陆各地进步文化人在这里集散，反映

---

① 霍尔弟：今通译霍尔蒂（1868 ~ 1957），匈牙利王国（1920 ~ 1944）的独裁者。

② 经查，该版刊登日期为 1940 年 12 月 15 日。

着中国政治风云的变幻。从1936年开始，大批文化人从上海、武汉等地南下，汇集在岛上，这反映着祖国半壁河山沦陷敌手，日伪狼狈为奸，对爱国人士实行迫害。1941年底，日本帝国主义发动太平洋战争，攻占香港，爱国的文化人纷纷越过日军封锁线，偷渡回到大陆。1947年起，国民党发动内战，在向解放区进攻的同时，在国统区实行白色恐怖，这时进步的文化人又云集到香港来了。直到解放战争节节胜利，进步文化人又纷纷离开岛上，到北平等地去。由于文化人一再集中，这块久有沙漠之称的海岛，终竟成了绿洲。进步的报纸、刊物，进步的社团，如雨后春笋般出现。对香港来说，这段日子是令人难忘的，这是它的黄金时代。

正是在这些日子里，大约是1948年底，我同几个朋友在“威士文”吃午茶，突然遇到了杨刚。她也在这咖啡座约朋友茶叙。此后，在这样的场合里，陆续见过几次面。杨刚刚从美国回来，她是作为《大公报》的特派记者到美国去的。她曾写过许多出色的通讯，让读者对在太平洋彼岸的这个“盟国”有所了解。如今这个“盟国”的真面目已经越来越清楚了，解放战争中许多事实都足以说明。在我们的几次见面中，话题自然都集中在这些方面。这里就不说它了。

这里要说到的是这篇文章开头提到的那一桩史实。

在1948年底一个晚上，柳亚子举行家宴，应邀参加的，一个是金仲华，他辗转从上海来到了香港；一个是杨刚，她新从美国回来。家宴的目的就是为他们洗尘。柳老先生那时住在油麻地和尖沙咀之间的一座普通的老式楼里。参加晚宴的还有作为陪客的乔冠华和龚澎夫妇。我和金仲华的妹妹金端苓结婚不久，也被邀请参加。家中陈设十分简朴，然而晚宴的丰盛和柳老先生夫妇的热情，却令人至今难忘。

晚宴的话题，当然离不开当时解放战争的形势，说到全国人民对那即将成为现实的革命政权的向往，主客的欢愉是可以想象的。最后，杨刚特别谈起她曾工作过的那张报纸——香港《大公报》，谈起王芸生。

她觉得党应该给他们一个解脱的机会。

《大公报》在抗日战争初期曾在香港出版，直到太平洋战争爆发后停刊；如今国民党发动内战，遭到全国人民反对。在解放军全面反击下，国民党节节败退之际，又在香港办起报纸来。当时由于国民党白色恐怖，大批进步文化人移居香港，他们联系到《大公报》过去对国民党的态度，经常小骂大帮忙，要欺骗手段，因而怀疑它在香港的动机，是对海外同胞继续欺骗。因此，由郭沫若带头，登高一呼，对它实行杯葛[①]主义，不看它一页纸，不给它写文章，使它的处境十分尴尬。其实王芸生本人，以及这个报纸绝大部分工作人员早已下定决心，向革命靠拢。这也是顺应潮流，大势所趋，理应如此。然而要改变读者特别是进步知识分子对它的看法，要有一个过程，还要给它创造一个机会。杨刚有心成全报社投奔革命的强烈愿望，担负起穿针引线的工作。是的，革命需要越多人越好。

杨刚问当时负责香港新华社工作的乔冠华和龚澎："能否给它一个机会？或者先见见面也好。"

乔、龚二位表示同意。

在这顿饭里，就这件事，所谈的内容至此为止。并没有就如何具体化而继续谈下去。原则已定，就行了。

杨刚回到《大公报》如何工作，不得而知，但反应肯定是极其强烈的，党给他们敞开了大门，就在三四日之后，王芸生和报社其他一些领导人署名发出请柬，由杨刚开列名单，请了乔冠华、龚澎、柳亚子、金仲华，以及金端苓和我，假座香港大酒店的顶楼午餐。气氛是热烈的，在这样的场合里当然不会谈到实质问题，但关系一下子密切起来了。

就在这以后不久，一张有影响的报纸宣布起义，断绝了长期以来同国民党的政治关系，站到革命人民一边。也是在这以后不久，党向

---

① 杯葛：英语 boycott 的英译，意为联合抵制。

1949 年出席全国政协第一届全体会议和开国大典的中华全国新闻工作者协会筹备会的代表合影。前排（左起）：邓拓、杨刚、胡乔木、金仲华、王芸生；中排：徐铸成、徐迈进、恽逸群、邵宗汉、赵超构；后排：张磐石、刘尊棋、陈克寒、储安平。

王芸生打开了走向解放区的大门，在“解放区的天是明朗的天”的歌声中，踏上祖国北方大地。

在这以后不久，以毛泽东的名义，邀请王芸生作为新闻界代表，参加北京的全国政治协商会议。一张在海外出版的报纸，沿着革命航向前进，团结了一大批知识分子，成为建设新中国的一分子，这是中国报业史上一个有深远影响的历史事件，杨刚是事件中一个关键性的人物。

写于 1986 年上海，本文按刘火子遗稿整理而成。
收入 2009 年香港《炉峰文集》

金仲华冤案致死始末[①]

1968年春，一个江南常见的寒冷的早晨，为了能及时到“牛棚”让“打鬼队”队长点名，天还未亮透，我就赶紧起床，胡乱地洗脸、刷牙、穿衣，吃了早饭，跨出大门上路去，刚走下楼梯，迎面冲过来一个青年——金仲华的侄子金明生，他脸色刷白，木然地望着我喘息，半晌说不出话。一种不祥的感觉马上窜进我的心头：今天一清早奔着来，肯定出了什么事了。不幸而猜中，他噙着泪水，结结巴巴地对我说，“伯父……伯父他……”我问他到底怎么回事，他痛苦地用手往颈部比划着，说：“是半夜两点钟出的事体，当时谁也不在意……”说着说着，便呜咽起来，说不下去了。我尽力使他情绪安定下来。他告诉我，事情发生后，祖母——金仲华的老母亲，才回忆起，半夜里仿佛听到楼上响过一声木凳倒地的声音。有谁意识到竟然发生这样的事情！老太太都快九十了，腿骨曾跌断过，行动不方便，为此她十分怨恨自己当时未能到楼上去看看。

金仲华就这样离开我们了。事情发生得太突然了，一股难以抑制的悲怆之情涌上心头。但当我想到与仲华相依为命、年近九旬的老太太，想到数十年来在仲华提携下成长的我的夫人阿端（金端苓），想到……我强使自己的情绪平静下来，在这雷殛般的一瞬间，他们多么需要力

① 本文是刘火子大约在1988年所写的未完成之初稿。从底稿看，本文仅是开首第一节，原计划还会写金仲华生平经历等章节，可惜1988年底刘火子因病重入院无法完成了。由于本文关于金仲华被“四人帮”迫害致死的经过甚有史料价值，特收存于此。

量给以支持啊。我和明生急忙回到屋里，把情况告诉端苓，并一再叮咛她，在这样的时刻里，需要的是坚强和镇静，特别嘱咐她对母亲一定要百般安慰。“牛棚”不能迟到半秒，说罢，我便匆匆出门去了。

真佩服这位值得尊敬的金老太太，经受得起这场老来失子的爆炸性打击，老母亲表现得极其坚强，没作过一次呼天抢地的哭泣。老人家确信儿子平生行得正、站得稳，所有交往的朋友都完全是好人。出事之后，“四人帮”向她“外调”儿子的情况，她斩钉截铁地对来人说：“我儿子是好人！如果我儿子做过什么亏心事，可以拿我这副老骨头来偿还。”就凭这股正气，老太太依靠儿女、孙子每月接济，过着清贫的生活，倔强地继续活了九年，直到1977年，才离开人世，享年九十六岁。朋友们都知道仲华事母至孝，但单从世俗伦理的母子观念来理解是不够的，这位老太太不但含辛茹苦把儿子抚养成人，而且一贯支持儿子从事的正义事业，在儿子死后继续坚信儿子事业的正义性，不容许对儿子光明磊落的一生抹黑，对这样的母亲，怎能不尊敬，怎能不孝！

仲华去世的那一天，上海的造反派“英雄”们，正在文化广场煞有介事地举行学习积极分子大会。报社里那些晨昏都强迫着我们低头弯腰请罪的人，一下子都成了学习积极分子，正在兴致勃勃地准备出席大会。我把仲华的不幸消息写了一份“思想汇报”，交给那个管“牛”的头头，原先我已作好挨斗挨批的思想准备，没想到这一天，那个“司令”几乎看都不看，就把纸头塞进口袋，冷漠地瞧了我一眼就走开了。

我真想去向仲华同志遗体告别，但“文化大革命”有规矩，既被打成“牛鬼蛇神”就得六亲不认，即使在马路上碰到亲友，打个招呼，也会被说成是“黑串连”，遭受批斗。仲华虽死，我也无权去见他最后一面。当时“四人帮”对仲华之死，蒙上一层神秘的色彩，仲华去世的当天，端苓就被告诫，不许声张出去，“谁走漏消息，谁就得负责，格斗勿论！”其实我们还能告诉谁呢？

就在仲华事发第三天，我们被抄了家，端苓给隔离起来。从此经过漫长的八年，素有社会活动家美誉的金仲华成了谜一样的人物，生死未卜。老朋友想探一探究竟，受到阻拦。叶圣陶老先生有次来上海，问负责接待的人（应该说是监视的人）表示想看看两个人，一是仲华，一是丰子恺，没有获得同意。应宋老太太邀请来华访问的国外朋友提出要见金仲华，遭到拒绝，外国来的朋友退而求其次，来到上海要看看金端苓。端苓事先得到指示，回避谈论金仲华的问题。因此，每当外国朋友心急地向她问起她哥哥金仲华的情况时，她只能顾左右而言他，外宾心里有数，就不再问了。最可恶的是，“四人帮”的爪牙们把仲华的遗体送去火葬时，竟也吩咐火葬场工作人员，作“无主”处理！直到 1978 年，仲华沉冤得雪，骨灰却再也无法找到。在烈士公墓举行安葬仪式时，仲华的骨灰盒里只装着他生前用过的一支钢笔和一枚图章。

1965 年年底，由于文痞姚文元署名的那篇“剧评”在报上发表，标志着十年动乱的号角吹响了。那时仲华刚刚出国回来不久，这是他最后一次出国了，还是单人匹马出去的，而任务却很不简单，可见党对他是十分信任的。对于那篇臭名昭著的文章，他读之再三，很不理解。吴晗是他的好朋友，常有来往（有次是吴来上海，到金家做客，饭后还玩了一会桥牌）。他深知吴晗是一个十分忠诚的爱国知识分子。为什么突然对吴下刀？为什么把一个不久前还被称颂的、死了近四百年的明代官员海瑞作为箭垛？他不明白，问我，我也说不清楚。随着形势的发展，更使人目昏眼眩了，一下子整个社会混乱起来，像一箩筐鸡蛋打翻在地，成了不可收拾之势。学校没有人读书，说是停课闹革命；工厂里机器不开动，说是不给修正主义生产；火车不按时发车；许多家庭随便被人入侵抄家，主人戴着高帽子游街，敲着破脸盆辱骂自己是吸血鬼、走资派……为什么要这样践踏人的尊严？即使是跟着党走了几十年像金仲华这样的革命知识分子，经历过多少风风雨雨，也是苦思不得其解。但是他极力使自己平静下来，扪心自问，一生光明磊落，坚定跟党走，他深信党是了解他的，群众是了解他的。最苦恼的是，到了办公室，开始没人理他，正常的工作秩序被打乱了，没有人好好工作，更没有人学习，他被冷落在一边，除了奉命打扫卫生以外，无所事事。尽管如此，他自己几十年来一贯的工作、学习方式依然坚持下来。我记得他说过，这没什么，群众运动么就是这样，犹如大扫除，不经心把扫把碰着人，打碎一两件小东西是常有的事，有什么要紧！他每天还是全神贯注地读报纸、听广播，关心人类的正义事业，分析国际问题的每一个动向，注意每一个事态的来龙去脉。几十年来从未间断的资料工作仍然坚持着做，从划红杠杠到剪贴，没有停下来。印度尼西亚问题[①]发生的当天，他听到广播之后，激动得不得了，攥起拳头往桌上一砸，连呼糟糕。由此可见，不管外面闹翻天，仲华仍然安之若素。有一位在他领导下从事研究工作的国际问题专家，有一天拄着拐杖上门来看他，倾吐自己的想法，仲华给他以安慰，劝他不要悲观，要增强信心。这位朋友对仲华这一席话，非常受用。当他一旦接到仲华不幸的消息时，无论如何不敢相信：这样达观、坚强而有远见的人，怎可能走这样的路呢！事后，许多朋友都会想起，有时夜深了，仲华拿起电话给他们来一次通话，互道平安，互相慰藉。巴金就是他经常通话的老朋友中的一个。

然而，这场运动毕竟不像打扫卫生那样轻巧，伤害仲华的事接踵而来。起先是他领导的那个单位越来越多地出现指名道姓的大字报，说他执行的是修正主义路线，还有的指责他提倡认真钻研业务，而不提倡认真读“毛选”，读“语录”。上纲上线，可他倒不在乎这些，认为这是两码事，是能说清楚的。也有那么几个能说会道的造反派头头，“上蹿下跳”，不断对他施加压力。他们到底想从他身上捞到些什么，他可弄不清楚。那时候，每天打开电视机，几乎都有“斗批会”的实况转播，陪同他收看的只有老母亲，冷冷清清。荧光屏上出现的尽是

① 指 1965 年 9 月 30 日印度尼西亚爆发的“九三〇”事件，苏哈托发动推翻总统苏加诺的军事政变，并掀起排华浪潮。

些熟悉的脸孔，或者是同僚，或者是学者、教授、艺术家，一个个被揪着头发，双臂反扭在背后，像喷气机样子被押上审判台，胸前挂着沉重的大木板，写着被打上 ×× 的名字，跪在地上。一张张极其痛苦的脸孔，使他看了十分难过。有一天，他狠狠地关上电钮，再不忍看下去了，对我和端苓说："现在还好，就不知什么时候轮到我们呢！"显然潜台词没说出来。

不知来自何方的"红卫兵"，一批又一批闯到他的家里。金仲华的家面临复兴路上，大门没有任何拦阻，街上的行人都可以按门铃。此刻，谁按一下门铃，老保姆就会开门，红卫兵们来势汹汹地向仲华提出一连串要求：配房子呀，装电话呀，印小报呀，给棉大衣呀，等等，等等。小将们怎会知道，这时候的金副市长，连常用的小车都不给他了，还能有什么办法去满足他们的要求！再说，仲华对他们东蹿西蹿，也很不以为然，冷静地把他们打发走了。差不多同一个时候，仲华门口的信箱里突然给塞进一张小纸条，也算是恐吓信吧，上面写道："金仲华，你放老实点！"到底是谁投进去这张纸条，它和红卫兵有无联系，还是发自另外一些人的恫吓？总之，谁也说不准。有一点，仲华是意识到的，麻烦事将会接踵而来。

一切工作都被剥夺了，生活圈子越来越小，到 1967 年下半年，只有两个地方他得经常去，一个是市人委，一个是国际问题研究所。不是为了去工作，多半是应付"外调"，回答各种各样莫名其妙的问题。有时单位里开批判会也得去，站在一旁听主持会议的人声嘶力竭地呼喊。在我未进"牛棚"之前，我同他之间来往是比较经常的，一般是我与端苓去看他和老母亲。也有几次是他到我家来，通常是吃过晚饭之后，由疼爱的外孙女陪着来。最后一次他到我家来，大约是 10 月间一个晚上，天空飘着凉丝丝的细雨，他撑着雨伞，带着口罩，外孙女圆圆依偎在他身旁，沿着淮海路走路过来的。这一夜我们谈得很欢，他兴奋地告诉我，在一个商店橱窗里看到一张红卫兵小报（那时候这类小报多如牛毛），说是周总理对某一个红卫兵组织的头头说，“文化大革命”也该有一个结束的时候，能在春节前结束就好。仲华说，如果真是这样，那该多好！

对周总理，仲华一向从心底里表示崇敬。他从几十年的工作实践中体会到，总理总是在关键性时刻说出给人以勇气、给人以光明、给人以方向的话，现在“文化大革命”刮的那股无定向风，使多少人陷入迷惘，多么需要听到总理的话啊。仲华反复掂量着总理的话，心里突然感到闪耀了一丝光芒。临送他出门，天上还下着霏霏细雨，我从他脸上看到最近从未有过的兴奋表情。但是，永远引以为憾的是，这竟是我们最后的一次见面。不久，那场灾难性的所谓“清队”开始了，同许许多多干部、知识分子一样，我被关进了“牛棚”，从此“六亲不认”，“朋友不许见”，我同仲华的直接联系隔绝了。通过端苓的传话，彼此只知道一些生活起居情况，却无法交换对时局的看法了。

1953年刘火子（后排）与金端苓兄长金仲华（前左二）、夫人金端苓（前左三）、岳母皇甫莲清、长女刘丽北及金仲华长子金立诚合影。

周总理十分爱护知识分子，对仲华处境当然不会不知道，在纪念仲华逝世十五周年（1983 年 4 月 3 日）的座谈会上，当年主持市人委秘书处工作的范征夫同志提到，他曾收到周总理下达的指示，上海一定要切实做好保护两个副市长的安全工作，其中的一个就是金仲华。可见周总理已经注意到“四人帮”对金仲华等的迫害。可惜范征夫还未来得及按照文件精神采取保护措施，他本人已先受到迫害，关进了“牛棚”。周总理的指示，对“四人帮”爪牙控制着的上海市革会，仅仅是一纸空文。范征夫透露的情况，在十五年后我们才第一次听到，当时处于“全封闭”状态下的金仲华当然全然不知，这真是莫大的悲剧！

1976 年“四人帮”倒台，最高人民检察院起诉“四人帮”的罪行中，其中一条是迫害死了上海市市长曹荻秋和副市长金仲华。

金仲华是一个非常自爱，性格随和、谦逊、坦率，十分懂得人的尊严和十分爱护自己人格的进步知识分子的典型。“四人帮”套在仲华头上的头一顶帽子是“关系复杂”，进而是“里通外国”、“国际间谍”。作为一个著名的新闻工作者、国际问题专家、社会活动家，金仲华当然相识满天下，有中国的、外国的，政治态度有进步的，有中间的，也有落后的，但关系深切的绝大多数人，是中国政治舞台上声名赫赫的领导人和进步人士，是周恩来，是宋庆龄，是潘汉年、廖承志、胡愈之、范长江、茅盾、叶圣陶……“四人帮”深知仲华一生清白，难以从鸡蛋中挑出骨头，因此，对仲华进行的不是通常使用的直接的人身迫害——没有隔离，没有关“牛棚”，更没有下毒刑，关黑牢，而是精神折磨，无穷尽地追查，追查他一生经历，追查谁引导他参与革命行列，谁指挥他战斗，谁与他往来最密切，企图从中找到把柄。

当上海市人民政府被夺权后，仲华还得在规定时间或临时被电召到机关去，有时甚至当作摆设让他参加一些纪念集会。由于他的专用车被取消了，于是他去挤公共汽车。过去，仲华经常访问群众，或向群众作报告，许多群众都认得他。在公共汽车上或公众场合，有人默默向他行注目礼，更多人在前后左右指指点点，窃窃私语，即使熟悉的人偶遇到他，也不敢在公开场合与他打招呼，这在他的内心深处，好像遭受到扭绞一样痛苦。在他主持的国际问题研究所里，他原来的办公室已被“造反派”堂而皇之地占用，他与为数不少的被“打倒”的干部坐在一间阴暗局促的房间里，面对平时一起研究工作的同僚，却不许交谈，写不完的思想汇报和交代问题，日困愁城。批斗会经常举行，虽然他不是主要挨批对象，但每次会都得参加，批办研究所路线，批对国际问题看法，成了不点名的被告。最恶劣的做法是对仲华采取暗中监视的特务行径，这是仲华难以忍受的。仲华在一张纸上写了几个字，后来撕碎丢在字纸篓里，一会儿就被造反派拣走了，究竟造反派要干什么？这位洞察世界风云，对国际形势了如指掌、分析准确的权威，此刻也难以明了了。他在遗书中说，“精神上的压力不断增加，国际所的气氛特别紧张，不知发生了还是将发生什么问题。”“斗争是错综复杂的，我的处境特别困难。有人过去上蹿下跳，现在又见风驶舵，没法阻止他把罪责往别人身上推。”字里行间可见仲华当时的处境和无奈的心情。

1968 年暮春的一个晚上，一个阴谋事件发生了。“四人帮”假手于国际问题研究所一部分造反派，对金仲华采取“革命行动”——抄家。据说在采取行动之前，造反派内部也争论得非常激烈：一派人认为，对像金仲华这样地位的人实行抄家，应先报告公检法，另一派人则主张立即动手，不必理会什么公检法，如有责任，全由他们负责。这派人为何坚决要抄金仲华的家？是哪些强硬后台在支持这派人的抄家行动？……

终于，一大群人声势汹汹地来到金仲华家，说是扫“四旧”来了。翻箱倒柜，连老母亲金老太太、老保姆钟妈房间的衣箱和抽屉都倒翻出来看过，弄得狼藉满地，一片混乱。造反派翻出了金仲华珍藏的一大批信件。当他们把这八十多封信件装进一个尼龙袋准备拿走时，仲华不由得勃然大怒，大吼道：这些信件不得看！更不能拿去！可“造反英雄”们背后有人撑腰，正不可一世，硬把这些信件拿走了。这批信件有中文，有外文，有的根本是英文原始手稿。造反派里没人能看懂这些东西，据一位当时被造反派点名一同前去的懂外语的人说，造反派头头翻到信件后，不知是什么，曾要他当场看看，是什么人写的，写的什么东西。“四人帮”被打倒后，他对调查组说，他记得这批信非常重要，有些还是珍贵的重要文献，其中有宋庆龄多年以来用英文写给金仲华的信件，还有周恩来和廖承志写来的信件，有许多涉及外交方针的指示，也有一大叠是金仲华用英文为当年保卫中国同盟起草的文件等等……

尽管金仲华经历过许多尖锐的斗争场合，在国内同国民党反动派斗了几十年，在国外同德意日法西斯，后来又是英美反动派斗，可这场“文化革命”，特别是这一次突如其来的所谓“革命”行动把他打懵了。几十年来，他一直得到党的关怀、鼓励，得到党的信任和了解，对他而言，这种情感如同母亲信任儿子一样重要，但为何慈母突然对自己变得如此不信任，转眼间自己被看成是罪大恶极的特务、里通外国的反革命分子？他想不通；到家里扫“四旧”，什么都不拿，偏偏要取走这些重要的信件？他想不通；这些重要的信件被立即送到中央文革小组，张春桥在造反派书面报告上划上重重的红杠杠，下一步会对写信人有什么不利？仲华想了很多……

这次事件后不久，仲华作了死的抗辩。时间是1968年4月3日深夜。

写于1988年上海

友侪题赠及缅怀

金火合唱

诗人刘火子与地图名手金端苓，今天——一九四八年的七月廿九日，在香港太平山下结婚，谨献此合唱，以志鸾凤和鸣。

（火）我，我是火，我是火，火的种子，/ 我要驱除黑暗，产生光明，/ 烧毁一切的陈根和腐蒂，/ 使普天下的老百姓都得到温暖。/ 不是黑暗陈腐的，你就不要怕！/ 不是黑暗陈腐的，你就不要怕！

（金）我，我是金，真金不怕火来烧，我就不怕。/ 我正需要你，把我融化吧！/ 我坚毅，你热烈，我们要相亲相爱，/ 你看，人民的乐土不是一片黄金？/ 快加工，把时代造成黄金时代！/ 快加工，把时代造成黄金时代！

（火）好呵，让我们拥抱吧，拥抱！/ 夏天和秋天原来就手携手，/ 是成长和收获的时候，/ 我们一同创造，一同唱歌，/ 替老百姓准备幸福的生活！/ 替老百姓准备幸福的生活！

（金）真的，让我们拥抱吧，拥抱！/ 有准备度过严寒的冬天，/ 我们要产生水与土，/ 迎接着草木繁荣的春天，/ 替人民制一幅解放的大地图！/ 替人民制一幅解放的大地图！

（金火合唱）献身为人民，志趣是一个。/ 你已不是你，我已不是我，/ 我们是火合金，金合火，/ 原子能时代的大调和，/ 人民塑像永远笑呵呵！/ 人民塑像永远笑呵呵！

郭沫若 献辞

1948 年 7 月 29 日，刘火子、金端苓在香港六国饭店举行婚礼，沈钧儒（站者）为两位新人证婚。

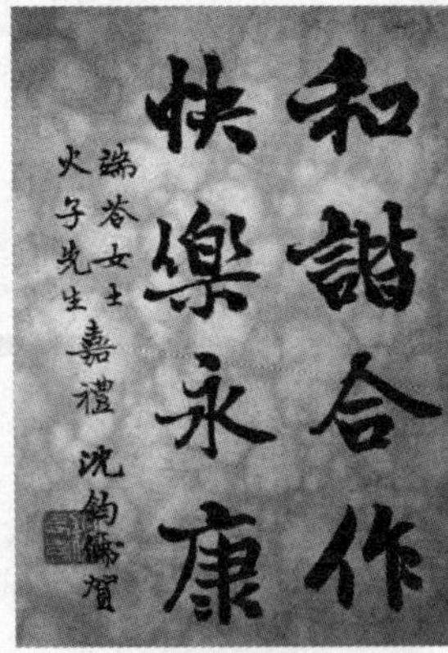

和諧合作
快樂永康
端苓女士
火子先生 嘉禮
沈鈞儒賀

沈钧儒贺辞“和谐合作，快乐永康”手迹。

郭沫若、于立群伉俪在刘火子、金端苓婚礼上朗诵诗歌《金火合唱》。

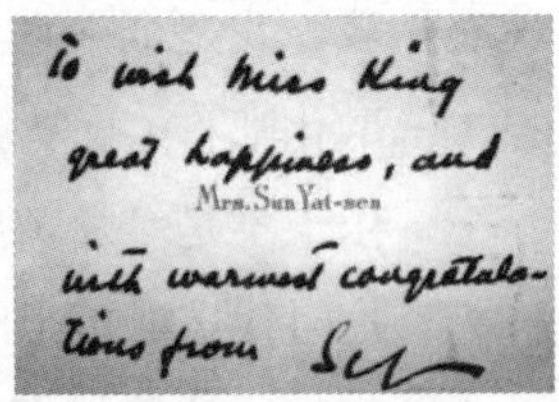

To wish Miss King
great happiness, and
Mrs. SunYat-sen
with warmest congratula-
tions from SCL

宋庆龄贺卡题词：To wish miss King great happiness, and with warmest congratulation from SCL.

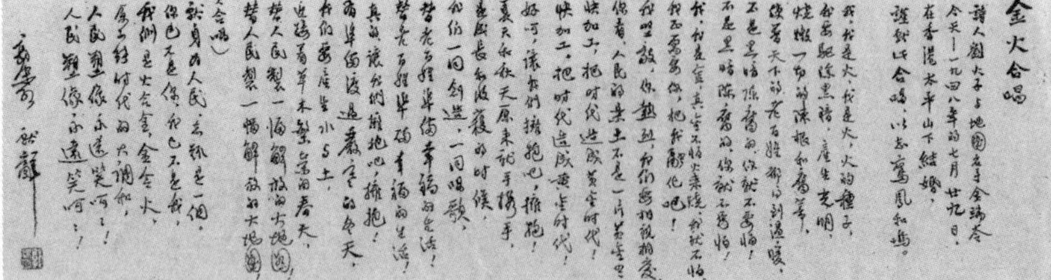

金火合唱

诗人刘火子与地图女子金端苓
今天——一九四八年的七月廿九日，
在香港太平山下结婚，
谨制此合唱，以志鸾凤和鸣。

郭沫若献辞《金火合唱》手迹。

致刘火子、金端苓新婚贺词

长期的友谊产生了恋爱，纯洁的恋爱结成了永久的侣伴。

美满的婚姻成立了美满的家庭，新家庭是新社会的骨干。

中国人民正在翻身，中国地图正在放射着空前艳丽的光彩。

我们期待着忠实生动的人民翻身的新闻报导，我们更期待着新民主的新中国地图快快出版。①

我们诚心诚意祝颂今天的一对新人：

将来在共同的文化工作上也和恋爱工作同样美满！

听呀，遥远的炮声，

正在欢迎：刘火子，金端苓！

一九四八年七月二十九日

孔德沚　茅盾

① “报导”、“地图”分别指代两位新人的职业——记者和时势地图绘制专家。

刘火子、金端苓伉俪在香港。

茅盾（左一）夫妇、柳亚子（右二）夫妇等众嘉宾在刘火子、金端苓婚礼上举杯祝贺新郎新娘喜结良缘。

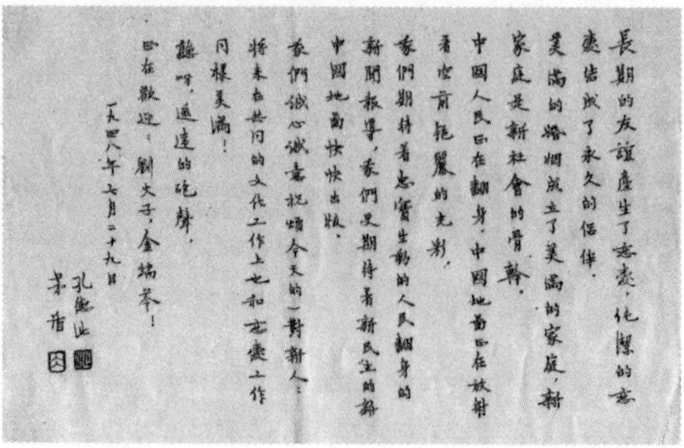

長期的友誼產生了戀愛，他們的戀
愛結成了永久的伴侶，
美滿的婚姻成立了美滿的家庭，新
家庭是新社會的骨幹。
中國人民正在翻身，中國地面正在放射
着空前絢爛的光彩，
我們期待着忠實生動的人民翻身的
新聞報導，我們更期待着新民主的新
中國地面快快出現。
我們誠心誠意祝賀今天的一對新人：
將來在共同的文化工作上也和在戀愛工作
同樣美滿！
聽呀，遙遠的砲聲，
正在歡迎，劉火子，金端苓！
一九四八年七月二十九日
孔德沚
茅盾

茅盾夫妇贺词手迹。

火子其人

我认识火子是在抗战时期的桂林。当时他在《广西日报》工作，一见如故。此后桂林、香港、上海一起共事，一起进“牛棚”，一起到“五七干校”劳动，粉碎“四人帮”后心情舒畅，还一起到普陀山旅游。在长期交往中，我了解火子是个热爱工作、热爱生活、爱憎分明的人。对朋友忠诚、热情、宽厚，对敌人嫉恶如仇。在公开场合，他虽然说话不多，但心中有数。他一生认真工作，富有创造性，是个难得的好同志。

早在1946年初，日本投降后召开的政治协商会议，取得了积极的成果。重庆各界发起举行庆祝政协成功大会。谁知国民党反动派为了打内战，破坏政协取得的成果，组织了一批特务打手，挥舞棍棒，捣乱会场，打伤了大批群众，中间包括著名的爱国人士李公朴、郭沫若、马寅初等，这就是震惊中外的“较场口事件”。事后国民党中央社发表了是非颠倒的报道，激起了进步新闻界的愤怒。在《新华日报》石西民同志的领导下，火子代表《商务日报》进步记者联名发表公开信，揭露“较场口事件”的真相，抗议中央社造谣，矛头直指反动当局，当时引起了很大的震动。火子为了争取公开信发表，不顾报纸老板的反对和威胁，坚定不移，一直到利用广告形式刊出公开信为止。

火子在对敌斗争中爱憎分明，在工作中精益求精。他长期主持《文汇报》夜班工作，夜班在报纸工作中最艰苦，白天当黑夜，黑夜当白天，时间紧，随时要决定稿件取舍。50年代报社穷，夜班工作在下半夜结束后，不能用汽车送工作人员回家，火子就和同志们一起，常常步行几小时才能回家休息。他从事夜班工作几十年，是个长夜班，从来没有怨言，每夜口含烟斗，指挥若定，直到因病不能做夜班为止。他在编辑工作中富有创造性，记得《文汇报》从北京迁回上海，为了在报纸版面上有所创新，他搜集了各国报纸包括资本主义国家报纸，日日夜夜研究编排规律，并善于结合实际，在版面上创新。一段时间里《文汇报》编排醒目、清晰，开创了中文横排报纸八栏编排法，在横排中，夹直题直排，引起了同业的注意，后来被全国报纸普遍采用。《文汇报》注意美化版面，成为报纸工作中重要特色，火子起了积极的作用。这一点谁都不能忘记。

粉碎“四人帮”后，火子调到中国大百科全书出版社，担任《中国百科年鉴》主编，他一头埋在工作中，从组稿、改稿、定稿到编排设计，一直到使用照片，呕心沥血，创刊了新中国第一部综合性百科年鉴，出版后受到国内外读者的好评。

火子是位诗人，满腔热情，有时好像一团火，表现在他诗作中，当他准备写作一首诗时，反复考虑，认真撰写，直至自己满意为止。他准备把已发表的诗作，编一本诗集，在病前已经动手。进医院后，只要健康允许，一再拿出来修改。我几次到病房看望，总看见他用歪歪斜斜的字体，涂涂改改。他的夫人金端苓、他的子女，一再要他注意养病，而且建议帮他整理，他坚持要亲自动手，一直到病重尚未定稿。他在生活中遇到的欢乐和烦恼，常常会联想到诗词。记得“文革”期间，火子和我下放到印刷车间劳动，做捆扎报纸工作。捆扎报纸用的草绳，成捆送来，乱七八糟，要一根一根清理。有次在清理草绳时，火子忽然朗诵起李后主的词来：“剪不断，理还乱，是离愁。别是一般滋味在心头！”这件事后来给造反派知道了，认为是阶级斗争新动向，说是反动文人用反动诗词反对无产阶级司令部，对火子进行了好一阵批斗。

火子热爱工作，而且热爱生活，生活中充满了情趣。他兴趣广泛，会打桥牌，喜欢钓鱼、种花、养鱼、养鸟，家里摆设了盆景和花草。高兴时，下厨烹调，能做出几样好菜。他还喜欢敲敲打打，自己动手制作日用品。家里墙壁上的壁灯，就是他动手做的。他喜欢字画，搜集了齐白石等一批名家的作品，他自己学裱工，把画家送给他的画一张一张地裱起来。他业余时间依旧十分忙碌，一有时间总喜欢忙这忙那，使整个家庭热热闹闹，充满了生气。

火子还是一位世界语学者。他从青年时代起就自学世界语，已经成为中国世界语界一位著名人士，担任上海世界语协会会长。他用世界语增进各国人民之间的友谊，宣传新中国的成就，和国外世界语学者通信，多次接待来访的世界语学者，几次准备出国参加国际世界语大会，终究因病未能成行。

火子走了，他的认真踏实而富有创造性的工作精神，他爱憎分明、忠诚宽厚的高尚品德，将永远活在我们的心中。

唐海

原文刊于 1990 年 11 月 21 日上海《文汇报》，此标题为本书编者所加。

唐海（1921 ~ 2004）：高级记者。曾参与《文汇报》在香港的复刊筹备工作。新中国成立后回上海《文汇报》工作，历任采访主任、编委、副总编辑。

泪洒春申哭火子

著名的诗人、新闻出版工作者刘火子辞世了。对于这位与之有将近半个世纪情谊的老友的永别，实在悲痛难抑！

刘火子的夫人金端苓谈到，火子兄在弥留之际，神志不清，痛苦异常。看来好像有不少话要说，却说不出。能听到稍许清晰的话是："这条标题要换掉！""这个版面要修改！"我们无法知道他说这些话的具体意思了。灼然可见的是，他对新闻工作如此执著、如此热爱。这种思想感情，在他离开人世的瞬间强烈地表露出来。

刘火子的童年活得艰辛。他十三四岁在一家烟丝店里做童工，在繁重的刨切烟丝的体力劳动中坚持自学。他学中文，获得显著的成就，能够写出出色的诗歌、散文与通讯，以至成为出版界闻名的编审；他学外文，在英文方面，我看到他与蒋定本合作，翻译美国著名记者安娜·刘易斯·斯特朗的名著《斯大林时代——巨大的疯狂》，在《文汇报》连载。刘火子精通世界语，也是勤奋自学的结果。

刘火子原名刘培燊，"火子"是他写诗时开始用的笔名，后来就一直用这个名字了。我知道刘火子其人，是在家乡广东从事抗日救亡工作之际。当年，刘火子在香港的报刊上发表诗作和散文。在离开《大众日报》之后，他担任了《珠江日报》的战地记者。他充满激情、风格清新的作品，很受读者喜爱。后来，尽管我也参加了新闻工作，但我在柳州，他在桂林；他在重庆，我在贵阳，睽违两地。直到抗日战争结束，我到上海，与孟秋江等合办《文萃》周刊，同时进《文汇报》

工作，才开始与刘火子有了间接的，其后是直接的甚至是紧密的接触。

1946 年元月，刘火子为我们办的杂志写过三篇关于政治协商会议的通讯，署名都是刘宁。第一篇刊于 1 月 17 日出版的第 15 期，写到许多代表性人物要求和平，反对内战；要求民主，要求释放政治犯，取消特务机关。通讯记叙了冯玉祥、茅盾、李公朴、邵力子、董必武、郭沫若、邓初民关于制订和平建国，建立民主联合政府，宣布旧的国大代表无效，要求重新选举等意见。第二篇，他写了在蒋介石发表了保障人民自由等保证之后，还有老百姓被以“衣冠不整”的罪名抓了去当兵打内战；木刻家王琦也被拘禁了半小时。而在第三篇通讯中他谈到：周恩来在第四次大会上沉痛地流着泪，要求早日释放张学良、杨虎城。这三篇通讯，通过《文萃》周刊，从上海辐射到南京、北平、天津、武汉、广州等广大“收复区”，影响很大。

1946 年 2 月 10 日，重庆各界万余人在较场口举行庆祝政协成功大会。国民党当局派遣大批特务暴徒打伤李公朴、郭沫若、马寅初、章乃器等六十余人。国民党的中央通讯社电讯却说较场口事件是“民众互殴”。当年供职于《商务日报》的刘火子，与《新华日报》的石西民、《新民报》的浦熙修等团结了重庆各报四十二名记者，于 11 日发表公开信，严词驳斥了中央社。中央社 12 日再发电讯，狡辩说是该社记者现场采访所得。刘火子与石西民、浦熙修等四十二人 13 日再次写了给中央社的公开信，指出：“较场口事件之真相，我们数十人当场目睹，且我们中有人当场被殴。”为此，刘火子被《商务日报》老板开除，并遭受特务迫害，于 1946 年 3 月离开重庆来到上海。

刘火子到上海后，进了《文汇报》任本市新闻版编辑。由孟秋江安排，住在我家，直到 1947 年 5 月下旬《文汇报》被封，我们不得不先后逃离上海，去了香港。我们在上海同事年余，他的诗人气质，他对政治的敏锐，他的渊博学识，对朋友的真诚，都值得称道。而最使我赞叹的，是他的编报才能。

深谙当时时代背景的人都知道，国民党当局以高压手段钳制舆论，当年在上海从事革命新闻工作，既要非常讲究技巧，又要有足够的勇气。

记得，国民党举办上海市参议员选举，刘火子作的标题是：【说是民主第一遭　昨选举市参议员选区吵吵闹闹　选民莫名其妙】。当著名新闻工作者、国际问题专家杨潮（羊枣）被迫害致死，安葬时的标题是：【冤狱犹未了结　杨潮昨晨入土】。上海地方法院睁眼看着打死人力车夫臧大咬子的凶手、美国海军伍长逍遥法外，刘火子作的标题是：【可怜臧大惨案地院无权审理】。刘火子还敢于直指一些国民党达官贵人，嬉笑怒骂，画龙点睛，使记者的报道更见生色。诸如作为本市版头条的有：【粮贷舞弊内幕复杂　徐堪部长牵进漩涡】、【经济监察团初显身手　一拳打死几只苍蝇】、【说时迟那时快　拳头未下老虎先逃】。作为加框新闻的有【金钞腾云驾雾　物价野马飞驰　几天工夫涨了两成】，等等。披阅当年报纸合订本，随时可见这种好标题。

认真安排版面，也是刘火子的妙笔。他编的好版面很多，下面两个尤见突出：

李公朴、闻一多被国民党特务暗杀，上海举行追悼会。1946 年 10 月 5 日《文汇报》本市新闻版作了醒目的安排：刊出毛泽东和朱德的挽词“为保卫政协争取和平民主而牺牲的斗士精神不死！”全文发表了周恩来撰写，由邓颖超在会上宣读的悼词。悼词最后说：“我谨以最虔诚的信念向殉道者默誓：心不死，志不绝，和平可期，民主有望，杀人者终必覆灭！”这版的头条地位是李桦的巨幅木刻：【民主死不了！】，头条新闻标题：【民主之魂不灭！（肩题）两斗士倒下 千万人继起（主题）昨沉痛追悼李闻（副题）】。会上发言的标题有：【李闻两氏之死，时代悲剧诞生的信号，光明与正义必将胜利】，【用生命作代价，为我们买民主，李闻的血不会白流】，等等。整个版面，给读者极大鼓舞！

70年代中后期，刘火子（后中）与上海《文汇报》副刊部的徐开垒、罗达成、洪荒、徐为民、臧礼淦、路远、周玉明、金晓冬、何倩、褚玉泉、孙东海、徐春发、黄英浩等摄于上海圆明园路报社楼顶。

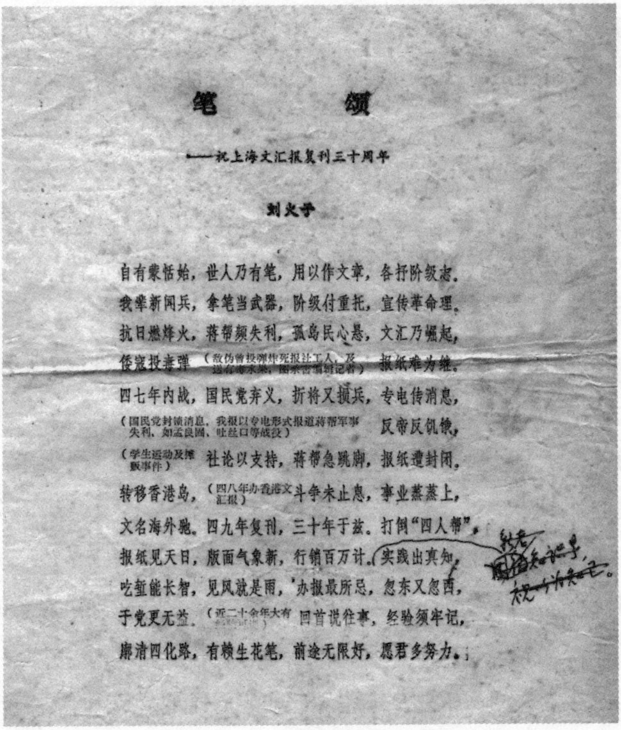

笔　颂

——祝上海文汇报复刊三十周年

刘火子

自有蒙恬始，世人乃有笔，用以作文章，各抒阶级志。
我辈新闻兵，拿笔当武器，阶级付重托，宣传革命理。
抗日燃烽火，蒋帮频失利，孤岛民心悬，文汇乃崛起，
倭寇投毒弹（敌伪曾投弹炸死报社工人，及[illegible]，图杀害编辑记者）报纸难为继。
四七年内战，国民党弃义，折将又损兵，专电传消息，
（国民党封锁消息，我报以专电形式报道蒋帮军事失利，如孟良固、吐丝口等战役）反帝反饥馑，
（学生运动及摊贩事件）社论以支持，蒋帮急跳脚，报纸遭封闭。
转移香港岛，（四八年办香港文汇报）斗争未止息，事业蒸蒸上，
文名海外驰。四九年复刊，三十年于兹。打倒“四人帮”，
报纸见天日，版面气象新，行销百万计。实践出真知，
吃堑能长智，见风就是雨，办报最所忌，忽东又忽西，
于党更无益。（近二十余年大有[illegible]）回首说往事，经验须牢记，
廓清四化路，有赖生花笔，前途无限好，愿君多努力。

刘火子为上海《文汇报》复刊三十周年作的诗《笔颂》。

1947年2月9日上海发生劝工大楼血案，《文汇报》在一版头条作了显著报导。而在本市版，刘火子也作了精心安排，头条是【悲愤的抗议】，发表了上海各界知名人士施复亮、周建人、侯外庐、许杰、潘梓年、柳亚子、田汉、翦伯赞、胡绳等人的谈话。新闻标题，表达了分明的爱与恨，例如：【劝工大楼凶焰冲天　倡用国货竟遭毒打】、【暴徒配备各种武器　恣意行凶扬长而去】，等等。该版中央，加框刊出郭沫若一首诗，慰问爱国的受难者。版面左上角专栏是被害者梁仁达介绍，右下角专栏是【二·九惨案暴行纪详】，版面感染力极强！

1947年3月底，因为主编国际版的李龙牧病了，刘火子熟知国际形势，调任该版主编。我从南京回上海接刘火子的手，编本市新闻版，主要就是参照他的标题风格及版面安排。

上海《文汇报》被封后，我们逃往香港。刘火子应《新生晚报》之邀去工作。事先，他找了新华社香港分社的负责人乔冠华征求意见，乔要他“同流而不合污”，去占领一些阵地。刘火子在该晚报上编了一个新闻性副刊“新闻之钥”，请陈朗（笔名张德标）写军事评论，请一些进步人士写新闻分析、新闻背景、新闻地理、人物介绍等，很有特色。其后，我们共同参加了香港《文汇报》的创刊。刘火子主持港闻版编辑工作，我则编各地新闻版兼“新闻窗”，我们又成了亲密的同事。此后，他负担编辑部更重要的工作，又是由我接替他编港闻版，我仍然参照他的标题风格及版面安排，进行编辑。

上海、广州等地相继解放，许多同事回上海或广州去了。刘火子和我也决心买棹归来，已经整好行装，没料到中共中央华南分局正式决定刘火子出任香港《文汇报》总编辑。张铁生、邵荃麟、吴荻舟等鼓励他留在香港，继续把报纸办好。于是，我又奉命做刘火子的助手，负责夜班工作。

刘火子在香港《文汇报》任总编辑期间，既要负责领导整个编辑部，又因总主笔聂绀弩还未到任，刘火子要兼抓评论工作。香港《文汇报》

当时经济困难，他还不得不帮助张罗印报用的白报纸等。他组织了许多重要报道，如解放军进军西南，解放海南岛之战，国民党政府在港机构的起义，等等。每当拿到这些鼓舞人心的新闻，刘火子就极其兴奋，有时还亲自制作标题。当时香港许多报纸造谣惑众，说解放军在海南岛登陆失败，而我报采访部主任陈朗却获得了解放军登陆成功、攻占海口的消息。刘火子在布置我们出号外时，不禁大笑。

我于1950年8月回到上海《文汇报》上夜班，刘火子于次年6月也调回上海《文汇报》任主管版面工作的副总编辑，我又是他的主要助手。我们在那拥挤不堪的编辑部里，每天晚上在一起，十分协调。其后，我去学习，转入出版社工作，彼此的往来大大减少了。

上海《文汇报》一度停刊，他们到北京办《教师报》去了。当1956年《文汇报》确定在上海恢复出版后，刘火子给我捎来信息，希望我能回到报社再上夜班，与他合作。刘火子为复刊的《文汇报》做出过许多贡献，无法一一缕述。最重要的，莫过于编排技术的全面革新。当年我国大型横排报纸的编排技术是学习苏联的，版式呆板滞重，缺乏生气和新鲜感。刘火子细心研究了欧洲一些报纸如法国《人道报》等，并回顾了直排报纸的一些优点，开创了我国横排报纸的八栏编排法。报纸10月1日复刊，我于9月下旬回到报社上夜班，听刘火子谈了这种新的编排法，并且一起试了版。当时，这种编排法尽管还比较稚嫩，比较粗糙，但是，刘火子一心提出的“即使遮住了报头，读者也看得出是文汇报”，是完全做到了。因这种八栏编排法新颖活泼，全国的大型报纸纷纷采用，而且有不少同业来我们报社交流经验。从1956年至今，几十年过去了，经过全国各报编辑的共同努力，该编排法在原有基础上又有许多创新，使得我国报纸版面的编排越来越丰富多彩。创始人刘火子的功绩，应当写入我国的报业史。

黄立文

原文刊于1991年《新闻记者》杂志第1期

黄立文（1920～1997）：高级记者。曾参与《文汇报》在香港的复刊工作。1950年回上海《文汇报》工作，历任编委、要闻部副主任、教卫部副主任等职。

参加上海政协会议期间的刘火子（上海《文汇报》记者臧志成摄）

刘火子印象

20世纪60年代初，我进《文汇报》当记者，刘火子是副总编辑，分管夜班编辑工作，长年做夜班。我们当记者的写了稿子，交给部门编辑，编辑修改后排字，然后交给部主任，由部主任签字发往夜班编辑部。因此，除了开会，我很少有机会和身为副总编辑的刘火子见面。但对他的印象还是有的：高大的身材，夏天穿纺绸短袖衫，冬天穿中装棉袄，围着很长的手编羊毛围巾，衣服都是很宽松的。我偶尔也去夜班编辑部探头探脑，只见刘火子坐在皮的转椅上，衔着烟斗，面前两排相向而坐的编辑，手握红色毛笔，在埋头编着版面。中国研制的返回式遥感卫星首次成功返回地球，刘火子写了一首诗，记得其中有一句“轻轻地软着陆”，深得大家的欣赏。当时一位老编辑告诉我，刘火子是诗人，抗战时就写了许多诗，那位老编辑还能背得出他的诗句。

1957年，毛泽东当着徐铸成的面表扬《文汇报》说：“你们《文汇报》实在办得好，琴棋书画，花鸟虫鱼，真是应有尽有。编排十分出色。我每天下午起身，必先看《文汇报》，然后看《人民日报》，有空再翻翻别的报纸。”毛泽东所说的“琴棋书画，花鸟虫鱼”、“应有尽有”是《文汇报》“彩色版”的内容，毛泽东所说的“编排十分出色”，正是出自刘火子的设计。在写《毛泽东与文汇报》时，我采访了几十位“老文汇”，我把他们的回忆写在书中：“‘彩色版’是《文汇报》复刊后创办的寓知识性、趣味性、娱乐性于一体的副刊，在复刊前，徐铸成访邓拓时受到邓拓谈话的启发才产生的念头。”“还是在办《教师报》的时候，准备返沪的‘老文汇’人马就在酝酿如何办这样一个副刊。副总编刘火子把大捆的法国《人道报》翻来覆去，想吸取其编排上的一些新招。他主张这个专刊可以在周末出版，以丰富知识分子业余生活为主要内容。据参加创刊编辑容正昌（黄裳之弟）说：‘刘火子谈的，我们都感到非常新鲜，因为那时什么知识性、趣味性这类提法还没有听到过。’”

“彩色版”是《文汇报》的一个组成部分，它还是在追求摆脱苏联的办报模式及新闻中的教条主义，冀望有所突破。“彩色版”所涉及的内容，即使以今天的眼光来看，也称得上是丰富多彩，琳琅满目。如文体方面，有漫谈水上运动、怎样划船、给初学游泳者、谈打猎、谈踢毽运动、国际象棋的门径、漫谈围棋、风筝这一门艺术、怎样请女伴跳舞。影剧曲艺方面，有京剧老艺人萧长华、荀慧生、郝寿臣谈角色表演、摄影生活、银幕后的战斗、动画今昔谈、评弹的表白。园艺饲养方面，有养花、盆栽的趣味、插花的艺术、怎样欣赏山水盆景、金鱼乐、金丝雀的饲养。生活方面，有食品的调制、品茶、名菜介绍、缝纫、服装设计、妇女头发装饰。其他尚有世界珍闻、科学小品、游记、掌故、历史传说、雕刻、工艺美术、集邮、书法、装饰、家具等。据老报人回忆，刘火子不但是“彩色版”的策划者、创刊者，也参加具体选题的制定。

毛泽东称《文汇报》“真是应有尽有”，那是恰如其分的评价，毫无夸大之词。

从进文汇报社直到1966年“文化大革命”四五年的时间里，我和刘火子都没有什么交流，只是偶然在编辑部会议上看到，他很少讲话，讨论问题时，我也很少发表意见，应该说彼此是陌生的。“文革”开始，刘火子即被隔离审查，编入“大班子”，去了“五七”干校，又到工厂去“锻炼”，我们就没有再见过面。1975年，刘火子突然来到我家，他那高大的身材，我那小屋几乎装不下他。他说是来看画的。的确，整个“文革”期间，我除了按时上班干活，其余时间都花在玩画上。他看到画，两眼发亮，很兴奋的样子。后来，他又让我到他家去，看了他收藏的齐白石作品，知道他喜欢的是哪一路的艺术。再以后，我就陪他去拜访了来楚生、朱屺瞻、唐云，为他要了几张画。再以后，我们就成了玩友。谢稚柳为我画的《塞上马群图》，可以说闻名沪上，1976 年，我要付诸装裱时，请郭绍虞、王蘧常、陆俨少、启功、唐云及沈尹默的夫人褚保权作题，也请火子题了一段，语云：

故乡塞外，走遍天涯。毫不利己，一心为他。

战士之友，浑身是胆。硝烟弥漫，方向不差。

劳有伙伴，敢挑重担。征途万里，坚韧不拔。

稚柳先生画马，勃勃有生气，放牧草原，千姿百态，跃然纸上，为歌一首以颂之，即奉郑重同志教正。刘火子 一九七六年春

钤齐白石刻“火子”白文印，“刘”朱文印。

1977 年以后，陈虞孙和刘火子率领《文汇报》一批编入“大班子”的编辑记者去创办大百科全书出版社上海分社，火子任副总编，负责创刊《中国百科年鉴》并任主编，我也忙了起来，奔赴全国各地采访，我们也就很少有见面的机会了。

郑 重

2011 年 8 月 16 日于百里溪

郑重（1935 ~ ）：高级记者。1961 年进上海《文汇报》工作。

铁肩担风云 妙手写新诗

火子辞世已经一年多了，他的音容笑貌依然历历在目。我在1984年初回上海后，我们曾同处一室，在一起谈工作，一起审稿，一起谈诗论文，一起接待来访的客人，时时可以听到他那畅快的谈吐和爽朗的笑声，当时，他作为《中国百科年鉴》的创办人和首任主编，对年鉴的内容和编排形式，都花费了大量心血。他对待工作的严肃和认真，他作为老新闻工作者长期锻炼出来的敏感和卓识，都给我留下了深刻印象。

尽管火子大半生都在从事新闻工作和编辑工作，然而以其性格和气质而论，在本质上是一位不失其赤子之心的诗人。他胸怀坦荡，嫉恶如仇，胸无城府，待人以诚。他比我年长十六岁，我们确实一见如故。当他病重入院，医生不允许他继续工作时，他就放心地让我接替他主持年鉴的编辑工作。

火子在30年代就开始写诗，终其一生，可以说和诗结下了不解之缘。在繁忙的工作之余，他总是忘不了心爱的诗，不肯停下写诗的笔。除了十年动乱期间，当时整个中国诗坛都喑哑了，身受迫害的火子自然不能例外。直到晚年他卧床不起时，我到医院去看他，他还和我谈到他想写诗，当时我只劝他先治好病，养好身体再说，没有和他谈下去，现在想来，反而觉得是个遗憾了。

火子的诗，现存长短篇共60余首。大部分写于建国之前，即抗日战争和解放战争时期。当时，他直接投身于争取民族解放和人民解放的火热斗争之中，因而对于火子来讲，诗不仅是诗人感情的流露和人格的再现，而且还必须服从并服务于革命和建设事业的需要，是战士的呐喊、拼搏者的心声。

火子的诗，就像他的为人一样，是非分明，爱憎热烈，真诚热情，敦厚正直。他不惯于身边抒情，不惯于温言细语、低回婉转。他始终紧跟着时代的脚步，关注着祖国的前途和人民的命运。他的诗神不是面色苍白、软语温存的淑女，而是敢于冲锋陷阵、直吐胸臆的奋起者。某些习惯于莺歌燕舞、浅斟低唱的人们大约不会喜欢火子的诗，因为他的诗是属于另一些人和另一种世界——战斗者和奋起者的世界。

火子 1937 年 9 月写了一首题为《热情的祖国》的诗，他在诗中呼唤并祝福祖国在血与火中奋起。这种对祖国的深厚的爱，贯穿于他的全部诗作，成为他的诗作的基调。他的最后一首诗写于 1984 年，题为《奋起者之歌》，他在诗中回顾了祖国百余年来多灾多难的历史。在建国之后才摆脱了一身屈辱，而在历史的新时期才有可能走向富强，成为发光体和革命的最强音。在当前的中国正在奋起的 90 年代，重读这些诗句，我感到这不仅是火子留下的诗的遗嘱，也是他深信我们伟大祖国定会有光明未来的诗的预言。

火子辞世时，我曾写过一首悼诗，转录于此，以作本文之结：

人间一男儿，不愧火之子；
烈焰烧邪恶，爱国显英姿。
铁肩担风云，妙笔写新诗；
前景美如画，斯人独早逝！

罗 洛

1992 年 5 月 1 日

罗洛(1927 ~ 1998)：诗人、翻译家、散文家。曾任中国科学院兰州图书馆馆长，中国大百科全书出版社上海分社党委书记、社长、总编辑，编审。上海市作家协会第五届理事、常务副主席、主席，上海编辑学会副会长，上海国际笔会中心书记等职。

1989 年《中国百科年鉴》举行创刊十周年座谈会。其时，刘火子正患病住院，仍抱病出席，罗洛（右）亲切致意。

《中国百科年鉴》创刊十周年座谈会上，大百科分社领导汤季宏（右）向抱病出席会议的刘火子致以热情问候。

从诗人到新中国年鉴事业奠基人

喜闻刘火子先生的后人正在编辑出版有关刘火子的作品集，倍感欣慰。

20世纪30年代初，香港新文学尚处于萌芽期，刘火子先生已在香港多家报刊发表文学作品和诗歌评论，尤其是他创作的新诗，聚焦于社会贫富不均的现状和下层平民百姓的疾苦上，在当时是难能可贵的。之后，他作为目前所知香港报界唯一被正式派往前线的战地记者，在南方抗战前线采访一年半，亲临大捷后硝烟未散的昆仑关，民众为阻延日军入侵而掘破自己亲手修筑的滇缅公路现场，发回报道。

在撰写前线通讯的同时，刘火子先生还用诗歌表达爱国激情，这些诗歌取材独特，有血有肉，全民抗战的激昂气氛扑面而来。《热情的祖国》和《笔》等诗作曾以显著位置刊登于茅盾、巴金创办和主编的《烽火》文学杂志；《阴郁的书简》发表在端木蕻良主编的《时代文学》上，产生很大影响，在20世纪三四十年代诗名远扬，人称“诗人火子”。此后数十年，虽经历战争和流徙，刘火子先生始终以饱满的热情和写实的风格致力于诗歌创作，自1934年发表第一首诗歌到1984年创作最后一首史诗性长诗《奋起者之歌》，写诗历程跨越五十年。

刘火子是文字工作者，一生在诗歌创作、新闻采写和年鉴编辑方面都有建树。余生也晚，在他写诗的高峰期，我尚未出世。这次其后人将他的数十首代表性诗作集零为整。读完这些诗，我深受教育，同时感到是一次极好的享受。刘火子的诗具有丰富的想象力，充满深刻的人生哲理。在战争年代，他的诗，对侵略者是炸弹，对人民是号角。他坚持"艺术是属于人民的"理念。他表达了香港民众的心声，同时也成为中华民族的代言人。

我认识刘火子先生始于1978年筹备中国大百科全书出版社上海分社时，也就是刘火子先生从事文字工作的最后十年。在这之前，我早

20世纪70年代末，《中国百科年鉴》创刊初期，刘火子（左）与编辑部同志一起到位于安徽绩溪的海峰印刷厂查看排版质量。

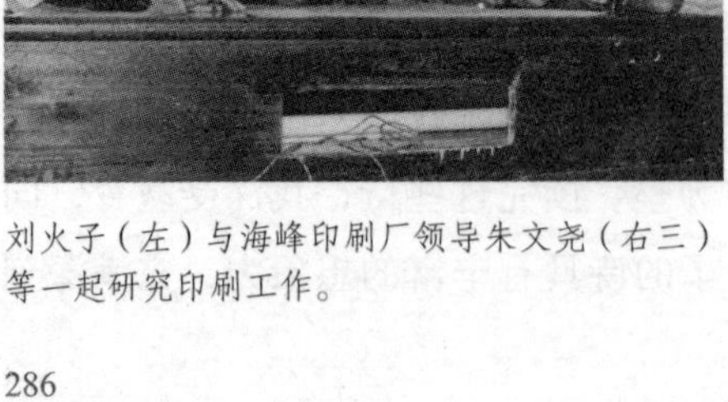

刘火子（左）与海峰印刷厂领导朱文尧（右三）等一起研究印刷工作。

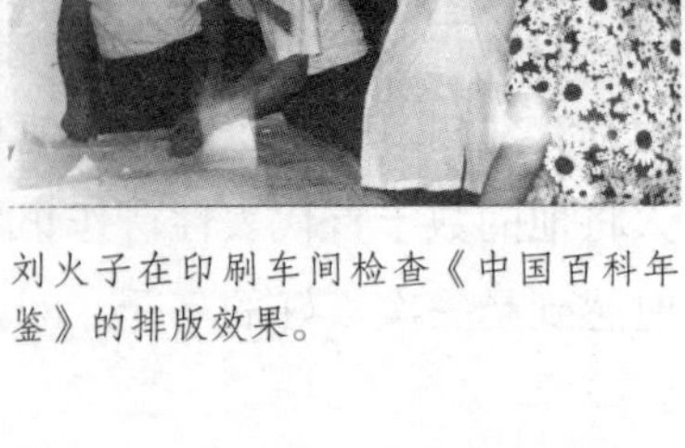

刘火子在印刷车间检查《中国百科年鉴》的排版效果。

刘火子在印刷厂签稿样。

刘火子与年鉴编辑在审样。

刘火子负责创刊并主编的《中国百科年鉴》（1980 年版）。

1989 年刘火子在夫人金端苓陪同下出席生前最后一次公开活动——《中国百科年鉴》创刊十周年座谈会。

1984 年大百科全书出版社上海分社成立六周年，社领导班子总编陈虞孙（右三）、社长汤季宏（左一）、副总编刘火子（右二）、副总编王元化（右一）与全体员工欢聚庆贺。

已久闻这位上海文汇报副总编的大名，可是一直没有机会聆听他的教诲。1978、1979年，分社设在上海人民广场大楼，即现在上海市政府、市人大的所在地。刘火子是上海分社的领导成员之一，我是普通编辑，于是，我们得以天天见面。

大百科全书被称为“没有围墙的大学”，是汇总前人长期积累的科学文化成果的权威性书籍，而中国历史上尚未编辑过同类的书籍，即使国外出版的大百科全书，对中国内容的描述，也错误颇多。于是，刘火子怀着极大的热情，离开他工作几十年的新闻媒体，全身心地投入到他认为非常有意义的大百科全书的编辑出版事业中去。

当时计划大百科全书第一版用十到十五年时间按学科分卷陆续出版，内部力争十年出齐。那么，如何把当今日新月异的学术成就告诉读者？难道要等到十五年后，才一次性告知人们吗？显然这是不现实的。再说，大百科各卷第一版的出版时间是有先后的，如何能在一卷之中让人看到各个门类的新进展？于是，大百科全书总、分社的领导，包括刘火子先生，商量决定由分社编纂“百科年鉴”，每年出版一卷。如果说，分科的大百科第一版是“经线”，那么，不分科的“百科年鉴”便是“纬线”。这样，经纬交织，知识的覆盖面广，传播的速度也快。

总社总编辑姜椿芳征得邓小平同意后，于1979年决定编纂一部反映1979年中国各方面最新进展的《中国百科年鉴》。这在当时而言，不仅时间紧，而且经验少。在中国，“文革”前只出版过限于国际范围的年鉴，而且早已夭折。此外，还有一套类似年鉴的手册，可是，手册毕竟不是年鉴。年鉴工作启动时，各方面都鲜有借鉴。作为年鉴主编的刘火子带领编辑部全体同仁，反复讨论框架。框架定下来以后，他又亲自带领大家向自然科学界、社会科学界、文学艺术界组稿，向中共中央、国务院、中央军委以及各省市办公厅组稿。稿子来了以后，他又与大家一起夜以继日、日以继夜地编辑加工稿件。需要加载史册的人和事很多，可书只能是一卷，因此篇幅不能膨胀。刘老要求编辑们“削甘蔗、挤水分”。最终，仅半年的工夫，一部高密度、大容量的《中国百科年鉴》，便于1980年春夏之交与广大读者见面了。它的问世顿时引起海内外注目。很多专家学者称赞这部年鉴是“集万卷于一册，缩一年为一瞬”，是“昨天的记录，今天的镜子”。中央领导还把这本年鉴作为外交礼品赠送给外国友人。

盛世修史，许多部门、许多地区都有编年鉴的愿望，可是他们也同样缺乏经验，纷纷来《中国百科年鉴》编辑部讨教，包括解放军也来咨询。为了满足各方的愿望，《中国百科年鉴》编辑部主办了一次年鉴研讨会，与会的有六七十人。上海市委副书记夏征农到会讲话。分社总编陈虞孙和副总编刘火子的发言，得到与会者的赞同。这样，作为年鉴先行者的《中国百科年鉴》，很自然地成为了中国年鉴事业的中心。后来在合肥又举办了第二次年鉴研讨会。国家新闻出版署还批准在上海成立了“全国年鉴研究中心”。从1980年到1987年，刘火子一连主编了八部《中国百科年鉴》，直到他病倒入院。

诗人刘火子成了新中国年鉴事业的奠基人。新中国年鉴事业的奠基人原来是在香港早期文坛上有名的大诗人。

邓伟志

2010年2月12日

原文系作者为《纹身的墙——刘火子诗歌赏评》（2010年12月香港天地图书有限公司版）所作序言，刊于2010年7月18日上海《文汇报》。

邓伟志（1938～　）：曾任中国大百科全书出版社上海分社编委、编审，《中国百科年鉴》社会科学组组长，全国年鉴研究中心副秘书长。第九、十届全国政协常委，民进中央副主席，中国社会学会副会长，上海辞书学会副会长，上海市作协理事。现为上海大学教授、博导、上海市科协委员。著有六卷本《邓伟志文集》。

怀火子

夜雨巴山，忧患相扶，几见榘才纾国难；
星沉黄浦，甘辛忆旧，长留风范耀文林。

这是一对挽联，是得到刘火子兄辞世的不幸消息之后，百感交集，追念他的音容及往事而写下的，算是含泪寄托了一点哀思。

屈指算来，与刘火子的友情已逾半个世纪了。记得初识于抗日战争初期，那时是文化人云集桂林的年代。他是从香港避难到桂林的，以诗人身份参加了《广西日报》工作，而我到桂林时也是投身文艺活动，在几次集会中与他会面，从此缔交的。当我于 1942 年转入《大公报》任记者之后，两人的友情也与时俱进。

火子的身材高大，可以用魁梧一词形容，一支雪茄烟斗常衔口中，很有一点绅士派头，说起话来带有浓重的粤语口音，外江人却不难听懂。当年的桂林可称为文化城，火子也是以文化人的姿态，用笔如剑参加了抗日战争活动的。

火子的诗作，是受西方现代派影响的，他在香港年代就与诗人戴望舒相识，那时是他的诗创作旺盛的年代。太平洋战争起后，逃难到了桂林，也仍然写诗，他是胡危舟主编的《诗创作》的作者之一，也是胡明树、韩北屏、鸥外鸥、周为、洪遒合编的《诗》刊的作者之一。

在桂林，值得追忆的是西南戏剧展览的时候。1944 年由田汉、欧阳予倩、熊佛西领导策划的西南七省戏剧展览在桂林举行，这是检阅抗战戏剧的一次规模巨大的剧展。在西南剧展筹委会中，火子与我都担任了宣传部的工作。

火子在西南剧展中活跃、操劳，斗志昂扬，投身于沸腾的洪流之中。西南剧展的高潮是参加保卫湘北的爱国捐款大游行，参加西南剧展的演员、文化界人士都踊跃走上街头，刘火子也站到前头。抗日救亡口号响彻云霄，个个热血沸腾。

但是湘北终于保不住了，日寇沿冷水滩扑向桂林，1944年深秋时分，桂林面临大撤退，兵荒马乱的情景，真是触目惊心。火子奉《广西日报》当局之命，与记者陈子涛率领员工向平乐方向撤退。[①]我在桂林车站看到他背着行囊，持着手杖指挥民工搬运行李，我们于匆忙中作了话别，就分手了。

我们是在重庆再见的。火子先我到达重庆，已应聘参加《商务日报》工作。这家报纸是四川财团康心如等创办的，代表地方的开明势力，与国民党政府并不尽和谐，因此《商务日报》容纳了一些中共地下党员担任重要职务，如今已知名的如杨培新、钦本立、梁柯平等都是。

重庆是国民党政府所在地，处于西南大后方，对日抗战并不尽力，只想保存军队实力以对付中共，因而失地千里。日军沿黔桂铁路进攻独山，重庆震动了，一度酝酿迁都西昌，当时的评论家讽刺国民党是打算躲到堪察加去。我们新闻界中倾向民主进步的人士受《新华日报》的影响，常常联合起来揭发蒋宋孔陈四大家族的亲信凭借特权进行掠夺财富的行为，火子是积极参与的一个。当时以《大公报》、《国民公报》、《新民报》、《商务日报》的进步新闻从业人员成为团结的中坚力量，向国民党破坏国共团结合作、坚持对日妥协、实质是反共的政策作斗争。当年的中苏文化协会是大家聚会的地方。

1945年，艰苦的八年抗日战争取得了胜利。1946年2月10日，

① 据刘火子回忆，当时向宜山方向撤退，并于平乐有短暂停留。

重庆各界人民在较场口举行庆祝政协成功大会，却遭到国民党特务捣毁会场，打伤郭沫若、李公朴等六十多人。重庆新闻界是目击暴行的证明人，大家都愤怒极了，于是在中苏友好协会召开紧急会议商讨对策，火子参加了，且被推为起草向国民党抗议声明人之一，我记得他当时义愤填膺，坚决主张揭露惨案真相。第二天，重庆各大报刊登了数十名记者的联合声明，把国民党的阴谋彻底揭露出来了，这是争民主、争和平、争自由的表现，火子是不愧为战士的。

继政协会议之后，和平谈判不绝如缕，国民党政府迁回南京，火子也离开重庆去了上海，他到上海又参加了《文汇报》，从此我们分手了。

内战全面爆发了，上海《文汇报》被封闭，1948年火子来了香港，参加香港《文汇报》创办后的工作，我由重庆国民党的监狱出来，辗转调来香港，在香港又与火子会面了。他已与金端苓结婚，有情人终成眷属，这时的火子虽仍然穷困，意气却是风发的。当解放大军横渡长江，全国已临解放的形势，火子又重奔江南，我则驻守广州，大家感到的是“不若相忘于江湖”的自由了。

火子这许多年都在上海，曾经历次政治运动，其中金仲华先生于“文革”十年的冤死，也令他与端苓等受到株连，幸而无恙，但是健康受损。他担任大百科全书分社副总编时，曾以每次出版的书寄赠，他也曾写过叙事长诗寄来给我在《文艺周刊》上发表。后来他病了，有好几年在仁济等医院治疗，我几次到江南，都去医院探望他，见到我他就很激动，虽然说话已不清晰了，却握着我的手不放，有悲喜交集的感情。

在火子患病期间，黄立文兄是常在病榻前与火子共话的一位老友。立文与火子数十年交谊，也是上海《文汇报》同事，他最了解火子病情的变化，常于长途电话或书简中详述火子的病情。当火子知道我去加拿大时，就是在病中也通过立文转达关念，令我感动得掉泪。如今，火子离开尘世了，离开老朋友了，综其一生，是革命诗人，是出色的新闻战士，是可以俯仰无愧于人民与祖国的。只是回首重庆时代的友情、往事，难免有“江湖侠骨已无多”之叹了！

火子兄，安息吧！

曾敏之

原文刊于 1990 年 11 月 31 日《中国城市导报》

曾敏之（1917～　）：抗战期间参加中华文艺界抗敌协会，历任《大公报》记者、采访主任，暨南大学教授。20 世纪 7 0 年代后任香港《文汇报》副总编辑，组建香港作家联会并任会长。

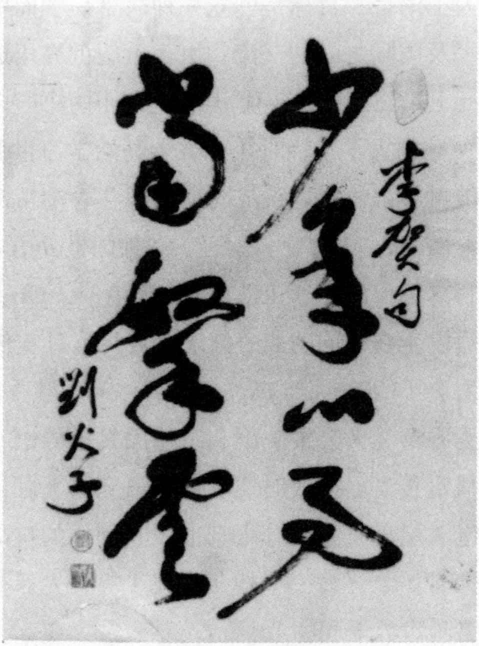

刘火子晚年对书法颇多研习，此为 1984 年五四青年节大百科全书上海分社“百科艺术展览”上展出的刘火子书法：少年心事当拏云。

刘火子的世界语情结

今年是著名新闻出版工作者、诗人刘火子同志诞辰一百周年。他一生在诗歌创作、新闻采写和年鉴编辑方面都有建树。刘火子还是我国世界语界一位著名人士，有关他在世界语方面所做的工作以前鲜见报道。但刘老一生对世界语运动，特别是对上海世界语运动的发展所作出的贡献，不能不让人感动和尊敬。

世界语是1887年波兰医生柴门霍夫博士（L.L.Zamenhof）创造的人工语言，目标是创立一种简单易学而中立的语言，用来促进世界和平及国际之间的交流。由于希望世界语成为人类互相了解的桥梁，因此上世纪三四十年代世界语受到中国进步文化人的热爱。

刘火子年轻时代在香港开始学习世界语，并与曹乃飘一起组织香港世界语协会。抗战时期，他在香港帮助著名匈牙利世界语者布朗恩（Braun，中文笔名蔡岩）和韩国世界语者安偶生（Elpin）搜集中文资料，编辑世界语刊物《远东使者》（*Orienta Kuriero*），向世界客观报道发生在中国的战争情况，进行抗日宣传。1940年他曾任国际世界语协会（Universala Esperanto Asocio）驻香港代理员。同年12月15日，为香港《大公报》副刊组稿编发世界语专版，发表文章《世界语与抗战宣传》。抗战时期从世界语刊物上翻译大量诗歌、散文，发表在香港《星岛日报》等报刊上。其创作的抗战诗歌如《公路》、《不死的荣誉》、《海——赠艾青兄》等，先后被翻译成世界语，发表在世界各地世界语刊物上。

1962年中共中央宣传部和对外文委专门讨论世界语工作，为加强世界语工作发了专门文件。据此,1963年底上海世界语小组成立。小组由刘火子、王亚朴、先锡嘉三人组成，办公地点设在华东师范大学。在上海世界语小组领导下，1965年来自上海华东师范大学、上海外国语学院和复旦大学的教师编写了上海高校世界语课本。

遗憾的是，世界语工作刚刚开始出现蓬勃发展的势头，就遭遇了“文化大革命”的冲击。直到党的十一届三中全会后，上海的世界语运动才和全国各地一样出现了前所未有的喜人形势。1979年8月，中华全国世界语协会在北京召开了第二次全国世界语工作座谈会。刘火子和先锡嘉代表上海参加了座谈会。会议总结了新中国以来世界语工作的经验教训，研讨了当时形势，明确了新时期的任务，制定了新时期世界语运动的方针：“以世界语为中国的改革开放、国家的现代化和世界和平服务”。

会议后，刘火子专门向上海市委宣传部和上海市哲学社会科学学会联合会写了报告，提出了上海贯彻落实第二次全国世界语工作座谈会精神的具体方案。上海社联于1980年6月21日召开了上海市世界语工作座谈会。会议分析了上海世界语运动的形势，确定了新时期上海世界语工作的方针、任务。出席会议的有上海新老世界语者四十余人，大家一致同意成立以刘火子为召集人的上海市世界语协会筹备小组。座谈会后，上海一些高校陆续开设了世界语课。经过刘老两年多奔走筹划，在上海市委和市社联领导的支持下，1982年11月11日上海市世界语协会正式成立。市委和市社联领导陈沂、罗竹风等到会讲话。大会选举刘火子为协会会长，巴金为名誉会长。会上还宣读了巴老的书面发言“我的心愿”。

我自刘老1982年出任上海市世界语协会首任会长后不久，就有幸一直在他直接领导下从事上海世界语工作，耳闻目睹了他对世界语工作认真踏实的工作作风，以及爱憎分明的高尚品德。他是我世界语工作的领路人，也是我的良师益友，我今天在世界语工作中所取得的成绩，都离不开他当年对我的谆谆教导和热情细致的帮助。每当回忆起和刘老生前相处的日子，我都难以用言语表达我对刘老的缅怀和感激之情。

协会成立后不久，刘老特别关心培养年轻世界语者。每次在协会开设的世界语班举行开班仪式和结业仪式时，他都不顾工作繁忙和年事已高，兴致勃勃地赶来参加，并发表热情洋溢的讲话，鼓励年轻朋友努力学习世界语。为巩固和提高世界语学员的语言水平，刘老要我组织已在学习班结业的学员，定期举行世界语的沙龙活动，互相学习，交流学习方法和学习心得。有时间他还亲自参加，和学员们共同交流。

1982年11月11日上海市世界语协会成立大会，刘火子当选首任会长。主席台右四刘火子，右三陈沂，右二罗竹风，右五陆诒，右一先锡嘉。

上海市世界语协会举办第一届世界语基础班结业式，刘火子向学员颁发结业证书。

1986年7月刘火子（中）赴京参加第71届国际世界语大会，与参会代表合影。

刘火子与本文作者汪敏豪在第71届国际世界语大会举办地合影留念。

刘火子（右）与国际世界语协会总干事米洛耶维奇（中）合影。左为汪敏豪。

刘火子（中）与北美世界语协会会长哈蒙（右）交谈。

刘火子与来沪访问的外国世界语学者交流。

外国世界语学者来沪访问，刘火子代表上海世界语协会热情欢迎。

按刘老的说法，我们要多听听年轻人的想法。同时，刘老还不定期地邀请世界语班的任课教师到他家里，讨论授课计划，了解学生的学习情况，关心教师的工作和健康情况。世界语教师都是兼职的，平时工作都很忙．但只要听到是刘老召集开会，大家再忙也都想法安排时间参加，不想错过和刘老交流的机会。

为迎接 1986 年 7 月在我国北京召开的第 71 届国际世界语大会，刘老提议举办本市涉外单位干部的世界语培训工作。他亲自和市外办及有关局领导协商并取得同意和支持后，1985 年由上海世界语协会主办了一期本市涉外干部世界语培训班。来自本市旅游、海关、边检、机场、宾馆、公安、宗教、安全等各涉外部门的六十多名干部参加了为期一年的世界语培训。协会安排了教学经验丰富和世界语语言水平较高的老师授课。事实证明这项培训工作非常及时和正确。这些干部在第 71 届国际世界语大会前后共同参加了有六百多名各国世界语者来沪访问的接待工作，发挥了很重要的作用。他们热情的接待和流利的世界语口语，给各国来宾留下了深刻的印象。

除了抓紧培养年轻世界语者，刘老还非常重视协会的对外学术文化交流活动和外事接待工作。世界语协会的重要工作内容就是开展与世界各国世界语者之间的民间交流交往工作。上海世界语协会自成立起，刘老就叮嘱我们把开展世界语学术文化交流活动作为协会的一项主要工作。在他的领导下，协会先后邀请了国际上许多著名的世界语学者来上海进行学术交流，每次刘老都会安排时间会见来访的重要客人。我们的对外交往交流工作都取得了很好的效果。而在每次接待前，刘老会要求我尽可能多地了解外宾的情况，拟定周密的接待计划，报上级领导部门审定。平时刘老常常给我讲的一句话就是“牢记外事无小事，处处要谨慎”，教导我在接待工作中遇到一些把握不准的事情，千万不要自作主张，要及时向上请示，有明确答复后再作处理。刘老这些教诲让我受益至今。在我近三十年的外事工作中，无论是世界语协会的接待工作，还是主持上海社联外事处工作，我都始终牢记刘老的叮嘱，不敢有丝毫的怠慢。记得 1984 年我参加接待日本三千青年访华团工作时，负责接待其中的日本青年世界语代表团。当时日方团长多次向我提出建议，由他们作中间人来沟通中国和韩国青年世界语者之间的联系。当时韩国和我国还没有外交关系，与韩国的交往是个极为敏感的话题。我一面向上汇报，一面耐心地向日本朋友解释我国的有关外交政策，取得他们的理解。为提高我们协会会员的外事接待能力，刘老还联系市外办领导给会员作有关外事接待工作的报告。这保证了我们的外事接待工作得以顺利进行。我们的工作得到有关部门的肯定和表扬，也获得了外国世界语者的赞扬。

刘老和巴金老是一对有共同理想、心心相印的挚友。早在上世纪 30 年代，刘老的诗歌作品就被巴老收入其主编的刊物《烽火》上。巴老热爱世界语，支持世界语运动，在国内外世界语界享有盛誉。他们两人都为上海的世界语运动的发展做出了杰出的贡献。我和巴老的第一次直接接触是刘老安排的。那是 1984 年 11 月 25 日下午，那天刘老给我打电话，要我下班后去他那儿。我到了刘老家后，看到先锡嘉也在。刘老告诉我："今天是巴老八十大寿。请你代表上海世界语协会和我本人去给巴老送个生日蛋糕。我已给巴老打过电话了"。领受了这个任务，我特别高兴，我终于可以有机会见到从儿时起就十分崇拜的偶像了。到了巴老家，是巴老的女儿小林把我引进门的。当时巴老全家正围坐在客厅的圆桌旁吃晚饭。见到我进去，巴老站了起来，向我伸出右手。我赶紧走上前去，双手紧握巴老的手，向他转达了刘老和全体上海世界语者的生日祝福。尽管我感到巴老的手有点凉，但我分明感到巴老对世界语者、对刘老的一片火热的心。巴老问了我的姓名，希望我努力学习世界语，并要我转达对刘老的感谢和问候。怕耽搁巴老用餐，我告辞了巴老和他的家人。这以后，我有好几次陪同外国世界语者和中国报道社的记者去拜访巴老，也请巴老为第一届亚洲世界语大会题词。每次拜访都给我留下非常深刻的印象。

国际世界语大会是国际世界语运动中最大的活动。大会每年举行一次，第一届国际世界语大会1905年在法国召开。除了两次世界大战期间曾一度中断，每年都有两千人左右与会，最多一次达五六千人。

1986年7月，第71届国际世界语大会在我国北京召开。刘老当时已75岁高龄，且身体多病。其夫人金端苓老师劝他不要参加了。刘老说："这是第一次在中国召开的国际世界语大会，作为上海世协负责人，我不能不去。而且我自从学习世界语以来，也是第一次有机会参加国际大会。机会难得，我一定要参加。"刘老率领上海世协代表团不仅积极参加了大会的各项活动，而且还与各国世界语者广泛接触，宣传上海，宣传中国。回上海后，还多次出席协会举办的欢迎外国世界语者访问上海的座谈会。

刘老生病住院期间，还念念不忘世界语协会的工作。每次我们去看望他，他都要问起协会的工作，叮嘱我努力工作，世界语的希望在年轻人身上。

刘老离开我们已有二十多年了，然而我总感到他并没有离我们而去。他的世界语情结还在延续，延续在我的世界语工作中，延续在上海的世界语运动中……

汪敏豪

2011年8月3日

汪敏豪（1945～　　）：世界语副译审。1983年学习世界语后开始在上海市世界语协会工作，曾任协会秘书、秘书长、副会长，上海市社会科学界联合会外事处副处长、办公室副主任等。现任上海市世界语协会会长、上海市外文学会秘书长、上海市社会科学界联合会委员、中华全国世界语协会常务理事。

望云涯引

——悼念刘火子

黄浦江上，秋飔起，晓雾白。霜侵蒹葭，人间顿披寒色，苍苔凝碧，芦花飞如絮。望南海，几许波涛，是君来去处。

凤台人忆，玉箫谱，喜相聚，阖家共语。火子星陨何遽？泪洒西风下。听断筝，益增悲怀，只觉诗坛空如。

端木蕻良

1990 年 11 月 18 日于北京

端木蕻良（1912 ~ 1996）：满族。作家、诗人。新中国成立前夕从香港回到北京。曾任北京市作家协会副主席，中国作家协会理事。代表作有长篇小说《科尔沁旗草原》、《曹雪芹》等。

挽刘火子

热爱人民歌咏自有意，呕心挥写万千行，后继莫忘火子；
静观尘世散聚本无常，屈指久违廿二载，泉台又晤金公[1]。

郑拾风
1990年11月

郑拾风（1920～1996）：作家、剧作家、杂文家、新闻工作者。中国作家协会会员，中国戏剧家协会会员。上海戏剧家协会理事，上海杂文协会顾问。

刘火子（前左三）夫妇与40年代在重庆一起从事新闻工作的钦本立（前右一）、陆诒（前左二）、郑拾风（后左一）、唐海（后右三）、冯英子（后右二）等摄于80年代中期。

① 金公：指刘火子夫人金端苓的兄长、国际问题研究专家、原上海市副市长金仲华。他于1968年被“四人帮”迫害致死。

附　录

刘火子生平简介

刘火子，新闻出版工作者、诗人。生前系中国大百科全书出版社上海分社副总编辑、编审、离休干部。曾任香港《文汇报》总编辑，上海《文汇报》副总编辑。上海作家协会会员，中华全国世界语协会名誉理事，上海世界语协会首任会长、名誉会长，上海社会科学学会联合会委员，上海辞书学会理事。曾当选上海市第三、第四、第五届人大代表，上海市第五、第六届政协委员。

刘火子曾名刘培燊、刘佩生，祖籍广东台山，1911 年 8 月 30 日出生于香港。笔名有刘宁、刘朗、火子等，后以火子为名。童年因家境清贫，读完小学后即打工谋生，同时参加夜校学习，努力自学成才。20 世纪 30 年代前期曾在香港数所中小学任教。1927 年大革命失败后，许多内地革命人士撤至香港，从那时起，他受到进步思想影响，逐步走上革命道路。

20 世纪 30 年代初，刘火子开始撰写文艺评论，宣传左翼文学，并发表同情平民的诗歌，而且终其一生，创作了许多反映现实、歌颂进步的诗作，并出版过诗集《不死的荣誉》等。1936 年 11 月，刘火子参加组织香港进步团体联合发起的追悼鲁迅先生大会，任大会执行主席。1938 年参加“港九青年战地服务团”工作，激励了一批港九青年到抗日根据地和延安抗大学习。

自抗战开始至“文革”为止，刘火子一直从事新闻工作。他把一生最重要的年华、最主要的精力贡献给了进步的新闻事业。

抗日战争期间，刘火子先后在香港《大众日报》、《珠江日报》任记者、战地记者，深入华南前线采访，写下了许多揭露日寇暴行，抨击国民党腐败统治的通讯报道和诗歌、散文。太平洋战争爆发后，他从香港到韶关，任《建国日报》编辑，后到桂林任《广西日报》采访部主任、《广西晚报》主编，继续以笔代刀，激励民众抗战士气。湘桂大撤退后他到重庆，进《商务日报》工作。

1946 年 2 月 10 日，国民党反动派在重庆制造了震惊中外的殴打李公朴、郭沫若等进步民主人士的“较场口血案”，国民党中央社作了颠倒是非的报道。刘火子挺身而出，与石西民、浦熙修、高集、毕群五人代表重庆各报进步记者四十二人起草了《致国民党中央社公开信》，指责该社捏造事实，歪曲真相，并提出强烈抗议，呼吁保护人权，维护民主。体现了一个坚持真理、热爱真理的新闻工作者的正义感，由此被报社开除。随后因国民党追捕，刘火子到了上海。1946 年 4 月起在上海《文汇报》负责编辑本市新闻版，全面反映上海各界人民反对内战、要求和平，反对独裁、要求民主的斗争，使该版成为《文汇报》进步内容的重要部分。1947 年 5 月，上海《文汇报》被国民党反动派查封，他被追捕后逃往香港。在中共地下党支持下，为《新生晚报》编辑“新闻之钥”副刊，继续揭露国民党罪恶统治，分析解放战争形势，激励广大读者。1948 年，刘火子参与创办香港《文汇报》，先后任编辑主任、总编辑。在香港地下党的领导下，执行党的宣传方针，组织报道解放战争的胜利消息和国民党在香港许多机构起义的情况。这些报道引起了连锁反应，对港澳同胞及海外侨胞起了重要的团结作用。

1951 年 6 月，刘火子回上海任《文汇报》副总编辑，直至“文化大革命”被迫中止工作。在此期间，他主要分管版面工作。为了革新版面，他悉心研究国内外报纸的特点，开创了我国横排报纸八栏编排法，这种编排形式后来为全国报纸所普遍采用。1952 年 9 月，刘火子随第二届赴朝慰问团到朝鲜慰问采访。1956 年加入中国共产党。

“文化大革命”中，刘火子虽然受到迫害，但仍坚持革命信念。当强加在他身上的一切诬蔑不实之词被彻底推翻后，他又满腔热忱地负责《文汇报》其他同志冤假错案的复查，以实事求是的精神，为蒙冤同志的平反做了许多工作。

1978年，刘火子调到新创办的中国大百科全书出版社上海分社任副总编辑，负责创刊中国第一部大型综合性年鉴——《中国百科年鉴》。他从调查研究国外百科年鉴入手，在确定编辑方针、拟定框架栏目、设计版面图表、物色撰稿人员上倾注了大量心血，甚至在病床上还批阅文稿。为方便读者检索，他还首次在年鉴中采用了内容分析索引的编排方式。自1980年起，他连续主编了八部《中国百科年鉴》。《中国百科年鉴》的出版在国内外受到普遍好评，推动了中国年鉴出版事业的蓬勃发展。

刘火子还积极参加社会活动。自20世纪30年代初学习世界语后，他终生为这一增进各国人民友谊、促进世界和平的语言而奋斗。“文革”后，他积极团结上海世界语工作者，于1982年组织重建上海世界语协会，并任会长，多次会见国际“世协”领导人和世界语专家。1986年他不顾七十五岁高龄，率领上海代表团赴京参加有四十八个国家与会的第71届国际世界语大会。

刘火子一生追求进步，热爱祖国。他对工作精益求精，勇于创新；对同志真诚热情，平易近人；为人忠厚正直，富于正义感；生活俭朴，勤劳乐观。他的一生体现了中国革命知识分子所走过的光明而又艰辛的道路。

1990年11月5日，刘火子因病在上海逝世，享年七十九岁。

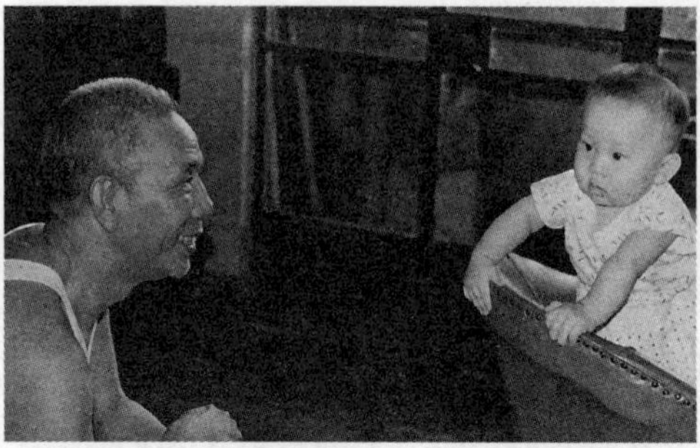

含饴弄孙。刘火子与外孙焜焜（上图）、炘炘（右图）摄于80年代初。

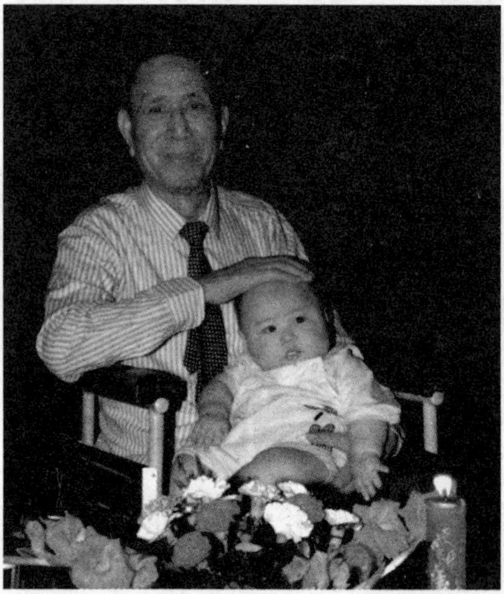

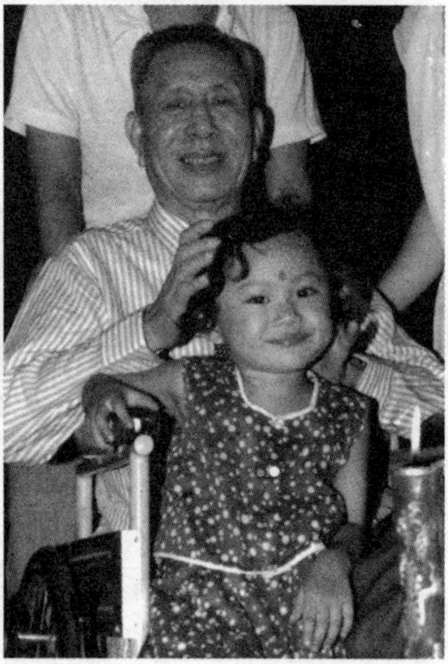

刘火子与孙子觅之（左图）、外孙女焰焰（右图）摄于80年代末79岁寿辰。

刘火子作品年表

作品名称	写作 / 发表年月	所载报刊
一、诗歌		
最后列车	1934.9.1	香港《今日诗歌》创刊号
都市的午景	1934.11.23	香港《南华日报》
当春天重到人间	1934.11.24	香港《南华日报》
归宿	1934.12.9	香港《南华日报》
热情	1934.12.10	香港《南华日报》
夜	1934.12.15	香港《南华日报》
晨兴	1935.2.9	香港《南华日报》
新岁	1935.2.15	香港《南华日报》
热情的祖国 *	1938.5.11	广州《烽火》旬刊第 14 期
中国万岁！ *	1938.10.26	香港《星岛日报》
	1939.1	桂林《文丛》第 2 卷第 5、6 期合刊
中国的黎明 *	1938.7	香港
棕色的兄弟 —— 迎印度救护队来华 *	1938.8	香港
笔 *	1938.10.1	广州《烽火》旬刊第 19 期
公路 *	1939.7.2	香港《星岛日报》
他卖梅毒膏药 —— 摹一个汉奸的形象	1939.7.26	香港《星岛日报》
晚祷 *	1939.7.26	香港《大公报》
海 —— 赠艾青兄 *	1939.8.10	香港《星岛日报》
海灯 *	1939.8	香港
别 *	1939.8.12	香港《星岛日报》
烽火抒情 *	1939.8.24	香港《星岛日报》
寄 *	1939.8.24	香港《星岛日报》
	1939.9.31	香港《大公报》

弟弟去了——寄岛上的霖兄及其幼弟观阳	1939.10.23	香港《大公报》
先知者——记一个梦★（张光宇配图）	1940	香港《耕耘》第 2 期
祝福	1940.1.3	桂林《救亡日报》
井 *	1940.2	桂林
不死的荣誉 *	1940	桂林
荣归他们 *	1940.3	桂林
乔木 *	1940.7.1	香港《大公报》
云起 *	1940.7.10	香港《大公报》
独轮车 *	1940.7.14	香港《星岛日报》
无名英雄之墓 *	1940.7.31	香港《星岛日报》 收入 1985 年重庆人民出版社版《中国四十年代诗选》
纹身的墙 *	1940.7.31	香港《大公报》 收入 1942 年英国出版的《中国诗选》（由萧乾译成英文）
战时色	1940.9.5	香港《大风》半月刊第 74 期
小号手	1940.9.5	香港《大风》半月刊第 74 期
符号的国家 *	1940.10.1	香港《文艺青年》第 2 期
望	1941.1.2	香港《立报》
丐（原名《扫帚》）	1941.4.2	香港《星岛日报》
马	1941.5.31	香港《大公报》
阴郁的书简（六首） 给盲者 给聋者 给哑者 给死者 给肢体残废者 给先知者	1941	香港《时代文学》第 1 卷第 3 期，第 5、6 期合刊
火的拱卫者 —— 高加索，Hercules 回来了	1942.8	桂林
钥匙	1942.10	桂林《诗》第 3 卷第 5 期
俭油车	1945.11.25	桂林《诗创作》第 16 期
信息	1944.2	桂林
问 —— 有赠	1944.3	桂林
桥	1945	重庆《火之源》第 5/6 期
一个恶徒的伏法	1945	重庆
零时	1945	重庆《中国诗坛》 收入 1985 年重庆人民出版社版《中国四十年代诗选》

水影	1946	《书报精华》第 23 期
战争、和平及其他	1946	上海《大公报》 收入 1982 年四川人民出版社版《黎明的呼唤》
大街，你是一切苦难的证人	1946.7.16	上海《清明》第 3 期 收入 1982 年四川人民出版社版《黎明的呼唤》
对话两则 去不去? 你是不是人?	1946.6	上海
一个“英雄”的墓志铭	1946.8	上海
风暴	1948.8.8	香港《华侨日报》
交语——念陈子涛	1949.7	香港
红旗颂（三首）——新中国组曲	1950.9	香港
幸福的赞歌——颂中华人民共和国宪法的诞生	1954.9	上海
金色的名字（又名《礼赞》）	1954.9	上海
我们的最后通牒	1955.2	上海
迎新岁（又名《胜利的年》）	1955.12	上海
欢乐的日子	1956.1.26	上海《文汇报》
雷锋你懂得	1963.3.12	上海《文汇报》
新春放歌	1976.2.1	上海《文汇报》
好！——盛大节日即景	1976.11.14	香港《新晚报》
祖国无处不是诗	1977	《上海文艺》第 2 期
红十月之歌	1977.3.12	上海
一切都过去了！	1977.5.23	上海
早安	1978.2.19	上海《文汇报》
新时代的英烈——献给张志新同志	1979.8.5	上海《文汇报》
二十一世纪畅想	1979.6	上海 为上海作家协会和上海人民广播电台庆祝建国三十周年举办的诗歌朗诵会而作
八月的申江——和浪英兄《五月的代代木》	1979.9.19	上海
冲浪——写在新浪潮到来的时候	1984.4.22	上海《文汇报》
奋起者之歌	1985.8.15	香港《文汇报》

（以上诗歌带有 * 号者，1940 年底由香港微光出版社结集出版诗集《不死的荣誉》）

二、散文、随笔

信号	1938.9.13	香港《星岛日报》
广州的怀缅	1938.11.9	香港《星岛日报》
土地的灾劫与新生	1938.11.25、27	香港《星岛日报》
崇高的恋	1939.11.27	香港《大公报》
旗	1940.3.1	桂林《抗战文艺》创刊号
“饭碗”的故事	1940.5.7	桂林《救亡日报》
邓专员的悲剧	1940.12.15-16	香港《星岛日报》
两个半俘虏	1941	香港《大风》半月刊第 90 期
马票	1941.2.26	香港《星岛日报》
骆驼怎能穿过针眼呢?	1945	重庆《真报》
两个有关女人的故事	1945	重庆
聂绀弩文集《寸磔纸老虎》序	1951	香港求实出版社
征途散记等	1974	上海人民出版社版《五七干校散文集》

三、小说、报告文学

绝望	1933.9.25-10.27	香港《天南日报》(连载 19 期)
唐北辰的疯症	1935.3.20-4.1	香港《南华日报》(连载 7 期)
射击	1940.9.30	香港《大公报》
中将排长	1941.10.25	香港《星岛日报》
猪的战争	1946.9.1	上海《文艺复兴》9 月号第 2 卷第 2 期
清算	1947.1.22	上海《文萃》第 15、16 期合刊
	1947	《书报精华》第 26 期

四、评论

诗话:中国何以没有伟大的诗人出现	1934.9	香港《今日诗歌》诗刊
论“现代”诗	1935.1.18-27	香港《南华日报》(连载 7 期)
论电影清洁运动	1935.12.25	香港《红豆》月刊第 3 卷第 6 期
关于“大地”	1937.11.27	香港《华侨日报》
日本国反战运动的透视	1938.1.1	香港《华侨日报》
古国的青春	1938.1.15	香港《华侨日报》
马耶可夫斯基小传	1940.4.14	香港《大公报》
世界语与抗战宣传	1940.12.15	香港《大公报》
一个控诉的画展	1945	

法国革命的先知者 —— 伏尔泰	1945	《中学生》杂志第 94 期
迎第四年	1948.5.4	中华全国文艺协会香港分会编印《智识份子的道路》

五、译诗

日人反战的呼声（［日］Shiroo,O. 肖若欧）	1938	香港《国际文摘》第 1 卷第 6 期
黑与白（［苏联］马耶可夫斯基）	1940	广州《中国诗坛》第 4 期
列宁（［苏联］马耶可夫斯基）	1940.4.17	香港《星岛日报》
愚昧的意图（［匈牙利］裴多菲）	1941.1.26	香港《星岛日报》
给疲于生活的奴隶们（［匈牙利］A. 派斯陀）	1941.3.5 1940	香港《星岛日报》 桂林《诗》新 1 卷第 2 期
狗之歌、狼之歌（［匈牙利］裴多菲）	1941.3.14	香港《星岛日报》
先知者、安琪儿（［俄罗斯］莱蒙托夫）	1941.12.3	香港《星岛日报》

六、译文

一个 ×× 的国家	1938.12.6–7	香港《星岛日报》
反曙光（［匈牙利］Mora, F）	1941	《西南文艺》第 3 期
	1941.4.6	香港《星岛日报》
死斗（［保加利亚］约夫科夫）	1941.5.25	香港《星岛日报》
来自祖国的女客（［保加利亚］卡拉里却夫）	1941.7.28	香港《星岛日报》
和平与诗 —— 巴勃罗·聂鲁达一席谈（约翰·马桑纳克）	译自 1951 年 5 月号《群众与主流》	
威廉宾：民主政治的开荒者（Peatlie,D.）	1945.2	《民主世界》第 2 卷第 3 期
夜袭（S. 克留特）	1947.4	上海《春秋》4 月号第 1 期

七、通讯、特稿

今年的香港环境 容易培养霍乱菌 —— 止乱不如弭乱 最宜杜渐防微	1938.5.30	香港《大众日报》
国际艺人为正义而组合 —— 本港将成立国际艺术协会	1938.6.4	香港《大众日报》
访问三个小英雄 —— 一个说要做游击队，一个说要打阵地战，一个说要当传令兵	1938.6.5	香港《大众日报》
到泳场去！到泳场去！—— 石澳、荔枝角都各有千秋	1938.6.8	香港《大众日报》
岛上的妇女们怎样过这夏天 —— 替她们算一算账	1938.6.9	香港《大众日报》
侨胞联合起来 救国家救难民 —— 昨日举行全侨代表大会	1938.6.11	香港《大众日报》

救亡情绪高涨 书店生意兴隆——香港文化巡礼之一	1938.6.14	香港《大众日报》
巨舶触礁的故事——一个去年传下来的传说	1938.6.16	香港《大众日报》
“娱乐”门前一瞥	1938.6.19	香港《大众日报》
岛上人的“仲夏夜之梦”	1938.6.21	香港《大众日报》
庄严肃穆，香港文化界纪念鲁迅	1938.10.23	香港《大众日报》
从化前线巡礼	1939.7	韶关《新华南》
访问香公	1940.1.1、4、5	香港《珠江日报》
韶关空城记	1940.1.9	香港《珠江日报》
胜利年的第一次胜利——记粤北的扫荡战	1940.1.27–28	香港《珠江日报》
大战后昆仑关巡礼——并记歼灭战的大捷及劳军的经过	1940.1.29–30、2.1	香港《珠江日报》
“二月反攻”——桂南混战的纵横面	1940.2.27	香港《珠江日报》
湘桂路半程行	1940.3.13–14	香港《珠江日报》
红香炉的百年祭——香港的悲剧	1942.2.5 起	韶关《建国日报》(连载 17 期)
政治协商会议前记	1946.1.17	上海《文萃》第 15 期
政治协商会议里外	1946.1.24	上海《文萃》第 16 期
政治协商会议里外之二	1946.1.31	上海《文萃》第 17 期
重庆一月	1946.2.14	上海《文萃》第 18 期
人性何在？——抗议南通血案	1946.4.18	上海《文萃》第 26 期
十五天后能和平吗？	1946.6.15	上海《周报》第 41 期
你为了人民，人民就为了你（西江通讯）	1947.11.29	香港《正报》第 2 年第 15 期
接到征兵通知书后（文协独幕剧入选稿第二名）	1948.3.25	香港《文艺生活》海外版第 2 期
朝鲜前线的文化进军、战斗的朝鲜妇女等七篇	1953	上海新文艺出版社版《和最可爱的人在一起》
他们打开柴达木的大门——访勘探队员赵登福	1958.4.14	上海《文汇报》
钢铁战士——在上海广慈医院里发生的事情（合著）	1958.6.28	上海《文汇报》

八、回忆录、书信

从一个小故事说起——祝生活·读书·新知三联书店成立三十周年	1978.7.31	香港三联书店版《生活·读书·新知三联书店成立三十周年纪念集》

永远进取	1978.9	香港《文汇报》创刊30周年纪念册
香港有声了！——追记1936年香港举行的鲁迅追悼会	1981.9.25	香港《文汇报》
致卢玮銮信	1981.11.1	上海
怀谷柳	1982.9.5	香港《文汇报》
想起了我们这支队伍	1983.9.7	香港《文汇报》
回忆陈子涛烈士	1983.10.25	《广西日报》
关于香港文艺界的活动——1983年11月接受中共广东省委党史研究委员会办公室访谈录	1984年1月整理打印，未公开发表	
相谈不相识——初见邹韬奋、恽逸群	1984.4.4	收入2007年上海《出版博物馆》第2期
仲华哥战斗的一生	1985	《上海政协文史资料》第84辑
较场口事件中的《商务日报》	1986	《新闻研究资料》第2辑
杨刚之"刚"	1986	收入2009年香港《炉峰文集》
金仲华冤案致死始末	1988	上海

本作品年表系编者根据手头资料和下述历史文档整理（为不完全统计）：

1933年9月至1934年1月《天南日报》（北京图书馆）

1934年至1935年《南华日报》（香港大学冯平山图书馆）

1934年《今日诗歌》（香港大学冯平山图书馆）

1935年《红豆》（广州中山图书馆）

1936年至1938年《大众日报》（香港大学冯平山图书馆）

1938年至1940年《珠江日报》（北京图书馆）

1938年《烽火》旬刊（香港大学冯平山图书馆）

1938年至1941年《星岛日报》（香港大会堂图书馆）

1939年至1940年《大公报》（香港大学冯平山图书馆）

1940年至1941年《大风》半月刊（上海图书馆）

1941年《时代文学》（香港大学冯平山图书馆）

1942年《建国日报》（广东中山图书馆）

1946年至1948年《文萃》（上海图书馆）

1983年中共广东省委党史研究委员会办公室杨起君、谭秀珍：《刘火子、叶锦田访谈录》

1996年 刘以鬯主编《香港文学作家传略》（香港市政局出版）

2000年之后诸多网络资料

爸爸再会（代跋）

“爸爸再会，早点回来，回来帮我盖被头！”这首我们家自创的上海话童谣，曾是我们姐弟四人儿时每天齐声朗读的“必修课”：每天晚餐后，我们的父亲刘火子，离家到位于外滩的文汇报社上夜班去，这是我们和爸爸的道别词。爸爸将会在第二天凌晨6点左右回家，顺手为还在睡梦中的我们一一掖好踢开的被子。

新中国成立后，父亲离开了香港《文汇报》总编辑的职位，来到上海《文汇报》工作，担任主管版面的副总编辑，长年值夜班。每天后半夜，父亲审完报纸大样，眼看着印刷机哗哗转动、吐出报纸后才回家。他的生活规律和别人家的父亲相反——早上，我们去上学，妈妈去上班，他才到家睡觉；下午，我们放学回家，他已起床。

这样的作息时间，使我们孩子与父亲相处的时间相对多一些，关系也比较亲密一些。我们印象里的父亲，是个很爱劳作并且创意十足的人。父亲不但会修理破损的沙发、椅子，会培植造型别致的盆景，更会亲手制作一些有趣的家居用品。一盏尺许高的台灯，灯座是父亲用50年代赴朝鲜慰问志愿军时带回来的纪念品——一枚真正的美国炮弹壳制作的，上面的灯罩也是父亲做的，四张乡土味十足的陕西皮影戏人物的牛皮刻像，被贴在灯罩内层，透过柔和的灯光，显出无比生动的图案。还有一盏台灯，是用茅台酒的酒瓶做的灯座，为了在瓷质酒瓶底部钻孔，父亲着实动了不少脑筋。另有一个壁灯是用派克金笔的笔杆做成的……

父亲还很会做菜，在上世纪最最困难的60年代，即使是“保证供应”的上海，食物也严重不足，邻居用一床旧棉胎，只换来一枚鸡蛋！父亲发明了“小葱炒粗盐”——那时的粗盐像小石子般大粒，爆香葱花和盐粒，再加几片切碎的包心菜最外层的深绿老菜叶，可以用来下饭送粥；百页涂上酱油，卷成一条，扎紧蒸熟，切成一个个圆饼，变成美味的素肉卷；绿豆芽包在豆腐皮里煎香，又成了我们孩子争相放进口中的佳肴；把馄饨皮四边剪成丝，炸成菊花一般的食品，竟然还能招待来家里吃饭的客人。就这样，我们四张饥饿的小嘴，渡过了物资极度匮乏的年代。

“爸爸再会”的童谣，在60年代后期的某一天戛然而止，父亲被扣上“反动文人”的罪名，为新闻长年上夜班的工作就此中止。他被“靠边”下放劳动，先是到印刷车间去搬运新闻纸，那是非常沉重的体力活，一卷新闻纸直径近乎人高，得几个人推着滚向印刷机；后来，又到上海奉贤海边的“五七”干校去垦荒种菜，父亲种的番茄长得又多又好，于是人们戏称他为“番茄刘”。“文革”结束不久，父亲从新闻行业转到上日班的出版社工作，然而，二十多年通宵不睡的习惯再也改不了。尽管白天上班不能睡觉，可是晚上依然很难入睡。妹妹丽星上大学前曾在工厂上中班，夜深时分，骑自行车回家，整幢大楼只有父亲房间的窗户还亮着灯光，父亲还在灯下看书、写文章……

回忆父亲，竟然都是这样琐碎的镜头，在脑海里一一掠过。这固然是子女眼中非常真实而感性的父亲，然而，这并不是完整的父亲！俗话说，“知子莫如父”，却很少有人能倒过来自豪地宣称：我非常了解我的父母！直到着手整理父亲一生创作的诗歌和文章之后，资料越积越多，才惊讶地发现，我们以往对父亲的认识和了解真是太浅太浅。

1990年，父亲去世，母亲身心俱疲，我们为母亲担忧，顾不上整理父亲的遗物。1997年，母亲也辞世了，于是，我们开始整理父亲留下的诗稿和文章。其中有一封父亲回复香港中文大学小思（卢玮銮）

老师信的底稿。小思老师是研究香港文学史首屈一指的专家，多年埋首搜寻整理旧报纸、旧杂志。她发掘出一段珍贵史料：1936年11月11日，香港文化界举办过一次规模甚大的纪念鲁迅大会，作为该活动主要筹备人和大会执行主席，刘火子在会上报告了活动筹备经过，并报告了筹建鲁迅文学奖和捐建鲁迅铜像等事宜。小思老师整理了报刊上关于这次纪念活动的资料，发表在1981年香港《抖擻》杂志上，并把杂志寄给父亲。父亲在回信中说："从《抖擻》杂志中读到你的大作，十分高兴！1936至1941年这个时期，香港文坛的确经历着它从来没有过的最光辉的年代……当今既然有人对地区性文艺，例如对被称为文化城的桂林，对被称为孤岛的上海都进行研究，那么对抗日战争时期香港文艺的研究就不应有所例外……"

小思老师的文章让我开了窍。由于战争的缘故，父亲几度从一个城市匆匆转到另一个城市，他创作的大部分作品都被迫丢弃。尤其是1941年底，香港沦陷，父亲只身逃离香港，而之前的1933至1941年，正是他写作的黄金时期，他写诗歌、散文、文艺评论，写社会报道、战地通讯……而所有作品几乎荡然无存。父亲素来是个讷于言的人，不爱说话，甚或明显地厌恶夸夸其谈，我们从没听他炫耀过自己。但父亲毕竟是个文字工作者，他发表过的作品，虽然年代久远，或许在图书馆里还可以找到。那些资料可以让我们深入了解父亲的一生，还原给我们一个更完整立体的父亲。

我到香港大学冯平山图书馆、香港大会堂图书馆、九龙中央图书馆、香港中央图书馆，一页一页地查看上世纪三四十年代报纸的微缩胶卷，有些杂志是原件，不让影印和翻拍，只得一字一句抄下来。我又到北京、广州、上海等地数家图书馆，寻找父亲当年发表的文章和诗歌。家里留存的部分文章剪报，需要核实刊登的报刊和日期。从1998年初开始，我利用无数个节假日，在故纸堆和旧菲林里慢慢寻找，辨认、核实、影印、打字、存档，耗时超过十年！

2010年，在香港艺术发展局的资助下，香港天地出版社出版了《纹身的墙——刘火子诗歌赏评》一书。书中选收了父亲五十多年中创作的四十六首诗歌、一生文学活动的简历，和香港大学教授、学者黄康显对父亲深入研究的成果《香港情怀与文学情结——论诗人刘火子》一文，以及其他学者的评论文章。该书侧重于父亲上世纪三四十年代对香港文坛的贡献和作为“诗人火子”称谓的史料性，因此，用了父亲一首诗的标题《纹身的墙》作为书名，体现了在烽烟弥漫、抗击外寇的年代，中国人民像长城一样，即使城墙上弹痕累累，依然屹立不倒，顽强抵御入侵者的不屈精神。这首诗深得萧乾喜爱，曾由他翻译成英文，发表在1942年英国出版的《中国诗选》上。

父亲出生在辛亥革命的1911年，今年正是他百年诞辰纪念。当我们提出想出版一本父亲的诗文集时，东方出版中心（其前身是中国大百科全书出版社上海分社。父亲最后十余年曾在此为《中国百科年鉴》的创刊和持续出版倾尽心力）的领导欣然同意，我们非常感激。因为作为从事四十余年新闻工作，特别是上世纪30年代香港派往华南前线

60年代中期全家合影。后排（左起）：长女丽北、父亲刘火子、母亲金端苓；前排：次女丽朝、三女丽星、四子刘坚。

采访的战地记者，父亲除了写诗，还写过许多出色的通讯报道和散文、小说，尤其是发表在1942年2月韶关《建国日报》上的两万余字长篇通讯《红香炉的百年祭》，详细生动地记录了太平洋战争爆发时香港沦陷的种种悲壮情景，文字生动，具有非常珍贵的史料价值。本书的出版，不仅能较好地反映父亲多方面的撰述成果，为读者再现中国现当代历史的一幕幕真实场景，也可寄托我们对父亲的深深思念。

这本集子，还收录了父亲一些朋友或同事写的纪念文字。除了早年在香港创作诗歌、组建文艺社团和参加文学活动外，父亲自抗战爆发后投身新闻界，1978年转入出版界，在新闻出版行业一直工作了五十余年，在新闻采编、标题撰拟、版面编排、年鉴编撰，以及在促进世界语运动的发展等方面，都有建树。不同阶段和他一起工作的朋友们，为我们描画出父亲一个个生动的侧面。

通过从多方面整理、编辑父亲的诗文集，在网上讨论内容，交流心得，我们四个子女对父亲有了新的发现和深入认识。父亲的文字内容、精神面貌，如同他的名字“火子”——凤凰涅槃那样在火中获得新生。“诗言志”、“文如其人”，在时代的大洪流中，父亲始终积极面对人生，他的诗歌、散文、评论、报道，表现出对劳苦大众的深切同情，对敌寇的强烈憎恨，对奋起者的热情歌咏。他一直在追求进步与光明，这就是我们的父亲——一个正直磊落、爱憎分明、豪情满怀的父亲！

“爸爸再会”——爸爸已经回来！

刘丽北

2011年8月

2023